Bibliothek der
phantastischen Abenteuer
Herausgegeben von
V. C. Harksen

Über das Buch In der kleinen amerikanischen Stadt Warburton lebt T. Wallace Wooly (Versicherungen und Immobilien), Abstinenzler, Vegetarier, verwitwet, eine Stütze der Gesellschaft und ein erfolgreicher Geschäftsmann. Erfolglos schwärmt seine hübsche Sekretärin Betty ihn an – der schüchterne T. Wallace wagt sich ihr nicht zu nähern.

Das alles ändert sich, als der wackere Wooly bei einem Hotelbrand eine höchst eigenartige, katzenhafte junge Frau aus den Flammen rettet, die rätselhafte Miss Jennifer Broome. Diese kalte Schönheit, die ihn hypnotisiert wie die Schlange das Kaninchen, schafft es, ihn binnen weniger Tage zum Traualtar zu schleifen und entpuppt sich gleich darauf als veritable Hexe von altem Schrot und Korn. Nicht nur, daß sie im Mondlicht am Spalier aus dem Fenster des ehelichen Schlafzimmers hinunter in den Garten turnt und auf der alten Ziege der Familie nackt durch die Rabatten reitet, nein, sie trifft sich auch mit einem mysteriösen Hinkenden und entwickelt eine fatale Neigung zu Bränden. Daneben regiert sie den gemütlichen Haushalt, den unglücklichen Wooly und speziell seine Brieftasche mit eiserner Faust. Das führt zwangsläufig dazu, daß der Gequälte in den Armen Bettys Trost sucht, aber die rachsüchtige Jennifer zündet das Liebesnest magisch an. Als Wooly begreift, was sie ist, unternimmt er verzweifelte Versuche, sie loszuwerden, aber da ihn naturgemäß jeder für verrückt hält, als er von Jennifer als Hexe redet, hat er keinerlei Erfolg. Endlich aber geht Jennifer selbst zu weit. Die Pyromanin zündet eine Kirche an und wird, zweifellos durch göttliche Fügung, vom Steinkreuz des zusammenfallenden Dachs erschlagen. Wooly, inzwischen durch einschlägige Lektüre gebildet, weiß recht gut, daß man sie nur dann bannen kann, wenn man sie, einen Pfahl durchs Herz, drei Meter tief unter einer Wegkreuzung begräbt, stößt aber mit diesem Ansinnen bei den zuständigen Behörden auf wenig Verständnis. So wird Jennifer normal beerdigt, und prompt erhebt sich ihr Geist . . .

Eine spritzige, phantastische Komödie, die die Probleme des amerikanischen Biedermanns mit zwei Frauen, dem keineswegs reizlosen Laster in Gestalt Jennifers und der soliden Sinnlichkeit Bettys, vergnügt auf die Schippe nimmt.

Über den Autor James Thorne Smith (1893–1934) schildert in seinen Geschichten immer wieder das spießige, puritanisch-enge Amerika der Prohibitionszeit, zumeist aus der Sicht des gutbürgerlichen Mannes in mittleren Jahren, der das erlebt, was wir heute eine phantastische Midlife-Crisis nennen würden. Nach Smiths Tod vollendete Norman Matson das Manuskript, das auch die Vorlage für René Clairs gleichnamigen Film bildete. In der Bibliothek der phantastischen Abenteuer sind von ihm bisher erschienen: ›Das Nachtleben der Götter‹ (Bd. 2710), ›Topper‹ (Bd. 2714), ›Topper geht auf Reisen‹ (Bd. 2715), ›Der Jungbrunnen‹ (Bd. 2729), ›Verkehrte Welt‹ (Bd. 2732), ›Das verwirrte Lamm‹ (Bd. 2740).

Thorne Smith

und

Norman Matson

Meine Frau, die Hexe

Aus dem Amerikanischen frei übertragen
von V. C. Harksen

Fischer Taschenbuch Verlag

Neuübersetzung
Veröffentlicht im Fischer Taschenbuch Verlag GmbH,
Frankfurt am Main, März 1989

Die amerikanische Originalausgabe erschien 1941
unter dem Titel ›The Passionate Witch‹
bei Doubleday, Doran & Co., Inc., New York
Für die deutsche Ausgabe:

Umschlaggestaltung: Die Titelillustration von Claus-Dietrich Hentschel, Konstanz,
zeigt einen Ausschnitt seines Acrylbildes »Eingeordnet« (1985; 30x24 cm),
die Typographie besorgte Manfred Walch, Frankfurt am Main.
Satz: Fotosatz Otto Gutfreund, Darmstadt
Druck und Bindung: Clausen & Bosse, Leck
Printed in Germany
ISBN 3-596-22751-8

Die Hauptpersonen

T. Wallace Wooly, Versicherungen und Immobilien	ein aufrechter amerikanischer Geschäftsmann, Witwer, Abstinenzler und Vegetarier
Sara Wooly	seine Tochter
Betty Jackson	seine Sekretärin, eine hinreißende Blondine
Jennifer Broome	eine rätselhafte Brünette, die im Feuer nicht brennt und im Grabe nicht ruht
Bentley	Butler bei Wooly
Swanson	Chauffeur bei Wooly
Hortense	Stubenmädchen bei Wooly
Wachtmeister Connolly	ein Hüter des Gesetzes
Dr. Frank Mannix	ein aufopfernder Arzt, der durch Zufall ein Patentrezept gegen den Fluch einer Hexe entdeckt
George Williams	Polizeichef der guten Stadt Warburton
Sanford Digges	Bestattungsunternehmer
Bert Gilead	Richter
Bertha Gilead	seine Gattin
Honigschneck Tiddle	sein kleines Verhältnis
Henry Tiddle	Honigschnecks Ehemann
Rommee	ein höchst ungewöhnliches Pferd

I

Ein sorgenvoller Ort

Hinter der polierten Eichentür des Damen-WCs in den Geschäftsräumen der T. Wallace Wooly, Inc., ließ sich ein leises, immer wieder anders klingendes Geräusch vernehmen, das in einsamer Traurigkeit die hellen, sonnigen Einrichtungen erfüllte. Wie ein wortloses Flüstern war es, wie die herbstliche Brise, die tote Blätter zusammenweht – oder auch wie ein gelegentlich auftretendes Leck in einer Dampfleitung. Wären Sie eine Sekunde stehengeblieben, um den Tönen zu lauschen – wobei wir zu Ihren Gunsten annehmen wollen, daß Sie es *nicht* getan hätten –, so wären Sie vermutlich nicht imstande gewesen, Herkunft und Bedeutung des Geräuschs zu ermitteln; wer aber ein wenig länger hingehorcht hätte, der mußte es ohne jeden Zweifel als Laut gewordenen weiblichen Kummer identifizieren ... Es ist nur gut, daß wir weder wissen noch ahnen können, wieviel hochgewachsene Blondinen in jedem beliebigen Augenblick ihre nur allzu leicht lösliche Schönheit mit Tränen mengen, mit kleinen Taschentüchern abwischen und dabei die Schulter an die Wand des Damen-WCs lehnen – von hier bis Detroit, Albuquerque und noch viel weiter, und alles aus Liebe – oder aus Mangel daran. Aber schon allein Miss Betty Jacksons Fall ist traurig genug für uns.

Draußen glänzten die reinlichen Straßen des Ortes Warburton vor lauter Sonnenschein und grünem Laub; ein typischer Sonnabendnachmittag, prallvoll von angenehmer Verheißung; und morgen würde unweigerlich Sonntag sein, eine weitere Atempause für all die kleinen Leute, die jetzt so eifrig nach Hause oder zum Golfplatz oder wohin auch immer strebten; in der nebligen Ferne schwebten Alkoholkater, und selbst die Hornstimmen der Automobile drangen mit fragendem, sehnsüchtigem Unterton in die offenen Fenster ein. Aber Miss Jackson weinte leise vor sich hin. Den ganzen Morgen, seitdem Mr. Wooly sie so angeblasen hatte, hatte sie sich diese Gelegenheit, dieses Rendezvous mit ihrem Kummer, versprochen, und nun hielt sie es auch ein. Sie weinte wortlos, an die Wand gelehnt.

Endlich hörten die Tränen auf zu fließen. Sie warf einen Blick in den Spiegel, und plötzlich war alles vorbei.

»Nun sieh dir nur dein Gesicht an!« sagte sie laut und entsetzt. »Sieh es dir nur einmal an!« Und sie machte sich daran, den Schaden, den sie selber angerichtet hatte, nach besten Kräften zu beheben. Betty war verliebt – in ihren Arbeitgeber, T. Wallace Wooly, Jr. Sie weinte aus diesem Grund und auch deshalb, weil er in letzter Zeit immer so besorgt und bedrückt gewesen war. Sie machte sich Gedanken um ihn. Selbst wenn sie ihn niemals haben konnte, wollte sie doch für den kleinen Mann sorgen, so gut sie es vermochte und soweit er es zuließ. Und natürlich war ihr Kummer nicht völlig bitter, denn sie empfand es als Vorrecht, nur allein in seiner Nähe weilen zu dürfen, Tag für Tag, selbst wenn er sie kaum eines Blickes würdigte und, wenn er überhaupt mit ihr sprach, nur ein Thema hatte: die Geschäfte der T. Wallace Wooly, Inc., Versicherungen und Immobilien.

Kein anderer Mann in Warburton war in geschäftlichen und öffentlichen Angelegenheiten so aktiv wie Mr. Wooly. Er war Sekretär, Vorsitzender, Treuhänder aller möglichen Organisationen – ausgenommen rein geselliger oder gar leichtfertiger Vereinigungen natürlich. Häufig hielt er Vorträge vor der Handelskammer, der Literarischen Gesellschaft oder dem Männerbibelkreis der Ersten Kirche. Er stand da – jedenfalls hatte es diesen Anschein – wie ein Leuchtturm, frei von allen Zweifeln am eigenen Licht oder Standpunkt, und erhellte die dunklen und oftmals recht trüben Wasser des Lebens von Warburton. In seiner Kindheit hatte man ihn nur Junior gerufen und selbst heute – er war neununddreißig Jahre – gab es alte Freunde, die ihn so nannten. Nie hatte er einer Menschenseele anvertraut, wie widerlich ihm das war. Seinem Vater war er wie aus dem Gesicht geschnitten, dem ersten T. Wallace

Wooly, der so viel für das Familienvermögen geleistet hatte. Er benahm sich auch wie sein Vater: er saß an dessen Schreibtisch und hatte sogar in den ersten Jahren nach seines Vaters Tod noch dessen Sekretärin beibehalten, eine Miss Ogilvie, die, ihrem Äußeren nach zu urteilen, möglicherweise zum Teil ein Pferd war, wenn auch nicht direkt ein edles. Bis zu ihrem Todestag war Miss Ogilvie genauso eifrig und fleißig geblieben, wie sie es unter der Herrschaft von Juniors Vater gewesen war. Unser Mr. Wooly hatte sie zeitlebens verabscheut, eine Tatsache, die er jedoch anständigerweise verheimlicht hatte.

Da war Betty Jackson, die mit ihr nicht die geringste Ähnlichkeit hatte, eine ganz andere Sorte von Roß. Mr. Simpson, der fette Büroleiter, hatte sie eines Tages zu Mr. Wooly hereingeschickt. Er hatte sie mit sicherem Griff aus einer ganzen Schar von Bewerberinnen herausgeholt und sich dabei Zukunftsgedanken gemacht, die ihm freilich nichts genützt hatten. Mr. Simpson hatte sich vorgestellt, daß Mr. Wooly – dieser blinde Trottel, der es über Jahre mit einer Sekretärin wie Miss Ogilvie ausgehalten hatte – auch Bettys Reizen gegenüber blind und taub sein müßte. Darin allerdings irrte er sich gewaltig. Hinzu kam, daß Betty vom ersten Augenblick an nur Augen für Mr. Wooly gehabt hatte. (In ihren Wachträumen nannte sie ihn nicht »Mister« oder »Junior«, sondern gab ihm andere Namen, manche zärtlicher, manche großartiger.) Und was Mr. Simpson anging – so sehr er es auch darauf anlegte, in ihr Gesichtsfeld zu treten –, er hätte genausogut der Große Unsichtbare persönlich sein können . . .

Da diese Chronik sich vornehmlich mit Mr. T. Wallace Wooly, Jr., befaßt, dem durchaus brauchbaren – nein: dem bewunderungswürdigen – Sohn seines berühmten Vaters, so sollte auch mit seiner wichtigsten Charaktereigenschaft am besten nicht hinter dem Berge gehalten werden: Dieser Vorort-Magnat war, unter all seinem zur Schau getragenen Gockelgehabe, so schüchtern wie ein kleines braunes Kaninchen. Wenn Mr. Woolys Chauffeur, der gebieterische Swanson, ihn zu einer Versammlung fuhr, bei der er eine Rede halten sollte, saß Mr. Wooly einsam und erhitzt auf dem

Rücksitz seiner blauen Limousine, die Hände fest zusammengepreßt, der Magen ein einziger gähnender, zitternder Lampenfieberschmerz – so wie an seinem ersten Schultag und immer seither –; auch wenn er dann bei der Heimfahrt, den dröhnenden Applaus noch in den Ohren, ein ganz anderer Mann war, voller Selbstvertrauen und Bewunderung der eigenen Person. Er war nicht aus einem Guß wie sein Vater, sondern eine Mischung. Er hatte sogar schon einmal daran gedacht, alles aufzugeben und mit einer Schonerjacht mit schwarzem Rumpf, die er sich kaufen wollte, nach Bali zu gehen. Aber sein tägliches Allerlei, seine persönliche und öffentliche Verantwortung ließen ihn nicht frei.
Tatsächlich hatte er auch Angst vor Betty, deren kühles und distanziertes Verhalten er gänzlich mißverstanden hatte. Er war weit davon entfernt, gegen ihre Reize unempfindlich zu sein. Nur allzuoft betrachtete er ihren goldenen Hinterkopf und sehnte sich danach, zu erfahren, was für Gedanken darin steckten. (Seine eigenen, sich selber konnte er es ja eingestehen, waren schockierend.) Im Umgang mit ihr war er in jeder Hinsicht peinlich genau und hochmütig korrekt . . . Und der Grund, weshalb er sie an diesem sonnigen Sonnabendmorgen so angebellt hatte, bestand lediglich darin, daß er sich dabei erwischt hatte, wie er senkrecht auf sie zugehen und sie küssen wollte.
Insgesamt also ein betrübliches Mißverständnis, das ein paar mutige Worte sofort hätten ausräumen können.
Als sie für ihr ruiniertes Gesicht das Menschenmögliche getan hatte, verließ Miss Betty Jackson das Damen-WC. Vom Hals abwärts hatte ihr Rendezvous mit dem Kummer die Schönheit, die sie nun einmal besaß, in keiner Weise beeinträchtigt – ihr Busen wirkte nitnichten niedergedrückt, ihre Taille war nicht weniger schmal. Die langen Beine machten keinen gramgebeugten Eindruck, die schlanken, hochgewölbten Füße lagen nicht so platt am Boden wie ihre gute Stimmung. Das einfache grüne Seidenkleid, der goldene Gürtel, die hauchdünnen Strümpfe und die hochhakkigen grünen Wildledersandalen waren waren sämtlich unverändert. Oben auf dem Kopf wuchs nach wie vor ihr goldenes Haar,

aber an der Vorderseite dieses Kopfes saß jetzt ein höchst beklagenswertes Gesicht, in dem das Blau der Augen vom hellroten Glühen der Lider trügerisch gedämpft aussah und die kummervolle Blässe der kindlichen Wangen in allzuscharfem Kontrast zu einer kirschroten Nase stand, so rot wie der Lippenstift auf ihrem traurigen, süßen Mündchen. Blinzelnd und mit einem letzten Aufschniefen schritt sie mit energischem, aber anmutigem Gang zur Glastür des Allerheiligsten, öffnete sie, setzte sich an ihren Schreibtisch und fing an zu arbeiten. Arbeit genug war da. Immer. Darauf achtete er. Bald schon verblaßten ihre Nase und ihre Gedanken. Ihre Schönheit kehrte zurück.

Ebenso Mr. Wooly.

Sie blickte erstaunt auf und lächelte wie ein Engel. Er wandelte durch dieses engelhafte Strahlen, ein kleiner, ordentlich aussehender Mann im Zweireiher. Ein Hauch zurückhaltender Eleganz. Wie ein Feldmarschall in Paradeuniform war er, quasi napoleonisch, oder wie ein Millionär episkopalischen Bekenntnisses. Er *war* ein Millionär episkopalischen Bekenntnisses. Sein Schritt war der eines Eroberers, aber in den großen braunen Augen stand Unruhe. Er war nur deshalb zurückgekommen, weil er Betty zum Mittagessen einladen wollte. Zum ersten Mal. Er war äußerst nervös.

Ein Augenblick erheuchelter Ruhe an seinem Schreibtisch; dann begann er herumzuzappeln, als erforschten Ameisen mit glühenden Nasen die entferntesten Winkel seiner Beinkleider. Er drehte und wand sich – er, Mr. Wooly, der immer so ruhig und bedächtig gewesen war; er schob sich selbst und seinen Drehstuhl einen Fuß vom Schreibtisch fort und versetzte dann den Stuhl und sich mit einem flotten Zeh in wirbelnde Bewegung – einmal, zweimal und wieder. Miss Jackson vernahm das Tosen seines Wahnsinns und wagte nicht hinzuschauen. Endlich hielt er inne, um laut und zornig zu erklären: »Lassen Sie doch dieses Geklapper und Geschepper! Ich habe Ihnen etwas zu sagen, Miss Jackson!«

Ihr fiel das Herz in die Hosen. Jetzt würde er sie feuern! Sie war ganz sicher.

Langsam drehte sie sich zu ihm um.
Er warf den Kopf in den Nacken und stieß ein Gelächter aus, das fröhlich sein sollte. Ein entsetzlicher Fehlgriff. Millionen von Gänsehautschaudern überzogen Miss Jacksons Körper.
»Haben Sie schon zu Mittag gegessen? Was ist los? Worauf starren Sie denn so?«
Sie schüttelte den Kopf.
»Wollen Sie mit mir essen?« fragte er, dem Wahnsinn nah, mit gesträubten Haaren.
Endlich fand sie Worte.
»Furchtbar gern, Mr. Wooly.«
»Na, dann lassen Sie mich nicht warten!«
Sie war bestürzt, überwältigt. Die beiden traten hinaus aus dem leeren Sonnabendnachmittags-Büro, auf die Hauptstraße von Warburton.
Swanson, Mr. Woolys Chauffeur, ein knochiger Schwede mit melancholischem Backenbart, bewegte den Zeh. Das lange blaue Auto glitt davon.

Es war kein sonderlich fröhliches Ereignis, dieses erste gemeinsame Mittagessen. Auf der Fahrt zum *Barkley* waren alle beide gänzlich stumm, und als man sie in besagtem Restaurant – Warburtons bestem – an einen Ecktisch plaziert hatte und sie nun einander gegenübersaßen, zwischen sich eine Vielfalt eßbarer Dinge statt, wie im Büro, einen Stenoblock, Versicherungsunterlagen und das Foto der verstorbenen Mrs. Wooly im silbernen Rahmen, da war die Situation derart seltsam, daß Betty einfach nicht wußte, was sie sagen sollte und darum auch weiterhin völlig stumm blieb.
Damit war Mr. Wooly gefordert. Er sprang in die Bresche, so gut er konnte und verriet mit keinem Wimpernzucken die eigene große Betroffenheit und Unsicherheit. Er brach das Eis mit einer kurzen Darlegung seiner Einstellung zu Cocktails und anderen alkoholischen Getränken. »Ich rühre nichts dergleichen an – nie«, sagte er, was für Betty eine Neuigkeit war, allerdings keine erfreu-

liche, denn sie hatte gerade überlegt, daß in einer Situation wie dieser nichts dringender erforderlich war als zwei oder drei *von der guten, alten Sorte,* einer amphibischen Art von Gebräu oder Gericht, das sie besonders schätzte; sie vertrat nämlich die Ansicht, daß es nicht nur leichter zu essen war als Obstsalat, mit dem es große Ähnlichkeit hatte, sondern daß es vor allem viel hübscher und schneller wirkte.

Aber anstelle der *guten, alten Sorte* nahmen sie jeder ein Glas Möhrensaft, berstend voll – versicherte Mr. Wooly – von Vitaminen. Hierbei berührte Mr. Wooly verschiedene Themen, von denen er entschieden hatte, daß sie sich als für Betty von Interesse erweisen könnten, für dieses gutaussehende Mädchen, das er jetzt schon einen ganzen Monat lang fast täglich sah und das ihm doch so völlig fremd war. Er erörterte die Erziehung seiner Tochter Sara. Sie war fünfzehn Jahre alt und besuchte eine Schule in New Rochelle. Dann war da die Geschichte mit der Versicherungspolice für das Hotel Monroe. Sie hatten sie gerade erst ausgestellt, wirklich ein sehr nettes kleines Geschäftchen. Offenbar angeregt durch den Möhrensaft, stürzte sich Mr. Wooly auf ein Gericht aus verschiedenen Mineralsalzen wie Eisen, Kalzium, Magnesium und dergleichen. Sie erschienen in Gestalt von Sellerie und Nüssen, Tomatenscheiben und Schmelzkäse. Während er sich durch sie hindurchschnurpste und -knirschte, hielt Mr. Wooly Betty mit seinen großen braunen Augen in Schach und erzählte ihr von sich selbst. Betty begriff, daß Mr. Wooly in seinen eigenen Augen mehr Karl dem Großen als – sagen wir – Charlie McCarthy glich und daß das, was er über Immobilienwerte und Feuerversicherungen *nicht* wußte, keinerlei Bedeutung besaß. Er erklärte ihr nicht nur, warum er ein solches Bild robuster Gesundheit war, sondern auch, weshalb sein Verstand so scharf und schöpferisch arbeitete. Und während Mr. Wooly so sein ganzes Geltungsbedürfnis in die klaren Teiche von Bettys treuen Augen schüttete, hörte das kleine braune Kaninchen, das seine Seele war, auf, vor Angst im Kreis herumzurennen; sein kleines Herz klopfte ruhiger, bis es einen normalen Rhythmus erreicht hatte; kurz und gut, Mr. Wooly glaubte selbst, was er da sagte. Was Betty betraf, so brauchte er sie eigentlich gar nicht mehr von sich zu überzeugen; sie war ja schon längst erobert, und was er sagte, glaubte sie, ehe er es noch ausgesprochen hatte. Sie war verliebt; nicht nur nahm sie ihm den Möhrensaft nicht übel, sondern sie hatte sogar schon beschlossen, in Zukunft nicht mehr – wie es bisher ihre Gewohnheit gewesen war – Speisen und Getränke zu sich zu nehmen, sondern sich statt dessen Vitamine und Mineralsalze zuzuführen, denn ihre Gesundheit, so hervorragend sie auch immer gewesen war, konnte, das sah Betty ein, niemals hervorragend genug sein für ihren Mr. Wooly.

Als sie hinausgingen, machte der Oberkellner eine Verbeugung, ebenso einige der anderen Mittagsgäste, respektvoll und herzlich. »Ich kann ihre Gedanken lesen«, erklärte Mr. Wooly Betty mit schalkhaftem Lächeln. »Sie sagen sich: ›Da geht er, der Reiche, der Erfolgreiche – Mr. T. Wallace Wooly.‹ Mit mehr als nur einem Anflug, wissen Sie, von Neid. Und doch sollten wir Menschen einander nie beneiden. Wie wenig verstehen sie doch die schwere Verantwortung, die darin liegt, ein Mr. Wooly zu sein. Kein Bett von Rosen«, sagte der kleine Mann. »Natürlich nicht«, hauchte sie. Auch wenn es nur ganz bildlich gemeint war, begrüßte Betty doch dankbar, daß er ihr gegenüber das Wort »Bett« erwähnte. Sie rückte auch nicht fort, als sie in den Sitz des blauen Wagens sanken und seine Seite sich an die ihre drückte.

»Es ist nicht nur«, bemerkte Mr. Wooly nach einer Weile, »daß Sie eine verteufelt attraktive Frau sind, Miss Jackson, sondern Sie sind auch, wenn ich Ihnen so offen ein Kompliment machen darf, wirklich eine beredte Gesprächspartnerin. Ach ja – solche Leute sind heutzutage rar.«

»Vielen Dank, Mr. Wooly«, erwiderte sie mit leiser Stimme und fügte ein kleines, warmes Lächeln hinzu. Daß sie während der ganzen Zeit kaum ein Wort gesagt hatte, störte sie nicht und minderte auch nicht den Wert des Kompliments. Was Mr. Wooly anging, so hatte seine eigene Rede, die ganze Stunde lang, die sie gedauert hatte, in seinen Ohren nur das angenehmste Echo zu-

rückgelassen, und großzügig schrieb er einen Teil davon auf Bettys Konto.
Als er sie an der Tür ihrer Pension abgesetzt hatte, eines Holzhauses mit breiter Veranda, wie es sie in den langweiligen Straßen auf der falschen Seite von Warburton viele gab, ließ sich Mr. Wooly wieder zurücksinken, schloß die Augen und dachte an seine Sekretärin. Dabei vergaß er völlig das Lächeln auf seinem Gesicht und ließ es dort kleben wie einen Rest vom letzten Weihnachtsfest.
Swansons schwere Stimme weckte ihn. »Scha?«
Mr. Wooly, der nur geträumt, aber nicht geschlafen hatte, schlug die Augen auf und sah das knochige, schnurrbärtige Gesicht seines Chauffeurs über die Rückseite des Vordersitzes hängen – ein Gesicht voller Mißbilligung. »Nach Hause, Swanson«, sagte Mr. Wooly kurz.
Swanson schüttelte langsam das Haupt und sprach: »Erst prüfen, dann springen, Mr. Wooly.«
Der Mann war unmöglich. »Was meinen Sie mit dieser Bemerkung, Swanson?«
Swanson wandte sich wieder dem Steuer zu. »Ich glaub, Sie wissen's schon«, bemerkte er. Wenn auch düster wie stets, war er doch merklich befriedigt. Wenigstens hatte er seinem Arbeitgeber dieses Lächeln vom Gesicht gewischt. Wirklich waren Mr. Woolys Fröhlichkeit und Selbstvertrauen schon wieder erheblich beeinträchtigt. Swanson, ein strenger und tugendhafter Mensch, war vor einem Dutzend Jahren von Mr. Wooly, Sr., eingestellt worden und hatte es irgendwie geschafft, sich zu dessen Stellvertreter auf Erden zu machen. Er wußte, und Mr. Wooly wußte, daß er es wußte, daß Mr. Wooly, wenn er mit geschlossenen Augen ein derartiges Lächeln lächelte, nachdem er mit seiner blonden Sekretärin zu Mittag gegessen hatte, nicht die Art Gedanken hatte, die dem seligen Mr. Wooly, Sr., zugesagt hätten.
Swanson fuhr, in ein Schweigen gehüllt, das von unausgesprochenen Bemerkungen strotzte. Natürlich hätte Mr. Wooly rein theoretisch den Kerl an Ort und Stelle entlassen können, und das hätte er auch gern getan. Aber er tat es eben nicht, denn in Wahrheit

hatte er vor dem Mann Angst. Swanson war Mr. Wooly psychologisch überlegen. Selbst wenn ihn Mr. Wooly in seiner Phantasie herunterputzte wie das letzte Stück Dreck, was immer in dem Ausruf gipfelte »So – und nun können Sie verschwinden!«, wußte er ganz genau, daß er nichts dergleichen tun würde.

Plötzlich war er niedergeschlagen; er fragte sich sogar, ob er im Gespräch mit Betty wirklich so sprühend gewesen war, wie er geglaubt hatte . . .

In der Ferne schrie etwas höher als die Hausdächer. Die Feuersirene. Mr. Wooly war ein eingefleischter, leidenschaftlicher Pyromane, will sagen, ein Feuerverehrer, natürlich nicht selbst brandstiftend tätig, sondern platonisch und aus beruflichen Gründen. Außerdem war er stellvertretender Direktor der Warburtoner Feuerwehr, ein Ehrentitel, den man ihm verliehen hatte, als er der Stadt eine neue Feuerspritze stiftete.

Swanson blickte in den Rückspiegel. »Hauptquartier?« schlug er vor.

»Bitte schnell«, antwortete Mr. Wooly. Wenn sie rechtzeitig ankamen, konnte er auf der neuen Feuerspritze zum Brandort fahren – sofern es überhaupt irgendwo brannte.

II

Von der Pfanne ins Feuer

Obwohl Mr. Wooly sich heftig für Feuer interessierte, brachte er ihm eher Mißbilligung entgegen – vor allem, wenn es sich ungezügelt ausbreitete. Zum einen erinnerte es ihn an die Hölle – jede natürliche Flamme erschien ihm als Signal und Warnung vor der übernatürlichen Feuersbrunst, die uns alle vielleicht erwartet. Zum anderen war das Feuer daran schuld, wenn seine Versicherungsgesellschaften einen Teil des Geldes, das sie eingenommen hatten, wieder auszahlen mußten – ein Vorgang, den er für widersinnig hielt. In anderer Weise freilich faszinierte das Feuer ihn – das Feuer als Person, wenn man so will. Es wogte und brüllte und verbarg sich in ungeheuren Wolken, die über die ihm zugewandten Gesichter der Menge zogen. Wie die Motte vom Kerzenlicht, so wurde Mr. Wooly vom Feuer angelockt.

Heulend raste die Feuerspritze die Ziegelstraße entlang. Der Fahrer sah Mr. Wooly nicht, der wild aus seinem Auto winkte, und natürlich hielt er auch nicht an. Also gut, dann würde Mr. Wooly sich eben hinfahren lassen. Er befahl Swanson, nicht zu trödeln. Swanson trödelte nicht. Abend hatte sich über Warburton gesenkt. In der Ferne erhoben sich ein rosiges Glühen und eine meilenhohe schwarze Rauchsäule. Mr. Wooly stöhnte. Es war das Hotel Monroe, das er gestern erst versichert hatte. Sie waren viel früher da als die Feuerspritze. Die gesamte Vorderfront schien noch unbeschädigt zu sein; das Feuer tobte auf der anderen Seite. Mr. Wooly wies Swanson an zu warten und trat ins Haus, um sich umzusehen.

Die Eingangshalle mit den alten Ledersesseln und der halbkreisförmigen Theke bot einen völlig ruhigen und ebenso verlassenen Anblick. Das Nußbaumgeländer einer steil aufwärts führenden

Treppe glänzte düster, und das polierte Frauenzimmer aus Messing, das eine Lampe über den Treppenpfosten hielt, wirkte uninteressiert. Aber igendwo, in anderen Räumen, murmelte jemand und spie und sagte *huii* und *husch!* Das war das Feuer, das wild war und frei, das sich wand wie eine Schlange und brüllte wie ein gelber Tiger. Mr Wooly begriff, daß die Leute alle auf der Rückseite versammelt waren, und beschloß, sie dort zu lassen. Er ging wieder auf die Tür zur Straße zu. Plötzlich erloschen alle Lichter, und er stand im Dunkeln. Sein erster Impuls war, wegzurennen, so schnell er konnte, und später sollte er sich von ganzem Herzen wünschen, er hätte es getan. Aber er blieb stehen, weil er eine Frauenstimme hörte. »Hilfe! Hilfe!«

Er rief: »Kommen Sie heraus, kommen Sie heraus, wo immer Sie auch sind!« Keine Antwort außer von dem unsichtbaren Feuer.

Mr. Wooly hatte keine Lust, die Treppe hinaufzusteigen und zu verbrennen. Er rief wieder und ging bis zur halben Höhe. »Irgendeine Unterschicht-Hysterikerin«, knurrte er ärgerlich.

Eine Tür flog auf und Feuer sprang hervor, wogte, kroch hastig um die Flamme herum, fraß, fauchte, verlor sich wieder im eigenen Rauch. Mitten aus diesem schrecklichen Anblick trat eine Frau. Kaum daß er nähertrat, fiel sie in Mr. Woolys Arme. Er grunzte. Einen Augenblick standen sie da wie die beiden Teile einer Trittleiter. Er sah ein, daß es unter den gegebenen Umständen nur eines gab, das er mit ihr anfangen konnte, so ungern er sich auch an fremden Frauen festhielt. Er hievte sie sich über die Schulter. Dort legte er sie zurecht, und so zerstreut er auch war, fiel ihm doch auf, daß ihre Haut unter seinen Fingern kühl war. Haut? Er tastete erneut nach ihr, hierhin und dorthin, wo er sie gerade erwischen konnte. Endlich fand er Worte, und aus irgendeinem Grund flüsterte er. »Wo«, fragte er, »sind Ihre Kleider?«

»Ich weiß nicht«, antwortete sie. Die Stimme kam von hinten, ein ganze Stück unterhalb seines Halses. Sie lag ihm wie ein Sack über der Schulter, die Füße nach vorn.

Ihre Auskunft erschien unzureichend. Er beharrte. »Was soll das heißen, Sie wissen nicht, wo Ihre Sachen sind?«

»Das Hotel brennt«, erklärte sie geduldig.
»Das weiß ich. Ich bin der stellvertretende Direktor der Feuerwehr.« Diese Aussage klang selbst in seinen eigenen Ohren ein bißchen übertrieben. »Es ist nur ein Ehrentitel«, fügte er hinzu. »So wie man die Königin zum Obersten eines Regiments ernennt.«
»Welche Königin?« erkundigte sich die Frau.
»Irgendeine Königin. Jedes Regiment. Nur als Beispiel.«
»Sie meinen, das ist alles eine bloße Annahme?« Sie schien enttäuscht zu sein.
Er bebte am ganzen Körper. »Pusten Sie mir nicht aufs Rückgrat«, bat er, »davon bekomme ich Gänsehaut.«
»Ich muß aber doch atmen«, wandte sie ein. »Wollen wir hierbleiben und uns zusammen braten lassen wie ein Riesen-Schischkebab? Oder gehen wir jetzt nach unten?«
»Wackeln Sie nicht«, erwiderte er und stieg zwei Stufen hinab in die raucherfüllte Dunkelheit. Dann blieb er stehen, um Atem zu holen. »Alles in Ordnung mit Ihnen?«
Sie bejahte. »Aber versuchen Sie nicht, sich umzudrehen«, bat sie. »Ihr Kinn kratzt. Oder sind Sie vielleicht dabei, mich zu küssen?«
»Aber ganz und gar nicht!« rief er und brachte deutlich zum Ausdruck, wie sehr sie ihn schockierte. »Was für eine Idee!«
»Ach, ich weiß nicht«, bemerkte sie.
»In solch einem Augenblick?« Irgendwie schaffte es die Person, einen dauernd in Diskussionen zu verwickeln. »Ich versichere Ihnen, alles was ich für Sie – und von Ihnen – empfinde, ist Ihr Gewicht. Sie haben genausowenig Persönliches für mich wie ein Sack, den ich hier zufällig herausschleppe.«
Sie kniff ihn an einer Stelle, die für ihre herabhängenden Hände besonders leicht zu erreichen war.
»Aua!« sagte er und trat nach hinten. Er wünschte, die ganze Sache wäre schon vorbei. Sie konnten den Abstieg nicht viel länger hinauszögern, und wenn sie unten ankamen, würde sie dort die ganze Bevölkerung erwarten, ganz Auge und ganz Ohr. Selbst von

hier oben sah er, daß sich hinter den doppelten Glastüren unten Lichter bewegten. Die Burschen von der Feuerwehr waren eingetroffen. Und mit ihnen die Menge, die halbe Stadt Warburton, die mit nobler, toleranter Erwartung dem entgegensah, was das alte Hotel ihr an Geheimnissen, die es vielleicht beherbergt hatte, nun enthüllen würde. Es war eine Art Zwischending von Hotel, alt und ein wenig schäbig und nicht so unduldsam, wie es früher einmal gewesen war. Mr. Wooly fiel ein, daß ihn zwar, soweit er wußte, niemand beim Hineingehen gesehen hatte, daß aber eine Vielzahl von Leuten zuschauen würde, wenn er das Hotel jetzt verließ. Er begann sich über diese Tatsache ernsthaft Gedanken zu machen und den hastigen Impuls zu bereuen, der ihn die Treppe hinauf zu diesem Rettungswerk getrieben hatte.

Und wenn sie nun vielleicht allein vorging... und er ihr dann unauffällig folgte? Wieder hielt er inne. Hinter ihnen, im Herzen schwarzer Rauchwolken, tobte und zischte das Feuer. Die Haut der Fremden auf seiner Schulter war glatt und unerklärlich kühl. Zudem umgab sie ein Duft nach Rosen, jedenfalls bevor der Rauch so dicht geworden war. Ihre Haltung hatte nichts Konventionelles – zumindest war es nicht die übliche Haltung einer Frau, deren Bekanntschaft man gerade erst gemacht hatte. Ihre Beine schritten ihr voran. Alles, was er von ihr sehen konnte, war das, was aus seinem linken Augenwinkel zu erkennen war: ein verschwommener Umriß, ein oder zwei blasse Hügel. Die Sache bereitete ihm kein Vergnügen, dessen war er vollständig sicher; und trotzdem konnte er das Gefühl nicht loswerden, daß zwischen ihr und ihm bereits eine Beziehung bestand, die in gewisser Weise als intim bezeichnet werden konnte.

»Es wird heißer«, sagte sie.

Fand sie? Ihm mache es nichts aus, gab er zurück. Tatsächlich überlegte er jetzt, nachdem er sie bis ganz nach unten befördert hatte, ob er nicht wieder nach oben klettern und nach weiteren herumirrenden Gästen forschen sollte.

»Ich war die letzte«, behauptete sie. »Ich nahm gerade ein kleines Bad, als man mir mitteilte, das Haus würde brennen. Da habe ich mich abgetrocknet und bin in ein Negligé geschlüpft. Als dann das Feuer zur Tür hereinkam, hat es mir das Negligé senkrecht vom Körper gerissen.«

»Als das Feuer zur Tür hereinkam!« protestierte Mr. Wooly.

»Sie reden vom Feuer, als ob es ein wandernder Bürstenverkäufer wäre.«

Sie lachte gegen sein Rückgrat.

Es war jetzt sehr heiß – geradezu erstickend.

Vor den Eingangstüren hatten die Feuerwehrleute ihr Flutlicht auf die Hotelfassade gerichtet und alles strahlender erleuchtet als am hellen Mittag. Mr. Wooly stellte die Fremde auf die Füße. »Sie können so nicht aus dem Haus«, sagte er und vermied es sorgfältig, sie direkt anzuschauen – jetzt, wo alles von ihr so deutlich sichtbar war.

»Ich wüßte nicht, warum.«

»Na schön, dann können Sie allein gehen. Ich bleibe noch ein Weilchen hier, bis die Aufregung sich gelegt hat.«

»Sie werden verbrennen.«

Er war gar nicht einmal sicher, ob das nicht besser war, als vor der Menge draußen in der Form aufzutreten, wie es ihnen jetzt wohl bevorstand.

»Wenn Sie darauf bestehen, könnte ich Ihre Hosen anziehen«, meinte die Frau.

Das schien eine Lösung für alles zu sein, bis ihm die Frage einfiel: »Und was ziehe ich an?«

»Sie tragen doch wohl Unterhosen?«

Er sah das Tableau deutlich vor sich. Zu deutlich. Er sah, daß es in die Geschichte von Warburton eingehen würde, wenn er in Unterhosen – während sie seine Hosen anhatte – mit ihr aus dem Eingang des Hotels Monroe treten würde – sie beide ganz allein. Er wollte nichts davon wissen.

»Ich fühle mich schon viel besser«, bemerkte die Frau. »Stärker. Vielleicht könnte ich Sie hinaustragen.«

Er dachte über diesen Vorschlag nach, verwarf ihn dann aber auch. Keine Verbesserung. Inzwischen fiel von überall brennendes Holz

durchs Treppenhaus und auf sie herunter. Es war wirklich Zeit, daß sie hier herauskamen. Was war zu tun? Die Frau löste das Problem mit dem einfachen Mittel eines leisen Aufstöhnens und einer schnellen, jedoch nicht zu schnellen Ohnmacht. Er fing sie auf und legte sie sich wieder über die Schulter. Feuerwehrmänner, die in diesem Augenblick die Türen zum Hotel aufrissen, prallten bei dem Anblick zurück. Die breite Treppe vor dem säulengetragenen Eingang hatte große Ähnlichkeit mit einer Bühne. Aus der versammelten Menge stieg ein beifälliges Raunen, ein Murmeln, dann ein lautes Hurra der Bewunderung und Zustimmung. Blitzlichter von Fotografen machten die grelle Beleuchtung noch greller. Sekundenlang waren die wackeren Bürger, die Mannen der Feuerwehr, so beeindruckt, daß keiner Mr. Wooly zu Hilfe eilte. Endlich lösten sie sich mühsam aus diesem Bann, nahmen ihm seine Last ab und bedeckten sie mit einem Ölmantel. In das unheilvolle Glühen des Feuers hinein klang ein Hochruf auf den Helden, begleitet von (oder hatte er sich verhört?) einem Gelächter von irgendwoher.
»Aha! Mr. Wooly!«
»Wer ist sie?« fragten die Leute. Niemand wußte es. Mr. Wooly fand unmittelbar hinter den Absperrungen der Feuerwehr seinen Chauffeur und seinen Wagen, die auf ihn warteten. Mr. Woolys Gesicht war schmutzig, seine Kleidung in Unordnung. Er hatte das Gefühl, Swanson eine Erklärung zu schulden.
»Hab eine Dame gerettet«, berichtete er.
»Scha?« Swanso hatte nie zu den Leuten gehört, die man mit drohender Kürze hinters Licht führen konnte. »Schon gesehen«, ergänzte er und verfiel dann wie gewöhnlich in den gewichtigen Kommentar seines nordischen Schweigens.
Mr. Wooly tat, als ob weiter nichts gewesen wäre, und klopfte sich leicht die Revers ab. »Nun, es ist vorbei«, bemerkte er.
»Scha? Wird wohl grad erst anfangen«, bedeutete ihm Swanson. »Von der Pfanne ins Feuer ...«
»Wir fahren jetzt nach Hause«, befahl Mr. Wooly. Sein Ton war kalt.

»Schawohl«, erwiderte Swanson, wobei es ihm gelang, mit diesen beiden kurzen Silben mitzuteilen, daß er mit seinem Urteil über das Abenteuer dieses Tages vollkommen im Recht war, Mr. Wooly dagegen so im Unrecht, wie man es nur sein konnte.

III

Mr. Wooly kriecht ins Bett

Mr. Woolys Bett war einst das Eigentum seines Urgroßonkels gewesen, eines Gentlemans, der stets darauf verzichtet hatte, seine Memoiren zu Papier zu bringen, und zwar deshalb, weil man sie überwiegend nicht hätte drucken können – eine Wahrheit übrigens, die *sein* Sohn und Enkel vor unserem Mr. Wooly erfolgreich geheimgehalten hatten. Das Bett war im Empirestil gehalten und hatte vier dicke, reichgeschnitzte Pfosten aus rötlichem Kirschholz. Das Initial W glänzte in vergoldetem Schnitzwerk vom Kopfteil. Das eigentliche Bett war von ungewöhnlichem Flächeninhalt. Der gesamte Woolysche Haushalt mit den sechs oder sieben Angestellten – unter ihnen der Butler Bentley, der ausgesprochen feist war –, dazu noch ein oder zwei Pferde, hätten darin schlafen können, ohne sich übermäßig beengt zu fühlen; wiewohl natürlich etwas so Unsinniges in keiner Weise erforderlich war, da das Woolysche Domizil über zahlreiche bequeme Wohnräume verfügte. Die Bettvorhänge waren aus puderblauem Brokat, und die ganze Herrlichkeit überdachte eine bettlakengroße Spiegelglasplatte von feinster Qualität. Glühte die rosenfarbene Leselampe in Mr. Woolys Bett, so konnte er daliegen, nach oben in den Spiegel schauen und Gesichtsausdruck und Gesten einüben, die zu der Rede paßten, die er am nächsten Tag vor dem Immobilienmaklerkongreß oder bei einem festlichen Abendessen zur Förderung der guten Nachbarschaft halten würde. Gewöhnlich klingelte er, wenn er zu Bett gehen wollte, dem Butler Bentley. Zwar entkleidete Bentley ihn nicht, aber er hängte Woolys Sachen auf und lauschte mit wohlerzogenem Interesse seiner Schilderung, wie gut der Tag für ihn verlaufen war, wie fesselnd er geredet hatte und wie ungemein interessiert die Zuhörer gewesen waren.

Wenn er dann gesagt hatte, »Sie können gehen, Bentley, gute Nacht«, pflegte Mr. Wooly bedächtig und nachdenklich vor sein Bett zu treten, den dort an der Wand befestigten Thermostaten zu betrachten, seine Uhr aufzuziehen, einen Blick auf die Titel der höchst ernsthaften Bücher auf dem Nachttisch zu werfen und schließlich mit langsamer Würde das Bett zu besteigen, sich auf dem Rücken auszustrecken und dem Spiegel oben, in dem sein eigenes Auge ihm begegnete, kühl und ohne Wimpernzucken zuzumurmeln: »Eine gute Rede, eine vorzügliche Rede, potztausend!« oder eine ähnliche Lobpreisung; endlich das Licht auszumachen und sogleich in traumlosen Schlaf zu sinken.
Er schlief in der Regel auf dem Rücken, ohne zu schnarchen, ohne sich, als ringe er mit seinen Sorgen, herumzuwerfen. Er hatte auch keine Sorgen. Von dem Augenblick an, in dem er erwachte und aus dem Bett stieg bis zu seiner Rückkehr dorthin war er so beschäftigt und seiner Sache so sicher, schlafend oder wachend, daß das Morgen lediglich auf ihn wartete – es drohte ihm nicht, wie den meisten von uns. Um die Wahrheit zu sagen, hatte sich Mr. Wooly, dieser aufrechte Witwer von Warburton, in gewisser Hinsicht dem Leben perfekt angepaßt, wobei er freilich in anderer Hinsicht so gut wie tot war, was vielleicht auf der allerletzten Rechenmaschine auf ein und dasselbe herauskommen mag.
Auf alle Fälle ließ er in dieser Nacht, der Nacht nach seiner Rückkehr von dem Brand im Hotel Monroe, Bentley nicht kommen (der als Folge davon kein Auge zutun konnte), sondern badete nur hastig und kroch ins Bett. Zum ersten Mal vermied er es, an der Decke dem eigenen Blick zu begegnen. Sofort knipste er das Licht aus. Er warf sich herum, zuerst auf die linke Seite, dann auf die rechte. Er seufzte. Erstmals sehnte er sich danach, Geschehenes ungeschehen zu machen, den gerade zu Ende gegangenen Tag von sich zu weisen. Er war seiner Sache nicht mehr sicher. Man hatte ihn entdeckt. Seine Rüstung war durchbohrt worden. Die Art dieser neuen Gedanken war ihm kaum klar. Aber allein dadurch, daß er sie dachte, zeigte sich deutlich, daß er irgendwo im tiefsten Inneren schon immer gewußt hatte, daß er zwar der meistbeschäf-

tigte, am häufigsten in der Öffentlichkeit auftretende und überhaupt wichtigste Mann von Warburton sein mochte, daß er sich dabei aber immer vor dem Leben versteckt gehalten hatte, zurückgezogen wie eine Schildkröte.

Die Person, die er gerettet hatte, war ihm nicht sympathisch. Sie war ihm sogar ausgesprochen unsympathisch, aber wenn er an sie dachte, fand er keinen Schlaf. Das Merkwürdige daran war, daß sein Kopf sich nicht an sie erinnern wollte, während seine Hand beharrlich die Spur des Gefühls ihrer kühlen Haut bewahrte. Seine Arme erinnerten sich. In ihm war der Teufel los! *Besser,* konnte er sich sagen, *wäre es gewesen, wenn sie verbrannt wäre! Platzen soll sie, dieses Weib, sich so in mein Leben einzudrängen!* Und er war weder so gutmütig noch so beschränkt, daß er sie nicht im Verdacht gehabt hätte, alles aus Berechnung zu tun. Noch keine Vierzig, verfügte er über ein mehr als ansehnliches Einkommen und einen Notgroschen – und was für einen Notgroschen! – von steuerfreien Staatspapieren. Er war reich. Er war unverheiratet. Nur die Armen können frei von Mißtrauen sein. Mr. Wooly betete still. Beim Beten fielen ihm die Flammen wieder ein. Er dachte an ein ins Riesenhafte wachsendes Höllenfeuer, bis der ganze Vorfall im Hotel Monroe sich vor ihm auftürmte wie eine Begegnung mit IHM persönlich, dem Fürsten der Finsternis. Überhaupt ein unerfreulicher Ort, dieses Hotel Monroe! Er versuchte an Betty zu denken, aber irgendwie schien sie mit jenem Geschöpf zu verschwimmen, das er die Treppe hinuntergetragen hatte.

Als er endlich einschlief, wälzte er sich herum und stöhnte wie eine gefolterte Seele, denn sofort begann er zu träumen, *sie* läge neben ihm und das ganze Bett stünde in Flammen. Und ach, auch er brannte!

IV

Jennifer

Dr. Frank Mannix, ein Mann mit blaurasiertem Kinn und zolldikken Brillengläsern, betrachtete Mr. Wooly aus Augen, die durch die Umkehrung der Vergrößerung klein wirkten wie geplatzte Erbsen. Regen verdüsterte die Fenster der Arztpraxis im Warburtoner Krankenhaus, weit draußen am Ende der Ziegelstraße. Es war am Nachmittag nach dem Brand, der übrigens das gesamte Hotel vernichtet und nichts zurückgelassen hatte als einen Keller voll schwarzer Asche. Ein bemerkenswert gründliches Feuer. Dr. Mannix berichtete Mr. Wooly gerade über die Patientin. Er hatte bereits mitgeteilt, daß sie Jennifer Broome hieß und angegeben hatte, bis vor kurzem in Cagne-sur-Mer (bekanntlich ein Ort an der französischen Riviera) gelebt zu haben, daß sie englisch-amerikanischer Abstammung und von der englischen Seite her mit einigen Familien des englischen Landadels verwandt war und daß ihr Zustand ... nun ... der gute Doktor hielt inne und spähte scharf nach Mr. Wooly, als verheimlichte dieser etwas verwirrte Mensch ihm die eine oder andere wesentliche Tatsache. Dann meinte er: »Ihr Zustand, Mr. Wooly, ist bestens. Er ist hervorragend. Wann«, fügte er hinzu, »und warum haben Sie ihr die Kleider ausgezogen?«

Mr. Wooly faßte seine Zurückweisung in drei Worte. »Hab ich nicht«, erwiderte er. »Sie sind ihr abgebrannt. Sie kam mitten aus einem Flammenmeer, Doktor.«

Der Arzt schüttelte leicht den Kopf. »Das menschliche Auge«, erläuterte er mit aufreizender Herablassung, »spielt uns manchmal Streiche, Mr. Wooly. Diese Frau ist nicht durch ein Flammenmeer gegangen, das kann ich Ihnen versichern.«

Mr. Wooly begann, diesen Arzt nach und nach ausgesprochen unsympathisch zu finden. »Ich war *dort*, Dr. Mannix«, betonte er.

»Oh, ich weiß, daß Sie dort waren. Lieber Gott, Mr. Wooly, die ganze Stadt weiß es.« Er lächelte wohlwollend, ein alter Wüstling zum andern.
»Und Sie, wenn ich daran erinnern darf, waren *nicht* dort.«
»Gott sei Dank!« lächelte der Arzt. »Wir Mediziner, wissen Sie, müssen vorsichtig sein. Ich will damit nur sagen, daß wir Orte wie das Monroe nicht besuchen können. Wenigstens nicht so, daß es jeder merkt. Aber das, was Sie zu sehen geglaubt haben, Mr. Wooly, das haben Sie bestimmt nicht gesehen, und da bin ich ganz sicher; denn wenn sie durch den feurigen Ofen gegangen wäre, wie Sie sich ausdrücken ...«
»Ich habe ›Flammenmeer‹ gesagt.« Mr. Wooly schaute durch das düstere Fenster. Der Ausdruck seines glatten, sauberen Gesichts war widerspenstig. Er dachte daran, daß er diesem Krankenhaus noch vor einem Jahr Zehntausend gespendet hatte und daß er sich jetzt eher in Hinterposemuckel sehen wollte, als noch einen roten Heller dafür herzugeben.
»Ich beurteile ein Ereignis nach seinen Auswirkungen«, erklärte der Arzt in einem Ton, der seine Überzeugung andeutete, Mr. Wooly beurteile Ereignisse nach der Zahlenmystik oder dem Studium des Kaffeesatzes. »Miss Jennifer Broomes Haut ist unversehrt, makellos, an keiner Stelle vom Feuer gezeichnet. Jedoch befindet sich auf der rechten Schulter eine kleine rosa Markierung. Sie sieht aus wie ...«, er suchte nach einem Wort und spähte mit den fernen Äuglein tief in Mr. Woolys Seele, »wie ein Biß«, meinte er endlich. »Kein Moskitobiß«, fügte er hinzu. »Sagen Sie mir doch, Mr. Wooly, seit wann kennen Sie Miss Broome?«
»Ich hatte sie noch nie zu Gesicht bekommen, bevor ich oben auf der Treppe stand.« Und Mr. Wooly fuhr würdevoll fort: »Und was den Biß angeht, wenn es einer ist – ich beiße nicht.«
Dr. Mannix lachte. »Hunde, die bellen ...«, sagte er und wackelte mit dem Kopf. *Alter Wackelpeter,* dachte Mr. Wooly, und es fiel ihm ein, daß Dr. Mannix vor gestern abend niemals die Dreistigkeit besessen haben würde, ihn auf solche Art ins Kreuzverhör zu nehmen. Und er war noch nicht einmal damit fertig.

»Dann darf ich wohl davon ausgehen«, setzte Dr. Mannix fort, »daß es sich hier um eine neue und nicht um eine alte Flamme handelt?« Er genoß seinen eigenen Witz und gab Mr. Wooly einen schmerzhaften Klaps aufs Knie. »Sie sind ein stilles Wasser«, bemerkte er. »Wer hätte das je vermutet?«
»Wer hätte was je vermutet?«
Dr. Mannix zwinkerte. »Gerissener Hund«, erklärte er und fügte mit einer krampfhaften Eingebung hinzu: »Scharfer Hund! Ha, ha, ha.« Langsam begann Mr. Wooly zu begreifen, daß, da ihn ja niemand das Hotel hatte betreten sehen – die Menge war gerade erst zusammengelaufen, als er und Miss Broome ihren bemerkenswerten Abgang vorführten, der zugleich paradoxerweise der effektvollste Auftritt war, den Warburton je erlebt hatte –, daß also deshalb viele Leute den Eindruck bekommen haben mußten, zwischen Miss Broome und ihm habe bereits eine Beziehung bestanden. Empört, aber mit sorgfältigster Aufzählung aller Einzelheiten, klärte Dr. Wooly den guten Doktor über alles auf. Der Arzt, der sich zweifellos an die Kleinigkeit der zehn Riesen vom letzten Jahr erinnerte und selbst merkte, daß er zu weit gegangen war, lauschte mit einer Maske respektvollen Interesses. Anschließend begab sich Mr. Wooly in die Frauenstation und klopfte an die Tür, die man ihm als Miss Broomes bezeichnet hatte.
Von drinnen sang ihre Stimme: »Wer ist da?« Es war eine durchdringende Stimme. Sie mißfiel ihm, denn er erkannte, daß es eine Katzenstimme war, hoch und klar, mit einem Unterton von Hinterhofgejaul oder von Summen – eine Geigenstimme. Nein, sie mißfiel ihm, aber wie letzte Nacht im Bett ließ der Gedanke an sie sein Herz viel zu schnell schlagen, und ihm wurde schwach in den Knien.
»Ich bin's«, antwortete er ganz verhext, anstatt »Mr. Wooly« oder sonst etwas Vernünftiges zu sagen.
»Oh«, seufzte sie, »herein, herein.«
Die meisten Frauen sehen im Bett besser aus, als wenn sie auf sind und herumlaufen. Der Hauptgrund dafür ist natürlich, daß im Bett der größte Teil von ihnen – zumindest für den beiläufigen

Besucher – zugedeckt ist. Ein anderer Grund ist, daß ihre Haare, sofern sie überhaupt welche besitzen, immer nach mehr aussehen, wenn sie über ein Kissen gebreitet sind. Zudem erzeugt selbst dann, wenn das Haar die Farbe von Straßenstaub hat, der Kontrast zu dem schneeweißen Kissen eine mildernde Illusion ... Und die allerungeschickteste Frau kann so anmutig auf dem Rücken liegen wie nur die alleranmutigste. Es ist eine Gabe, die ihr angeboren ist.

Aber wenn eine Frau einen riesigen Heiligenschein aus üppigen schwarzen Haaren hat und dazu schräge, halbgeschlossene Augen mit Pupillen, die ein klares gelbes Licht im Schatten sind, und einen Mund, zu einem kleinen, katzenhaften Lächeln geschwungen, freudlos wie bei einer Katze, grausam und leidenschaftlich – und kleine Zähnchen, die in einem Lächeln reiner Freude aufblitzen; eine Hand, weiß wie Schnee, die sich begierig ausstreckt ...

»Ach, Mr. Wooly, daß Sie gekommen sind!«

Seine Handfläche über der ihren machte einen Satz und verweigerte die Berührung; er erfaßte ihre Fingerspitzen und machte eine leichte Verbeugung aus der Taille. Förmlichkeit, so hatte er beschlossen, sollte den Stil dieser Begegnung prägen, kalte Förmlichkeit und ein vorsätzliches, wohlerzogenes Vermeiden jeder Erwähnung des Mißgeschicks von gestern abend.

»Miss Broome, nehme ich an?«

Sie schaute ihn verblüfft an. Wäre er ein Mensch gewesen, der je auch nur im entferntesten den Hauch der Gedanken eines anderen Menschen verspürt hätte, so hätte Mr. Wooly in diesem Augenblick aus dem leichten Zusammenziehen ihrer prachtvollen langen Augenbrauen, dem ebenso leichten Gefrieren ihres Lächelns, erkennen müssen, daß sie nicht nur erstaunt, sondern auch verärgert war.

Sie bemerkte in ruhigem Ton und mit dem reinsten Mayfair-Akzent: »Na, da soll mich doch der Teufel holen.«

»Wie bitte?«

Sie wurde genauso förmlich wie er. »Möchten Sie nicht ... Platz nehmen?«

»Danke.« Er setzte sich auf die Kante eines geradlehnigen Stuhls. Der Raum war schmal. Unvermeidlich, daß er nahe an ihrem Bett saß. Ihr dunkles Köpfchen auf dem schneeigen Kissen wandte sich ihm zu.

»Darf ich mich vorstellen? T. Wallace Wooly.«

»Ob Sie sich vorstellen dürfen? Warum nicht? Sehr angenehm.«

Sie berührte seine Wange, und die Hitze ihrer Handfläche traf ihn wie ein Schlag; seine Haut erinnerte sich.

»Müssen wir . . . so förmlich sein?« fragte sie. »Schließlich verdanke ich Ihnen mein Leben. Es gehört Ihnen, Mr. Wooly. Ich gehöre Ihnen. Und Sie kommen hierher und tun so fremd wie ein Bankvorstand beim falschen Kunden oder wie der chinesische Gesandte. Damit hatte ich wirklich nicht gerechnet. Denn wer bin ich jetzt – in den Augen von ganz Warburton?« Sie betupfte mit den Fingerspitzen ihre Brust.

Wie Granatäpfel, dachte Mr. Wooly.

Seine Gedanken waren verwirrt. Vorsicht flüsterte darin, der gesunde Menschenverstand, aber auch etwas anderes – Mitgefühl für dieses arme Opfer –, und mitten durch diese Konfusion hüpften einzelne klassische Begriffe wie »Granatäpfel« (harte, ungenießbare Dinger voller Kerne, wenn man es genau nahm) und eine Frage: »Quo vadis?« Auf Latein hieß das »Wohin gehst du?« oder so etwas ähnliches. Und die »Sabiner«? Wie war das noch mit den Sabinern? Er erinnerte sich an das große Bild der Sabinerinnen, das er in einem Buch mit alten Stichen gesehen hatte. Eine von ihnen lag am Boden und schaute zur Seite, so eine Dunkle. »Der Raub der Sabinerinnen«, so hieß das Bild, und warum, wo es doch mit seiner augenblicklichen Situation nicht mehr zu tun hatte als Neros Party im Buch »Quo Vadis« – was für eine Party! –, warum dachte er überhaupt daran? Wo waren seine sonst so kühlen und disziplinierten Gedanken? In wilder Flucht rasten sie davon, ein seelisches Caporetta, beim Himmel, und nur deshalb, weil seine Wange sich an die Berührung ihrer Handfläche erinnerte. Die ganze Zeit sah er sie an. Immer wenn sie langsam die schweren Lider

hob, begegneten ihm ihre gelben Augen. Dann verwandelte sich rund um den Brennpunkt seines gebannten Blicks alles Licht in Finsternis, und auf der ganzen Welt gab es nur noch diesen klaren, gelben Glanz.
Und genau in diesem Moment, mitten in dieser seltsamen Stille, trat eine adrette und fröhliche Schwester ins Zimmer, blaue Bluse, gestärkte weiße Schürze und Flügelhaube – wie der Engel der Verkündigung, wie der dem erschöpft dahingestreckten Alpinisten von der gütigen Vorsehung gesandte Bernhardinerhund. Sie brachte ein großes Tablett mit einem abwechslungs- und umfangreichen Mittagessen, dazu verschiedene Zeitungen. Zwitschernd und lächelnd stellte sie den Nachttisch zurecht, klapperte mit dem Geschirr, sagte »Herzchen« und »Schätzchen«, alles mit unpersönlicher Tüchtigkeit (zumindest erweckte sie diesen Anschein), und heftete ihre zynischen blassen Augen auf die sinnliche Schönheit dort im Bett und den berühmten, steifnackigen, aufrechten Mr. Wooly. *Man weiß doch wirklich nie,* dachte sie bei sich, *es heißt ja immer, diese kleinen Männer ... aber anscheinend ist sie es, die scharf auf ihn ist ... wie hungrig sie ihn anstarrt ...* Und so weiter. Sie erfand unnötige kleine Verrichtungen, um länger in der Atmosphäre teurer Wollüstigkeit zu verweilen, die sie sich in diesem Raum vorstellte, bis Mr. Wooly seine Augen in zwei polierte Roßkastanien verwandelte und ihr damit einen Blick zuwarf, der sie hastig Reißaus nehmen ließ. Das Essen brachte die Situation wieder ins Gleichgewicht. Mr. Woolys Gedanken gelobten Besserung und fügten sich der Disziplin, während er Jennifer beim Speisen zusah. Sie aß wie eine Aristokratin, mit zierlicher Sinnlichkeit – ähnlich einem wohlerzogenen, zartpfotigen Wolf. Sie verspeiste Austern und betrachtete jede einzelne, ehe sie sie sich einverleibte; sie verzehrte eine Schale mit rosa Krabben und ein Steak, schwarzhäutig und innen blutig. Ab und zu schenkte sie Mr. Wooly ein Lächeln, bot ihm etwas von dem Steak an, das sie sehr lobte, und merkte gar nicht, daß er schauderte.
Ganz unnötigerweise erklärte sie dann: »Ich fühle mich eigentlich ausgezeichnet. Morgen gehe ich hier weg.«

»Und wohin?«
Sie blickte traurig und schob den Tisch fort. »Ich weiß nicht.«
Er sah, wie ihre weißen Hände von den Speisen glänzten und hielt vor Schreck die Luft an, als sie sie am Bettlaken abwischte. Jetzt fiel ihm auch auf, daß ihr das dunkle, üppige Haar tief in die Stirn wuchs, wirklich ein bißchen zu tief, und daß die langen Brauen durch den Schatten feiner Flaumhaare, die dort wuchsen, mit dem Haaransatz verbunden waren. Sie stieß ihn jetzt ernstlich ab.
Jennifer leckte sich die Lippen. »Ich hatte Hunger.« Sie seufzte und fuhr, plötzlich wieder ganz mitleidheischend, fort: »Was soll ich anfangen? Wie kann ich überhaupt in Warburton bleiben, Mr. Wooly?«
»Warum nicht?«
»Warum nicht?« Sie nahm die Warburtoner ABENDSONNE, die einzige Zeitung der Stadt, in die Hand und deutete mit einem langen, spitzen Finger auf ein Bild auf der ersten Seite. Mr. Wooly beugte sich vor, um es anzuschauen. Er sah sich selbst, mit hervorquellenden Augen, wie er etwas über der linken Schulter trug – ein paar Gliedmaßen, gänzlich blank – und obwohl sein Gesicht genau in die Linse wies, die ihn eingefangen hatte, saßen die Pupillen entschieden im linken Augenwinkel.
»Die Überschrift«, sagte Miss Broome, »lautet: ›Das Unterteil der Treppe‹.«
»Die haben sich verdruckt«, stellte Mr. Wooly fest. »Sie haben ›Hinterteil‹ geschrieben. So etwas Dummes!« Er betrachtete noch immer das Bild. Es war wenig schmeichelhaft für ihn – oder für sie –, sowohl in ästhetischer als auch in gesellschaftlicher Hinsicht.
»Wie soll ich der Welt jetzt unter die Augen treten?« fragte die Dame Jennifer.
»Nun, so können Sie jedenfalls nicht weitermachen«, erklärte Mr. Wooly und betrachtete das Bild. »Ich meine, indem Sie den Leuten auf die Dauer Ihr ... oder vielmehr, Ihr Gesicht *nicht* zeigen. So kann man niemanden kennenlernen.«
Sie fing an zu weinen. Wie ein Kind. Es durchbohrte ihm das Herz.

V

Der Teufel ist los – endlich

Mr. Wooly, im Begriff, sich nach einem verheerenden Tag zum Dinner umzuziehen, sprach mit Bentley. Bentley arrangierte ein Paar Hosen über dem rechten Unterarm, beugte sich leicht vornüber und erzielte lediglich durch Heben seiner roten Augenbrauen einen Ausdruck intelligenten und tiefen Interesses. Er hatte ein breites Gesicht, das überwiegend aus Backen bestand, talgartig überzogen von jener benommenen, glasigblickenden Miene, die nur viele Jahre eines wirtschaftlich gesicherten Daseins und das Vertrauen in eine endlose Zukunft derselben Art zu erzeugen imstande sind. Nachdem er im Kopf eine Entscheidung darüber gefällt hatte, was sein Dienstherr wohl von ihm hören wollte, begann er nun, seinen Gedanken auch Worte zu verleihen:

»Meines Herachtens, Sir, hat sie das 'Otel selber angezündet, weil sie wußte, daß Sie der Hehrenvorsitzende von der Feuerwehr sind, Sir, und hat diese Schandtat bloß verhübt, damit sie Hihnen dabei in die Harme läuft, Sir! Eine Dame! Dame am . . . von wegen. Ich würde sie genau hüberprüfen lassen. In hihrer ganzen Vergangenheit würde ich 'erumstochern lassen, jawohl, das würde ich.«

»Die örtlichen Behörden und die zuständigen Stellen in New York und Washington sind von den Tatsachen in Kenntnis gesetzt worden«, versetzte Mr. Wooly kalt.

»Jawohl, Sir. Ich wollte nur sagen, Sir . . .«

»Sie ist ein ganz, ganz einsames Mädchen, Bentley.«

Bentley schrumpfte. Er hüllte sich in verletztes Schweigen. Eben noch hatte sein Arbeitgeber dieses Weib wütend beschimpft, und jetzt, kaum daß man ein vernünftiges Wort dazu sagte, sprang er einem gleich wieder ins Gesicht. Bentley fing schon selber an durchzudrehen.

»Ist es denn ihre Schuld, daß sie sich in mich verliebt hat, Bentley?«
»Sind Sie sicher, Sir, daß sie in Sie verliebt ist?«
Mr. Wooly blickte stirnrunzelnd in den Spiegel. Über seiner Schulter begegnete er den hochgezogenen Brauen und dem Mondgesicht seines Bedienten. Er drehte sich um und sah Bentley an. »Wollen Sie damit andeuten, daß das unmöglich ist? Warum sollte man mir diesen sentimentalen, emotionalen Tribut nicht gönnen, den doch oft nicht einmal die Niedrigsten und Unbedeutendsten entbehren müssen? Habe ich Warzen im Gesicht, Bentley? Ist mein Rückgrat von widerwärtiger Mißgestalt? Verraten Sie mir, Bentley, wo das sichere Anzeichen meines Aussatzes zu erkennen ist? Wo ist mein epileptisches Gezitter?«
Das war zuviel für den Butler. Seine Augenbrauen verschwanden im gesträubten Dickicht des fahlen Haupthaars. »Zither?« echote er klagend. »Ich wußte gar nicht, daß Sie eine 'atten, Sir. Da wäre Mrs. Woolys Mandoline – ich weiß, wo die ist. Sie ist . . .«
»Ruhe!« brüllte Mr. Wooly. Und es ward Ruhe. »Heute abend«, erklärte Mr. Wooly, »werde ich ein letztes Zusammentreffen mit Miss Broome haben. Und ich sage Ihnen, daß ich mich für einen großherzigen, ja heroischen Impuls nicht bestrafen lassen werde, als hätte ich ein Verbrechen begangen, verstanden?« Dann, in verändertem, mißtrauischem Ton: »Sie hätte das Krankenhaus verlassen können, aber sie blieb dort. Warum? Weil sie nichts anzuziehen hatte. Keine Kleider, kein Paß, kein Geld, gar nichts. Alles verbrannt.« Und mit klarer werdender Stimme: »Hat sie geweint? Keine Träne! Gelacht hat sie am Telefon. Hat mir erzählt, sie fühlte sich wie neugeboren. ›Nenn mich Baby‹, hat sie gesagt. Was für eine Frau, Bentley!«
»Eine wunderbare Frau«, erwiderte Bentley.
»Und wer hat für die Kleider bezahlt, für alle dazugehörigen Kleinigkeiten, Hüte, Taschen, Gott weiß was – die ganze Bagage?«
»Bagage!« rief Bentley und stampfte mit dem Fuß auf. »Recht haben Sie, Sir!«
»Ruhe!« kam es zornig von Mr. Wooly, der aber schon bald wieder lächelte.

»Ich habe meine Sekretärin mitgenommen, um mir beim Einkaufen zu helfen. Bentley, ich erinnere mich nicht, jemals Kleidungsstücke für die selige Mrs. Wooly gekauft zu haben.« Er sprach in dem gedämpften und feierlichen Ton, den er immer annahm, wenn er sie erwähnte.
»Mrs. Wooly hat himmer selbst für sich heingekauft, und für Sie auch, Sir, wenn ich mich recht herinnere«, warf Bentley ein.
»Ach ja! Es war ein interessantes Erlebnis, Bentley. Man kauft ja, wissen Sie, nicht nur die sozusagen oberflächlichen und äußerlichen Umhüllungen ...« Er seufzte und war gleich wieder die Beute rauherer Gedanken. »Ein durchsichtiger Schwindel, Bentley – aber ich lasse mich nicht hereinlegen! Ich werde ihr befehlen, sich fortzuscheren – und sie *wird* sich fortscheren!«
»Jawohl, Sir, und fort mit Schaden, Sir.«
»Das genügt, Bentley! Sie können gehen.«
In der Haltung eines Menschen, der gerade von einem durchgehenden Karussell gefallen ist, schwankte Bentley zur Tür. Auf einen weiteren Zuruf seines Dienstherrn hin kam er zögernd zum Stehen. »Einen Augenblick! Sie haben verstanden, daß sie heute abend mit mir speist – und zwar hier?«
»Hier?«
»Hier.«
»Heute habend?«
»Heute abend.« Mr. Wooly knirschte mit den Zähnen. »Ich werde ihr zeigen, wen sie vor sich hat«, knurrte er.
»Wie viele Plätze, Sir?«
»Was, Sie Dummkopf?«
»Wie viele Gedecke zum Habendhessen, Sir?«
»Wir beide, und Blumen ... Anemonen, eine riesige Schale voll. Sie wachsen«, murmelte er vor sich hin, »in den Feldern oberhalb von Cagne-sur-Mer. Das wird eine Überraschung für sie sein.«
»Eine Schale Anonymen«, sagte Bentley unterwürfig.
»Anemonen.«
»Monomanen«, stöhnte Bentley, und seine feiste Gestalt verschwand traurig am Horizont.

Mr. Wooly, alleingelassen, betrachtete sein Spiegelbild im Abendanzug. Ein kleiner, kompakter Mann mit großen, irren braunen Augen. Heute abend sah er beinahe älter aus als seine 39 Jahre. Die Falten, die ein ständiges selbstgerechtes Lächeln von der geraden, spitzen Nase nach unten gezogen hatte, waren tiefer, schienen aber wie verloren, und er hatte eigentlich gar keinen Gesichtsausdruck mehr. Noch nie war er so unsicher gewesen, so hin- und hergerissen zwischen Begierde und Vernunft; und er hatte sein Gesicht diesem neuen und betrüblichen Zustand noch nicht angepaßt.

Über den Abschnitt von Mr. Woolys Leben, der sich vom Tod seiner Frau im Jahre 1928 bis in die Gegenwart erstreckt, weiß man viel und zugleich doch sehr wenig. Er hatte ein Leben geführt, das größtenteils genauso privat war wie das eines Eisbären im Zoo. Im übrigen stärkten ihn sein Glaube und das Bedürfnis, anderen Mitgliedern des Männerbibelkreises ein Beispiel zu geben; aber er war ein lebenskräftiges Geschöpf; er hatte Tiefen; die Wünsche, die er unterdrücken mußte, flachgepreßt wie Sprungfedern, strebten nach Befreiung. Überall in der Seele des Unglücklichen sprangen grinsende, boshaft schielende Schachtelmännchen auf. Während er auf dem gelben Chinateppich unten im Wohnzimmer hin- und herlief, ließ ihn der Stachel eines Einfalls, eine Erinnerung, plötzlich ausbrechen wie ein nervöses Pferd. In alten Redensarten liegt Wahrheit. Er murmelte: »Eine höllische Situation!« Und: »Der Teufel ist los!«

Er benahm sich wie ein Idiot. Aber er wußte es genau. Also war er kein totaler Idiot. So deutlich wie die Nase in Bentleys Mondgesicht sah er, daß das Unheimlichste an dieser Frau ihr fehlender Hintergrund war, ihre von allem losgelöste, verwaiste Existenz – keine Verwandten, kein Besitz, keine Papiere, kein Hauch von all dem, nur ihre eigene Geschichte. Ihrer Aussage nach war sie am Tag vor dem Brand zu einer Bank in Manhattan gegangen, hatte ihr ganzes Vermögen abgehoben und aus einem Schließfach noch einen Koffer mit Schmuck geholt, dazu ihren Paß und einen Ordner mit Schriftwechsel. Natürlich war das alles verbrannt.

»Sie ist eine Lügnerin«, sagte sich Mr. Wooly, »eine hemmungslose Lügnerin. Wahrscheinlich kommt sie aus Flatbush.«
Sie hätte jahrelang in Europa gelebt, mal hier, mal dort. Das war ihre Geschichte. Ja – Europa. Diese Wüstenei. Europa war ein Ort, von wo man herkam. Das arme alte Europa würde nicht gegen einen zeugen. Das Schloß zum Beispiel, das sie nördlich von Paris besessen hatte – bei Chantilly –, das hatte der Staat übernommen, wegen der Steuern. Und was den Familiensitz in Little West Snifflehurst, Hants, betraf – so hatte in der letzten Zeit das Schicksal diesem Grund und Hosenboden der Familie so viele Tritte versetzt, daß er nun in Fetzen hing – eine Schande, die einen erröten ließ.
»Sie ist eine Lügnerin«, bemerkte Mr. Wooly laut.
Bentley, der auf dem Louis-Quinze-Buffet Gläser arrangierte, antwortete, »Jawohl, Sir«, was ein weiterer Fehler war.
»Ruhe!« donnerte Mr. Wooly.
Der Türgong ertönte. Sie war da.

Eine Weile blieb sie unsichtbar, während der bebende Bentley ihr den Pelz abnahm. Dann betrat sie das Wohnzimmer, hielt inne, um sich aus schrägen Augen gemächlich umzuschauen, lächelte ihr kleines Katzenlächeln – und Mr. Wooly sagte kein Wort von dem, was er hatte sagen wollen. Eine Zeitlang sagte er überhaupt nichts. Das lag daran, daß sie in mitternachtsblauen Chiffonsamt gehüllt war, das schwere, üppige Haar in kompliziertem, einschüchterndem Knoten oben auf dem Kopf. Das Kleid hatte keine Träger. Es blieb trotzdem oben – soweit es oberhalb der Taille überhaupt vorhanden war –, aber er konnte sich nicht denken, warum es das tat.
Die jaulende, durchdringende Stimme sagte »Guten Abend«.
»Sie sind gekommen«, erwiderte er töricht und höchst überflüssigerweise.
»Haben Sie an mir gezweifelt?«
»Wenn Sie glauben«, versetzte er und versuchte sich zu gerechtem Zorn aufzustacheln, »daß Sie, wenn Sie sich auftakeln als ob ...«

Noch während er sprach, trat sie ganz nahe an ihn heran und schloß ihm mit ihren Lippen den Mund. Bentley, der sich einen Augenblick von seiner Arbeit abwandte, um sie anzusehen, schnappte nach Luft. Er zitterte und erbleichte; scheu wich er zurück. Der Kuß dauerte. Er war wie . . . Aber wenn man einen Kuß beobachten und beschreiben muß, hat das nur den Erfolg, daß man die Japaner respektiert und beneidet, die *ihre* zärtlichste Aufmerksamkeit auf den kleinen Nacken ihrer Lieblinge konzentrieren und dadurch deren Augen und Nasen und die ganze komische Gesichtsdrückerei vermeiden. Mr. Wooly sah den Kuß natürlich selbst auch nicht. Er erlebte ihn – und ihn zu beschreiben hätte er nie versucht. Als sie sich endlich von ihm löste, als ihre und seine Arme herabsanken, tastete er nach der Wand hinter sich, lehnte sich dort an und ließ sich langsam nach unten in einen Stuhl gleiten, der allerdings zufällig gar nicht dastand. Als er auf dem Boden landete, schwankte sein Rumpf nur noch sekundenlang aufrecht hin und her und lag dann flach, während sie, weniger mitgenommen, durch den Raum wanderte und dessen elegante Ausstattung bewunderte – oder überprüfte.
Nach einer Weile kam Mr. Wooly wieder auf die Füße, jedoch nicht zu Verstand. Bentley, der das Schlimmste fürchtete und das auch in jedem Zittern und Blubbern seiner fetten Person deutlich zeigte, bediente die beiden. Sie aßen; sie tranken Eiswasser; sie trieben höfliche Konversation. Gemeinsam bewunderten sie die Anemonen. Mr. Wooly interessierte sich nicht für sein Essen. Er legte eine Gabel voll *escarolle* hin und stützte das Kinn in die Hand. Er sah seiner Dame beim Speisen zu und staunte über die glatte Blässe der ganzen Haut. *Wie* schaffte es der blaue Samt nur, sich oben zu halten?
»Er ist angeklebt«, bemerkte sie bescheiden, obwohl er kein Wort gesagt hatte. »Liebling, du hast so wunderschöne große braune Augen.«
»Ich durchschaue Sie«, erklärte er ruhig und eindringlich.
Sie errötete vor Vergnügen. »Liebling«, wiederholte sie.
»Was ist nur an mir dran«, fragte er sich ganz unpersönlich, »das

die Menschen so bezaubert? Ich habe schon oft darüber nachgedacht.«

»Du bist so bescheiden«, erwiderte sie. Dann gab es einen kleinen Mißklang. »Aber dieses Essen, das du auf den Tisch bringst – was ist das?«

»Nüsse.«

Sie warf ihm einen schnellen, fragenden Blick zu. »Wie bitte?«

»Es besteht aus Nüssen und Vollweizen und geriebenen Möhren, geformt wie ein Kotelett.«

Sie musterte es mit angewidertem Stirnrunzeln, so wie eine hungrige Katze einen Teller mit Gurkenscheiben betrachten würde. Bentley bebte über dem Silber auf der Anrichte. Sie redete ihn an. »Den Wein, Bentley«, sagte sie.

Bentley starrte seinen Dienstherrn mit aufgerissenen Augen an.

Dieser antwortete für ihn: »Wein? Kommt bei mir nie auf den Tisch. Wir sind hier trocken«, erklärte er.

»Nicht so trocken wie ich, wetten?« meinte sie, setzte die kleinen scharfen Zähne an den Rand ihres Eiswasserglases und nippte.

Nach der *Schwimmenden Insel* tranken sie im chinesischen Westzimmer einen braunen Gesundheitstrank aus Mokkatassen. Danach schlug Jennifer eine Hausbesichtigung vor.

Nerven hatte sie, daran gab es keinen Zweifel. Nerven hatte sie immer schon gehabt. Schließlich hatte sie sich heute abend selbst hier eingeladen; sie hatte sich über sein Essen lustiggemacht und mit einer Oberlippe, die sich zurückzog und zitterte, als sproßten beleidigte Katzenschnurrhaare darauf, an seinem hervorragenden Eiswasser genippt. Und jetzt wollte sie auch noch sein Haus inspizieren.

Mr. Wooly sagte: »Jetzt hören Sie aber mal auf – es ist Zeit, daß Sie hier abhauen, meine namenlose, aufdringliche Freundin. Zeit, daß Sie sich ein anderes, bequemeres Opfer suchen. Ich bin Multimillionär, oder wenigstens das, was in diesem Teil des Staates New York dafür angesehen wird. Ich bin verwitwet. Ich bin eine großartige Partie für so eine – eine – äh – Abenteurerin (das ist das richtige Wort), denn das sind Sie doch, Sie mit Ihrer gesichtslosen Familie, Ihrer adressenlosen Vergangenheit ... Ihrer verwaisten Gegenwart. Sie möchten ein Inventar meines persönlichen Besitzes erstellen? Nein, vielen Dank – ohne mich!«

Aber das alles sagte sich Mr. Wooly nur innerlich. Was er laut bemerkte, war folgendes: »Bernard Doodle hat das Haus entworfen, natürlich mit meiner Hilfe. Die Hauptdiele ist ... Das? Das ist ein Porträt von Mrs. Wooly. Sie ist gestorben, als sie auf Besuch bei einer ihrer Lieblingstanten war, in Grand Rapids, einer exzentrischen Dame, die ...« Er stürzte sich in Einzelheiten und Anekdoten, die selbst dann absolut anödend gewesen wären, wenn Jennifer die Tante gekannt hätte.

Jennifer unterbrach ihn. »Wann?«

Mr. Wooly ruderte in der Luft. »Wann was?«

»Wann ist sie ...?«

»Dahingegangen?«

»Dahingegangen.«

»1928.«

Jennifer nickte mit der üppigen dunklen *coiffure* und musterte ihren Gastgeber von der Seite. »Ach«, schnurrte sie und betrachtete von neuem das Ölgemälde von Mrs. Wooly – einer blauäugigen, wohlhabend aussehenden Dame mit randloser Brille an goldener Kette, einem unerfahrenen Mund und ausdrucksloser, benommener Miene.

»Ich bin hellseherisch veranlagt«, sagte Jennifer. »Mrs. Woolys Lieblingsessen war Obstsalat mit Schlagsahne.«

»Sie sind wirklich Hellseherin«, antwortete Mr. Wooly strahlend und fügte mit traurigem Blick hinzu: »Arme Sadie. Ach, Sadie, ich bin dir immer treu gewesen!«

Jennifer legte die heiße, harte Handfläche auf sein Handgelenk, so daß er einen kleinen Satz machte. »Wollen wir jetzt nach oben gehen?«

Also gingen sie hinauf.

Das Billardzimmer, die dunkelgetäfelte Bibliothek, alle anderen Zimmer – nichts hatte sie besonders interessiert. Sie schaute. Sie

sagte nichts. Dann kamen sie zu seinem Zimmer, diesem napoleonischen Prachtstück. »Und das«, meinte er nur, »ist mein Zimmer«, und öffnete die Tür einen Spalt breit. Sie setzte einen Satinfuß dazwischen. *»Deins?«*
Sie betrat es. Schließlich konnte er ihr ja nicht den Fuß zerquetschen.
Er erläuterte ihr die Brokatvorhänge an den Fenstern, den Gobelin, der die eine Wand bedeckte, den aus Spanien eingeführten Kamin (jeder gemeißelte Stein einzeln numeriert) und so weiter. Das Bett, teilte er ihr mit, hatte einem Vorfahren gehört, aus einer Seitenlinie.
»Wie weit seitlich?« fragte Jennifer.
»Ich meine, ich stamme nicht in direkter Linie von ihm ab.«
Jennifer warf einen Blick voll unverhüllten Interesses auf das enorme Bett. Sie fand und betätigte den Schalter der rosaroten Leselampe. Sie fand und drückte den Knopf, der die gelbe, horizontale Satinverkleidung des Spiegels über dem Bett verschwinden ließ. Der gelbe Satin rauschte ans Fußende. Jennifer reckte den Hals und sah sich sozusagen an der Decke.
Vor den Fenstern, die hoch waren und sich wie Türen öffnen ließen, lag ein Balkon, der das Dach der Säulenveranda an der Südseite des Hauses bildete. Oben am Himmel stand schwer der Mond, ein halbgeschmolzener, goldener Klumpen. Eine feuchte, halbkühle Brise tastete sich durch das Laub und Jennifers dunkle, üppige Locken. Die Luft war geschwängert vom Duft des Rasens und der Teerosen unten am Springbrunnen, drei Etagen tiefer.
An der Wand hing eine Fotografie von Mrs. Wooly, von vorn aufgenommen, der Blick gerade auf jeden gerichtet, der zu ihr hinüberschaute. Mr. Wooly tat es. Wieder erinnerte er sich an seine lange Treue. Der Raum lag im Schatten, seine Besucherin stand unsichtbar in einer Ecke, und er fühlte, wie Jennifer, dieses fremdartige, unheimliche Wesen, in das Zimmer eindrang und es störte. Ein zorniger Selbstverteidigungstrieb glomm in seiner Seele auf. Ganz plötzlich wußte er, was er zu tun hatte. Die Fenster waren offen. Mit Jennifer schlenderte er auf den nicht überdach-

ten Balkon. An dem niedrigen, steinernen Geländer blieben sie stehen.
»Jennifer«, begann er, »ich muß Ihnen etwas sagen.«
»Ja, Wallace«, seufzte sie und gebrauchte dabei zum erstenmal seinen Mittelnamen – schließlich kannte sie ja seinen Vornamen nicht.
»Es ist das: Ich kann nie wieder heiraten.«
Eine Pause voll schweren Schweigens.
»Niemals«, sagte Mr. Wooly im Gefühl sicheren Triumphs. »Nach Mrs. Wooly könnte ich nie mehr . . . eine andere lieben.«
Sie hatte den Kopf gesenkt. Ein seltsamer Laut entrang sich ihrer Kehle. Sie barg das Gesicht in den Händen.
Mr. Wooly begriff entsetzt, daß sie stöhnte. Die arme, freundlose kleine Frau! Es war schrecklich. Aber was dann folgte, war noch schlimmer.
»Du stößt mich von dir, nicht wahr?« ächzte sie.
Was sollte er sagen?
»Nun habe ich nichts mehr, für das ich leben kann. O Gott, ich wünschte, ich wäre tot.«
»Bitte, bitte sagen Sie nicht so etwas!« antwortete Mr. Wooly. »Es ist unrecht. Es steht Ihnen nicht zu, sich selbst das Leben zu nehmen.«
»Ich werde nicht auf den Tod warten«, stöhnte sie wieder.
Bevor er noch begriff, was sie meinte, war Jennifer anmutig auf das steinerne Geländer gesprungen. »Leb wohl«, sagte sie, »leben Sie wohl, Mr. Wooly.« Und während seine vor Schreck gelähmten Glieder sich anstrengten, ihn zu ihr hinzutragen, warf sie sich kopfüber in die Tiefe. Man vernahm ein gräßliches Krachen und Reißen aus der großen Ulme, die ihre Zweige unmittelbar unter dem Balkon ausbreitete. Dann herrschte Stille, tödliche Stille, die alles einhüllte.
Mr. Wooly sank auf die Knie. Er wagte nicht über das Geländer zu schauen. »Jennifer!« rief er aus. »Ich habe dich getötet! Jetzt, da du fort bist, weiß ich, daß ich dich liebe. Ich liebe dich! Ach Gott, wenn doch nur ein Wunder geschähe und du am Leben bliebst –

wir hätten heiraten können. Jennifer ... Geliebte ...« Und so weiter, und so weiter – immer wieder das gleiche, als hätte er zu guter Letzt tatsächlich den Verstand verloren.
Er war zutiefst und ungeheuer erschreckt, und trotzdem durchzuckte seine fieberhaften Gedanken eine tröstliche Vorstellung: *Ich werde dir treu sein,* dachte er.
Auf jedem Sektor menschlichen Strebens gibt es Professionelle und Amateure. Mr. Wooly war ein professioneller Versicherungsverkäufer, ein professioneller Tischredner, ein Amateur-Christ (oder vielleicht war sein Status hier ambivalent) – und ein professioneller Treuliebender. Er hatte Mrs. Woolys Schatten die Treue gehalten; jetzt erspähte er die Gelegenheit, einem weiteren Nichts treu zu bleiben, das den Namen Jennifer trug. Er sprach seine Gedanken laut aus, und noch während er sie in Worte faßte, fühlte er eine Hand auf seiner Schulter. Sie brannte sich durch den Stoff seines Jacketts, durch die Wattierung, durch das Batisthemd, bis sie die Haut selbst berührte. Eine äußerst fühlbare Hand.
»Mr. Wooly!« sagte eine eindringliche, singende – wenn auch nasale – Stimme.
Er wagte aufzublicken. Es war nicht ihr Geist. Es war Jennifer selbst. Der blaue Samt war zerfetzt; unterhalb der Taille war er kaum noch vorhanden. Die obere Front jedoch, die an nichts gehangen hatte, von nichts gehalten worden war – sie war wundersamerweise noch da ... Mr. Wooly starrte sie mit dem Blick eines waidwunden Rehs an.
»Vergib mir«, seufzte er.
Jennifer nahm Mr. Woolys Wangen zwischen ihre brennenden Handflächen. Flüsternd erklärte sie, die Ulme – und unter der Ulme noch ein kräftiger Catalpa-Baum – hätten sie in ihren Armen aufgefangen und sie zwar dabei um ein Haar nackt ausgezogen, ihren Sturz kopfüber auf den harten Erdboden jedoch ausreichend abgefangen. Das Rockteil des blauen Samts war freilich dahin, was weiter kein Wunder war, ebenso die Strümpfe ... nicht aber die goldenen Schuhe ...

»Jennifer«, sagte Mr. Wooly, »Jennifer.« Und dann hörte er sich sagen: »Willst du mich heiraten?«
Sie schien zu überlegen. Sie senkte den Kopf. »Ja, Mr. Wooly«, antwortete sie mit einem schneidenden kleinen Klicken in der Stimme, als schnappten unsichtbare Handschellen ein. »Morgen.« Ihr Körper wurde schlaff. Schon wieder mußte er das Mädel abschleppen! Er transportierte sie in sein Schlafzimmer und bis an dessen massive Tür. Sie machte eine kleine Bewegung. »Wohin bringst du mich?«
»Nach Hause«, erwiderte er und bemühte sich, den Knopf zu drücken, der Bentley herbeirief.
»Bring mich ins Bett, Liebling«, hauchte sie und fügte hinzu: »Bentley brauchst du dazu nicht.«
Was konnte er, ein im Grunde seines Herzens gutherziger und ritterlicher Mann, anders tun, als der armen Dame zu gehorchen? Er warf Mrs. Woolys Porträt einen inständig bittenden Blick zu, aber der gemalte Glanz hinter der gemalten, rutschenden Brille wurde nicht weicher.
Mit einem qualvollen, flehenden Rollen seiner großen braunen Augen und einem Zucken der schwer beladenen Schultern bat er sie um Verzeihung. Er teilte die blauen Brokatvorhänge des bewußten Bettes, legte die halbnackte Jennifer hinein und schaltete den milden Rosaschein der Leselampe an.
»Meine Schuhe«, seufzte die Dame. Er verstand, daß sie wünschte, er möge sie ihr ausziehen. Sie waren aus vergoldetem Ziegenleder und er dachte – ein wenig wahnwitzig –, goldenes Ziegenleder sei so heidnisch wie nur je ein goldenes Kalb; und die ganze Zeit schwankten die Gezeiten seiner Seele schwindelerregend zwischen Ebbe und Flut und suchten das Gleichgewicht, das er so viele Jahre unangefochten besessen hatte. Er haßte diesen Eindringling aus tiefster Seele – und demütig küßte er ihren seidigen Zeh. Sie seufzte wieder und lachte leise. »Was für ein Bett!« hauchte sie. »Wir werden darin leben – darin schlafen und essen und unsere sportlichen Übungen machen ... Ein Bett wie der Madison-Square-Garten, für Ringkämpfe wie geschaffen ... Hand in Hand werden

wir darin auf und ab wandeln ... Wir werden ein weißes Laken ans Fußende hängen und Filmvorführungen für unsere Freunde veranstalten. Wir werden zwölf Kinder haben, mein kleines Männchen, und sie werden da drüben in der Ecke schlafen, während wir uns in dieser anderen Ecke zusammenkuscheln, du böses Männchen du, du Heuchler, du mit deinem gerechten Wandel! Schau mich an, Wallace, schau mich gut an ... *Ekelt dich immer noch des Fleisches?«*

Er wagte jetzt, sie anzusehen, nachdem sie ihn dazu aufgefordert hatte, die blasse Glätte und Vollkommenheit ihrer Haut, von der zwischen den Fetzen ihres Kleides so viel sichtbar war. Nirgends aber war auch nur ein Kratzer zu erkennen, eine ebenso faszinierende wie unglaubliche Tatsache. Er verdoppelte den Eifer seiner Untersuchungen. »Kein einziger Kratzer«, erklärte er, »aber das ist doch unmöglich!« Nachlässig stimmte sie zu. Es war unmöglich, aber da hatte man es eben, oder vielmehr, man hatte nichts. Diese ganze Erdanziehungskraft – der Sturz kopfüber aus dem dritten Stockwerk – so viele spitze Äste und Zweige, scharfkrallig wie Fingernägel – und kein einziger Kratzer!

»Laß nur«, meinte sie, und ihre schläfrige Stimme war wie ein Fis, das man auf der Geige anzupft und ausschwingen läßt, »zerbrich dir nicht das Köpfchen, Liebling. Es ist spät. Zeit, ins Bett zu gehen. Du in diese Ecke, ich in jene. Gibt es ein Telefon oder verständigen wir uns durch Jodeln? Eigentlich könntest du ja auch einmal herüberkommen und mich besuchen.«

Mr. Wooly sagte gar nichts. Am ganzen Leibe zitternd vor Sehnsucht und Abscheu entkleidete er sich und drehte Mrs. Wooly zur Wand. Es war das Mindeste, das er für sie tun konnte.

Morgens zur gewohnten Zeit erschien Bentley. Er klopfte und trat gleich darauf, wie üblich, ein. Dann blieb er stehen und hielt das Tablett in die Höhe, auf dem wie immer eine kleine silberne Teekanne mit einer Tasse stand. Mr. Wooly trank vor dem Aufstehen stets einen Schluck Tee. Bentley stierte und ließ ein kleines Aufstöhnen ertönen. Gestern abend hatte Mr. Wooly gesagt, er würde

ihr schon zeigen, wo sie hingehörte. Gehörte sie *hier* hin? Bentleys schlimmste Befürchtungen waren eingetroffen. Sie sagte etwas, und ihr Ton war der einer Hausherrin.
»Stellen Sie es dort ab, Bentley«, sagte sie.
Er blubberte und zitterte, die Augenbrauen wie verstörte Raupen. Schließlich riskierte er eine ängstliche Frage. »Darf ich mich erkundigen, wo Mr. Wooly geblieben ist?«
»Gewiß dürfen Sie das, Bentley.«
»Nun denn, Madame, ich frage, wenn Sie gestatten.«
»Mr. Wooly«, erwiderte sie und klopfte ein Kissen flach, um sein blasses Antlitz dahinter freizulegen, »ist in Ohnmacht gefallen.«
Und das war er wirklich, gelähmt, ein kleines Grinsen der Erinnerung im Gesicht, einen rosigen Lippenstiftfleck am Ohr.

VI

Die Schlampenranke

In dem Restaurant, wo Mr. Wooly und seine sanfte, langbeinige Sekretärin zu Mittag aßen – verschiedene Arten Stärke und jede Menge gesundheitsförderndes Grünzeug –, gab es Musik. Sie murmelte und stöhnte ohne Pause aus einem Loch in irgendeiner entfernten Ecke, wo sie von Manhattan aus hingeleitet wurde. Es war eine ziellose Art Musik, und obwohl sie dazu da war, den Menschen Vergnügen zu bereiten und sie heiter zu stimmen, kam sie Betty Jackson eher traurig vor. Betty war hungrig, hungrig nach Liebe; Sehnsucht fesselte ihre Glieder und machte sie schwer; und außerdem war sie hungrig nach Essen. Sie hätte dieses Karnickelfutter weiteressen können, bis ihre Nase vibrierte und sie lange Ohren bekam, aber sie hätte immer noch Hunger gehabt. Nicht daß sie Mr. Wooly hätte kritisieren wollen, der jetzt schon eine Stunde lang redete und immer noch kein Ende fand. Nein, wenn er sie als Vegetarierin sehen wollte, dann würde sie eine sein, da gab es gar keine Frage. Sie stützte das runde und anbetungswürdige Kinn in die linke Handfläche und sah zu ihm auf. Sie betrachtete seine Lippen, und Röte stahl sich in ihre Wangen; ihre Augen wurden dunkel.

Mr. Wooly, der die Namen der Leute abhakte, die an seiner Hochzeitsfeier teilnehmen würden, sah überallhin, nur Betty Jackson nicht ins Gesicht. Er sprach gegen die Zeit, gegen Stille und Nachdenken, er redete laut und prahlerisch. Zum fünfzigstenmal erzählte er ihr, was für ein Glückspilz er doch war.

Sie seufzte. Er tat ihr so leid, daß sie hätte weinen können. »Warum lachen Sie mich aus?« fragte er.

»Ich lache ja gar nicht. Ich würde Sie niemals auslachen, Mr. Wooly. Ach, das ist alles gar nicht komisch.« Sie streckte die Hand über

den Tisch und berührte seinen Arm. »Tun Sie es nicht«, sagte sie leise. »Heiraten Sie sie nicht.«
Sein Gesicht zuckte, als hätte sie ihn geschlagen. Heiser flüsternd gab er zurück: »Es ist zu spät, zu spät.« Dabei bedeckte er mit zitternden Fingern sein Gesicht. »Es ist zu spät.«
»Sie lieben sie nicht, Mr. Wooly, Sie Armer.«
Aber da gewann er seine Haltung wieder. Rauh antwortete er: »Sie verstehen das nicht. Ihr Mitleid ist völlig fehl am Platze – unverschämt.«
Aber sie sah nur, daß er unglücklich war, unsagbar unglücklich, und im geheimsten Inneren ihres reinen und liebevollen Herzens tat sie Jennifer Broome ein paar schnelle und tödliche Sachen an, denn sie hielt Miss Broome für eine boshafte schwarze Katze.
Es war Zeit zum Aufbruch. Swanson fuhr zuerst zu ihrer Pension.
»Auf Wiedersehen.«
Mr. Wooly streichelte ihre Hand, wobei er hysterisch auflachte. Wenn Ziegen lachten, würde es ähnlich klingen: ein dünnes Mekkern.
Sie legte die langen Arme um ihn. »Kommen Sie zu Betty«, sagte sie, »wenn Sie mich brauchen. Auf Wiedersehen.«
Sie war seine Mutter, seine Geliebte. Nein, das war sie *nicht*! Er wurde noch verrückt. Während der Wagen davonbrauste, faßte er den Entschluß, Betty Jackson zu feuern, morgen – oder jedenfalls übermorgen.
Aber am übernächsten Tag gab es eine kleine, aber elegante Hochzeit in der Ersten Kirche, und die Nacht des darauffolgenden Tages war die Nacht, in der er das wahre Gesicht seiner Gattin sah – und dann ...
Von der Hochzeit gibt es nicht viel zu berichten. Die Braut trug zynischerweise – denn welches Recht dazu hatte sie schon? – jungfräuliches Weiß, im Arm einen Strauß weißer Rosen. Sie versteckte die gierigen schrägen Augen, indem sie zu Boden schaute. Der Bräutigam hielt den Kopf hoch und rollte die großen braunen Augen.

»Der alte Knabe«, bemerkte Mr. Simpson, der auch anwesend war, »sieht aus, als würde er gleich mit lautem Wiehern davontraben.«
Das hörte Sara, Mr. Woolys fünfzehnjährige Tochter, ein schlankes, ansehnliches Persönchen und nicht dumm.
»Wenn er das täte, würde sie aufspringen und ihn reiten«, wisperte sie. »Und sich mit sämtlichen Krallen festklammern.«
»Aber ist sie nicht hübsch?« flüsterte ein junger Vetter.
»Der arme Dad«, seufzte Sara.
»Allerdings ungefähr so vegetarisch«, fuhr der junge Vetter fort, »wie ein Wiesel.«
»Dad hat für Wiesel was übrig«, gab Sara zu. »Wer hätte das je gedacht?«
»Aber schön«, beharrte der Vetter, und Mr. Simpson neben ihm konnte nur hauchen: »Ach ja.«
Nun standen Braut und Bräutigam vor Dr. Fergus Peyton, dem langen, hohlwangigen Pastor. Es gab keine Unterbrechungen.
Braut und Bräutigam, sowie das Dutzend Gäste, begaben sich dann zum Domizil der Woolys und nahmen dort einen gesunden, wenn auch nicht sonderlich appetitanregenden Imbiß ein. Alle Anwesenden hatten ihre eigenen Ansichten über die neue Mrs. Wooly, aber niemand konnte bestreiten, daß sie sich von Kopf bis Fuß als Dame benahm.
Die kleine Sara war entsetzt und bestürzt darüber, ihren Vater mit einer fremden Frau teilen zu müssen, und der junge Vetter ließ dunkle Andeutungen darüber fallen, daß Mr. Wooly jetzt endlich sein wahres Gesicht gezeigt hatte, indem er eine so heiße Nummer heiratete, wie Jennifer das offenkundig war.
Was Bentley, den Butler, betraf, so lautete sein Kommentar einem Stubenmädchen namens Hortense gegenüber, daß *die* ab heute als »'Errin vom 'Aus hauftrat hanstelle des 'Errn.«
»Die verbrennt ihn verdammt noch mal zu Hasche«, fügte er hinzu.
Jennifer gab sich tatsächlich Mühe, die Freundschaft der Kinder zu gewinnen. Bei dem frühreifen jungen Vetter hatte sie damit sogar

einen gewissen Erfolg und weckte ein Interesse; denn nachdem sie ihm einen Kuß gegeben hatte, starrte er sie mit einem ganz neuen Ausdruck auf seinem schlichten, lüsternen kleinen Gesicht an; aber bei Sara kam sie nicht weit. Die sehr junge kleine Frau sah der Älteren in die gelben Augen, ohne zu blinzeln, und auch ohne jedes Anzeichen keimender Zuneigung.

»Du bist ein hübsches kleines Ding«, meinte die neue Mrs. Wooly. »Swanson wird dich noch heute abend nach New Rochelle zurückbringen.« In New Rochelle war Saras Internat.

Mr. T. Wallace Wooly selbst lief herum wie ein Schlafwandler. Er hatte einen kleinen Blick in die Zukunft geworfen, und was er dort gesehen hatte, raubte ihm den Atem. Seit jener ersten Nacht hatte er in einer Art schielender Verzückung gelebt; eine wandelnde Feuersbrunst war er, der arme Kerl.

Am späten Nachmittag machten Sara und er, auf Saras Vorschlag, einen kleinen Ausritt auf ihrem Waldweg. Das Mädchen saß auf einem kleinen schwarzen Pferd, Wooly auf einer alten Fuchsstute namens Rommee, einem sanften, dümmlichen Geschöpf, einer Großmutter von Pferd, deren Jugend in den letzten Tagen der ersten Mrs. Wooly gelegen hatte, mit der sie, um die Wahrheit zu sagen, starke Ähnlichkeit hatte.

»Du mußt nicht glauben, daß sich irgend etwas geändert hat«, erklärte Mr. Wooly seiner Tochter, als sie den Schatten des Waldes verließen und sich wieder dem Haus näherten. »Jennifer ist eine Dame – reizend und kultiviert. Sie wird dir eine gute Mutter sein.«

»Ja, Dad«, antwortete Sara.

»Natürlich ist sie anders«, fuhr Mr. Wooly fort.

»Das ist wahr«, erwiderte Sara. Sie zügelten die Pferde, damit Sara noch einen letzten Blick auf das große alte Haus unter den Ulmen werfen konnte.

»Wie kommst du in Algebra voran?« erkundigte sich Mr. Wooly.

»Ganz gut«, sagte sie. »Ich meine, lausig. Bist du glücklich, Dad?«

»Was? Was soll denn diese Frage bedeuten? Ob ich glücklich bin? An meinem Hochzeitstag? Ich bin glücklich wie eine Lerche.«
»Bist du sicher?«
Das war zuviel. »Ob ich sicher bin? Verflixt, Mädel, woher soll ich wissen, wie glücklich eine Lerche ist? Ich habe noch nie eine Lerche gesehen, geschweige denn ausgefragt. Vielleicht ist dieses ganze Gewäsch von Lerchen, die sich pausenlos vor lauter blödem Glück überhaupt nicht beruhigen können, sowieso bloß ein Ammenmärchen. Aber vielleicht ist auch ein Märchen«, fügte Mr. Wooly ein wenig wild hinzu, »genausogut wie ein Lächeln. Ha, ha.«
»So habe ich dich noch nie erlebt«, bemerkte Sara traurig.
»Du hast mich ja auch noch nie an meinem Hochzeitstag erlebt, Mädel«, gab Mr. Wooly bissig zurück.
»Nenn mich doch nicht immer ›Mädel‹ wie die Leute bei Dickens oder so was.«
»Also gut, Miss Wooly, es stimmt doch, daß du mich noch nie an meinem Hochzeitstag gesehen hast, oder etwa nicht? Bei meinem ersten warst du jedenfalls eindeutig nicht dabei. Und was die Lerchen betrifft, wollte ich eigentlich nur sagen, ›Liebe lacht der Lerchenmärchen‹. Ha, ha.«
»Ach, armer Dad«, sagte Sara, »du bist ganz schön durcheinander.«
»Ha, ha«, erwiderte Mr. Wooly.
»Du kommst mir vor wie verhext.«
»Und warum nicht, Sara? Kann sie einen nicht behexen?«
Sie lenkten die Pferde langsam zum Stall. Aus der Finsternis erschien Swanson. Über seinem melancholischen Backenbart, mit zurückhaltendem, jedoch ganz und gar mißbilligendem Blick, musterte er seinen Arbeitgeber. Sein Gesichtsausdruck, der aufreizendste, den die menschliche Physiognomie kennt, verkündete, daß er eher betrübt als erzürnt war . . .
Mr. Wooly stieg ab und begegnete dem gleichen Ausdruck im Gesicht seiner Tochter. Ein kurzer Krampf befiel ihn, währenddessen er eine Anwandlung spürte und niederkämpfte, die seiner im wesentlichen würdevollen Natur eigentlich überhaupt nicht ent-

sprach – nämlich zuerst Swanson einen Tritt in den Hosenboden zu versetzen und anschließend, erheblich kräftiger, seiner Tochter. In dieser Sekunde sah er zufällig in die großen, schönen Augen der alten Fuchsstute Rommee, der Favoritin seiner ersten Frau, und der verwirrte Mann glaubte, auch darin jenen Ausdruck zu lesen. Das war zuviel. Er machte einen Schritt rückwärts und verpaßte ihr den bis dahin unterdrückten Tritt mitten auf die Kruppe.

»Da!« sagte Mr. Wooly und klopfte sich den Staub von den behandschuhten Händen, indem er sie gegeneinanderschlug, »du – *Roß*!«

Alles, was Rommee äußerte, war »Uff!«, aber sie legte ihre ganze Seele hinein. Jawohl, sie meinte es so. Was sie sich dabei dachte, behielt sie für sich. Es war offenbar nichts Freundliches. Sie war jetzt sowohl gekränkt als auch zornig.

Am frühen Abend brachte Swanson Sara fort. Dem alten Bentley netzten Tränen die feisten Wangen, als er sie gehen sah. Und Jennifer war so sanft und bezaubernd, daß Mr. Wooly, als er sie beobachtete, die Augen feucht wurden. »Wie sehr«, dachte er in seinem Herzen, »habe ich diesem kleinen Frauchen Unrecht getan!«

Allein zurückgeblieben – *enfin seul,* wie Mr. Wooly es zärtlich ausdrückte –, wandelten die beiden noch ein Weilchen, ihre Hand auf seinem Arm, durch Wohnzimmer und Bibliothek und traten dann schließlich auf die weitläufige Südterrasse, wo sie gravitätisch auf und ab schritten und ebenso gravitätisch über ihre glückliche Zukunft diskutierten. Sie war entzückt und entzückend. Mr. Wooly kam nicht auf den Gedanken, daß ihr Entzücken vielleicht die Befriedigung des Künstlers über eine glänzend gespielte Rolle oder vielleicht sogar der innerliche Genuß ihres Triumphs – über ihn – sein könnte. Als er jedenfalls etwas von später Stunde und Müdigkeit murmelte, flüsterte Jennifer (und ihr heißer Atem kitzelte) ihm ins Ohr, daß auch sie müde wäre; und so stiegen sie langsam, mit rührend altmodischer Würde, die Windungen der großen Treppe hinauf.

Jennifers Einfall war es, sich für diese Nacht in ihren eigenen Räumlichkeiten, die neben seinen lagen, fertig zu machen; ihr Mädchen, Hortense, half ihr dabei. Sie ließ sich Zeit und erschien endlich in einem hauchzarten, wallenden, aber äußerst dezenten Nachthemdchen und flauschigen Pantöffelchen. Hastig, mit fliegenden Haaren und einem leisen, verlegenen kleinen Lachen hüpfte sie in das große Bett, in dem Mr. Wooly schon lange lag. Es war, als hätte sie vergessen, daß der Vollzug einer Ehe immerhin etwas durchaus Einzigartiges ist; aber Mr. Wooly war ein Mensch, der in diesen Dingen nur allzusehr zu heuchlerischem Selbstbetrug neigte.

Atemlos sagte sie: »Und nun, Mr. Wooly, bleibst du schön da drüben in deiner Ecke, und wir unterhalten uns ein bißchen.«

Kein anderer Vorschlag, oder jedenfalls kaum einer, hätte ihm mehr Freude machen können. Also unterhielten sie sich über die außenpolitische Lage und vielerlei andere Dinge, zum Beispiel, daß das Haus hypothekenfrei war, daß das Pferd Rommee zu Lebzeiten der ersten Mrs. Wooly ein Fohlen gewesen war und sie es besonders geliebt hatte, und daß man es aus Respekt zum Gedenken ihrer Zuneigung zu ihm behalten hatte. Jennifer fragte erneut nach dem gewaltigen Bett. Der Onkel, von dem Mr. Wooly es ererbt hatte, erklärte dieser, war offensichtlich ein früher Anhänger der »Bilde-dich-fort«-Methode gewesen. Mr. Wooly zog an der Schnur, die den riesigen Spiegel, der das Bett überdachte, verhüllte. Die rosarote Leselampe wurde zum Erglühen gebracht. Mr. Wooly betrachtete seine junge Frau und lächelte. »Ideal«, erläuterte er, »zum Trainieren der Gesichtsmuskeln.« Er ließ sein Lächeln breiter werden, wobei er die Veränderung oben im Spiegel verfolgte, zog die Stirn in Falten, schaute entsetzt und riß in mahnendem Eifer weit den Mund auf. »Siehst du?« fragte er. »Oder man kann sich auch mit anderen sehr nützlichen Übungen beschäftigen.«

Er hob das eine Bein, ließ es wieder herabsinken, hob es erneut, so energisch, daß er zu pusten anfing und Jennifer ihn besorgt aufforderte, sich etwas Ruhe zu gönnen und seine Kräfte nicht zu ver-

geuden. Das fand er recht angenehm, denn gerade fiel ihm eine andere Eigenschaft des seltsamen Betthimmels auf: man erblickte nicht nur sich selbst darin, sondern auch seine Bettgenossin; und so bewundernswert er sich auch selbst stets gefunden hatte – auf einmal fand Mr. Wooly es genauso interessant, jemand anderen anzuschauen – dort oben –, genauer gesagt, er fand es eigentlich noch viel interessanter.
»Ein solides Bett«, seufzte er lobend.
»Ein Bett mit Sternchen«, murmelte Jennifer und rückte näher.
»Was für Sternchen?«
»Drei Sternchen«, sagte sie.

* * *

Er erwachte und fand sie schlafend in einer entlegenen Ecke des Riesenbetts, völlig bloßgestrampelt. Sorgfältig deckte er sie zu. Im Schlaf warf sie alle Decken wieder von sich. Er versuchte es nochmals. Komisch von ihr. *Wie eine Miezekatze,* dachte er und versank erneut in die Tiefen erschöpften Schlummers. Ein zweites Mal wurde er geweckt – diesmal, das erkannte er, vom fernen, melancholischen Gesang eines mondsüchtigen Katers. Ausnahmsweise hatte Mr. Wooly sein Zeitgefühl verloren. Aber vor den Fenstern herrschte noch tiefe Nacht. Dann vernahm er ein anderes Geräusch – ein lautes Kratzen und Scharren. Zu seinem Entsetzen wiederholte es sich. Mr. Wooly setzte sich auf, knipste eilig das Licht an und hielt vor Schreck den Atem an, als er auf dem Fensterbrett eine Hand erblickte – eine einzelne, einsame Hand. Es war, das sah er sogar aus dieser Entfernung, die Hand seiner Frau. Sie war schlank und trug seinen Ring. Außerdem verriet ihm ein hastiger Blick über die Schulter, daß seine Frau nicht mehr in seinem Bett lag.
Er rief ihren Namen, wobei er instinktiv einen verschwörerischen Flüsterton verwendete. Die Hand verschwand. Eine Sekunde danach stand er am Fenster und streckte den Kopf in die kalte Nachtluft.

»Jetzt hör doch mal zu, Jennifer«, flehte er.
Aus einem Abstand von etwa einem Meter sah sie zu ihm auf.
»Wo gehst du hin?« fragte er.
»Ich wollte gerade ein bißchen ausgehen«, erklärte sie.
»Aber worauf stehst du denn eigentlich, Schätzchen?«
»Auf der Ranke. Ich weiß nicht, was es für eine ist.«
»Es ist eine Schlangenranke«, erläuterte er hilfsbereit. »Eine ganz uralte Schlangenranke; mein Urgroßvater hat sie gepflanzt.«
»Geh wieder ins Bett«, drängte Jennifer. »Steh nicht herum, streck nicht den Kopf zum Fenster heraus und erzähl mir nicht von deinem Urgroßvater. Es ist mitten in der Nacht. Erzähl mir morgen beim Frühstück von deinem Urgroßvater.«
Gehorsam und fürsorglich zog er den Kopf nach innen. Ihm kam ein Gedanke.
»Jennifer?«
Wieder sah sie nach oben, und ihre schmalen Augen glänzten in der Dunkelheit. Inzwischen war sie anderthalb Meter tiefer.
»Was ist denn jetzt noch, Mr. Wooly?«
»Ist sie denn stark genug, Liebling?«
»Wer?«
»Die Schlangenranke.«
»Natürlich. Geh jetzt wieder ins Bett, sonst erkältest du dich. Wenn du unbedingt über diese Schlampenranke diskutieren mußt...«
»Schlangen«, warf er ein. »O Jennifer, was machst du für Fehler!«
»Schlange oder Schlampe – na und!« rief sie.
»Ha, ha«, lachte Mr. Wooly, »das ist ja wirklich lustig. Ich meine, da könnte man noch lange weitermachen – Schlampe, Pampe, Rampe, Krampe, Lampe – praktisch unerschöpflich, wie? Mampe, Stampe –ha, ha – und lauter komische Worte!«
»Finde ich nicht«, versetzte Jennifer. »Du mit deiner Wampe!«
»Wie gescheit du doch bist! Dieses Wort hatte ich vergessen.« Und bittend: »Laß mich doch mitkommen.«

»Nein, nein! Ich komme gleich wieder, Herzchen. Geh jetzt ins Bett; denk an die viele Arbeit, die morgen auf dich wartet.«
»Das stimmt allerdings«, gab er – widerwillig – zu.
Also begab sich Mr. Wooly zurück ins Bett, fand jedoch keinen Schlaf. Er fing an, über die ganze Geschichte nachzugrübeln. Nach und nach wurde ihm klar, daß außer den Fragen, die er schon gestellt hatte, noch viele durchaus vernünftige Fragen übrigblieben, die er auch hätte äußern können – wie zum Beispiel: »Und warum nicht über die Treppe?«
Er versuchte den Gedanken zu verdrängen, aber seine Frau fing an, ihm einigermaßen merkwürdig zu erscheinen. Und obwohl er es warm hatte in seinem großen Bett, lief es ihm kalt den Rücken hinunter.

Es mag den Anschein haben, als verhielte unser Mr. Wooly, diese Stütze der Gesellschaft, sich außerordentlich exzentrisch – mal glühendheiß, mal eisigkalt –, wenn er an seine junge Frau dachte und dabei gleichzeitig bestimmte Eigenschaften und gewisse Bereiche ihrer Persönlichkeit einfach nicht zur Kenntnis nahm und es sogar schaffte, ganze Ereignisse völlig zu vergessen, wie ihren Kopfsprung vom Balkon und ihren unversengten Zustand nach dem Brand im Hotel Monroe. Aber in Wirklichkeit benahm er sich dabei ganz genauso wie viele andere Ehemänner – wie die meisten von ihnen. Sie heiraten irgendein gutgetarntes Monster und sitzen dann da – mit dem Ungeheuer verheiratet. Also tun sie ihr Bestes, nur nicht zuviel von ihrer Frau zu erfahren, während sie ihrerseits nach besten Kräften bestrebt ist, das Schlimmste so grell aufleuchten zu lassen wie Neonschilder auf einer Landstraße. Ja, Mr. Wooly lief es kalt über den Rücken, mitten im Bett. In seinem eigenen Bett. Er war glockenwach. Er wußte, daß das Geräusch, vor dem er sich am meisten fürchtete, genau das Geräusch war, auf das er wartete – das Kratzkratz von Jennifers Hinaufklettern an der Schlangenranke. Oder würde sie die Treppe benutzen wie ein Christenmensch?
Sie dachte nicht daran. Sie kam durch das Fenster zurück. Als der

erste zarte Schein des Morgens das Viereck des Fensterrahmens erhellte, krabbelte sie hinein. Der arme Wooly lag mit festzugekniffenen Augen da und tat, als schliefe er, weil er einfach nicht den Mut aufbrachte, seine Braut zur Rede zu stellen. Er wußte nicht, was er zu ihr sagen, wonach er sie fragen sollte. Darum gab er weiter vor zu schlafen. Sie war kalt wie ein Frosch. Er spürte, wie die Kälte von ihr durch das ganze Bett zu ihm herüberkroch. Sie näherte sich seiner Wärme.

Draußen jaulten wieder Katzen, und eine große Fledermaus, schwarz wie ein von einem Höllenbrand herüberflatterndes Aschenstück, schwebte zum offenen Fenster herein und flatterte lautlos umher und wieder hinaus. Die Stadt Warburton erwachte; die freundliche Zustimmung des Milchmann-Gauls erfüllte einen Block weiter die ganze Straße. Lastwagen rumpelten, und ein Hahn krähte; hinter den Bergen rief ein Zug. Eine ausdruckslose, atheistische Sonne schaute durch die Fenster. Mr. Wooly bemerkte, daß seine junge Gattin friedlich neben ihm schlummerte. Vielleicht brauchte sie ja körperliche Ausarbeitung? War es nicht einfach das? Mr. Wooly beschloß, sein Spielzimmer, dessen Decke mehr als hoch genug war, mit Gymnastikringen und einem Barren auszustatten. Darüber schlief er endlich ein.

VII

Das kurzfristige Liebesnest

Überall gibt es Symbolik, sogar in unserer mechanisierten Zeit. George, der geschniegelte Jüngling, der im großen, halbrunden Entree der T. Wallace Wooly, Inc., hinter dem Schreibtisch am Empfang saß und die Telefonzentrale bediente, zeigte Mrs. T. Wallace Wooly, in grauem Fehpelz mit passendem Hut, die Zähne. George suchte nicht etwa Rat wegen seiner Schneide- oder Backenzähne; nein, er lächelte, denn hier stand zum erstenmal die Frau seines Chefs vor ihm, die Dame, mit der der Boss schlief, wenn der alte Knacker überhaupt soviel Mumm aufbrachte. George, der neunzehn war und es im Geschäfts- wie auch im sonstigen Leben noch nicht sonderlich weit gebracht hatte, musterte Jennifers grauen Fehmantel dort, wo er offenstand, dann die dunkelbraune Seide darunter und die Art, wie diese Seide nicht flach lag. Er sagte »oh« und »Donnerwetter«, freilich nicht laut; dann (sie hatte ihn mit einem leichten Lächeln begrüßt) drehte er sich um und stöpselte mit ganz besonderem Schwung und deutlicher Betonung einen Stecker in das Schaltbrett.

»Mrs. Wooly ist da«, sagte er in den Hörer.

Drinnen im Sanktum meldete Miss Jackson, blaß wie ein Gespenst, jedoch hübscher: »Mrs. Wooly ist da.«

»Unsinn!« knurrte Mr. Wooly trübe.

»Sie möchte bitte hereinkommen«, übersetzte Betty.

Mrs. Wooly trat ein.

Sie küßte ihren Liebling leicht auf die linke Schläfe, sah sich im Zimmer um und rief wie alle Ehefrauen: »Und hier arbeitest du!«

»Nein«, brummte Mr. Wooly wie alle Ehemänner, »hier tanzen wir Ringelreihen.«

»Sieh an!« rief Mrs. Wooly. »Und wie tanzt ihr Ringelreihen? Ist *das* Ringel? Oder wer oder was sonst? Klingt interessant.«
»Das ist Miss Jackson.«
»Guten Tag, Miss Jackson«, sagte Mrs. Wooly und betrachtete diese ohne Freundlichkeit von oben bis unten. »Wie geschickt Sie sind! Ich habe gesehen, wie schnell Ihre Fingerchen auf der Maschine tippten. Was für hübsche Hände! Darf ich sie anschauen?«
Die arme Miss Jackson, leicht errötend, lieferte ihre Hände aus, die Mrs. Wooly tätschelte. Sie lächelte ihre Rivalin an, und keine von beiden täuschte sich auch nur eine Sekunde lang über ihre Einstellung zueinander. »Vielen Dank«, meinte Mrs. Wooly dann und wandte sich ihrem Gatten zu. »Liebling«, begann sie, »der Scheck . . . den hast du wohl ganz vergessen, du kleiner Unordentlicher!« Sie drehte sich zu Miss Jackson um und erläuterte: »Ich muß ja *so viel* einkaufen! Es ist richtig anstrengend.«
Nachdem sie mit ihrem Scheck abgezogen war, drehte sich Mr. Wooly eine Zeitlang mit seinem Stuhl im Kreise, immer rundherum, ganz ruhig. Alles war still, außer dem Klappern von Miss Jacksons Schreibmaschine. Sie zog ein Blatt aus der Maschine, las es durch – und dann gab es eine ganz andere Art Geräusch. Es hob Mr. Wooly senkrecht vom Stuhl. »Verflixt!« rief er, »was ist denn nun schon wieder los?« Ein Mann, der mit seiner Weisheit am Ende war.
Miss Jackson weinte. Es schüttelte sie am ganzen Körper. »Sehen Sie«, sagte sie. »Sehen Sie sich das nur an.«
Mr. Wooly warf einen Blick auf den Bogen, den sie ihm entgegenstreckte. Er war hervorragend beschrieben, bis auf einen kleinen Fehler – es war alles verkehrtherum:

, nerreH etrheeg rheS
netlahre seseid netnhez mov nebierhcS rhI nebah

Und so sah der ganze Brief aus.
Mr. Wooly studierte ihn und fragte dann: »Warum schreiben Sie in die andere Richtung? Halten Sie das für witzig?«
»Ich kann doch nichts dafür«, schluchzte Betty.

»Sie können nichts dafür? Nun, nun. Sie sind ein nettes, normales Mädchen«, erklärte Mr. Wooly, »natürlich können Sie etwas dafür. Sicher eine momentane Verirrung«, tröstete er. »Kommen Sie, wir versuchen einen anderen Brief.«
Betty wischte sich die schönen Augen aus und versuchte es, aber das Klipp-Klapp hatte nicht lange gedauert, als sie über der Maschine zusammenbrach.
»Beruhigen Sie sich, beruhigen Sie sich doch.« Mr. Wooly sah sich den zweiten Brief an und stellte fest, daß er ebenfalls rückwärts geschrieben war.
»Das geht nicht, verstehen Sie«, bedeutete er ihr. »Es geht einfach nicht. Ich möchte, daß meine Briefe auf eine direkte, vorwärtsblikkende, konservative, *normale* Art geschrieben werden. Das hier ist etwas Neuartiges, Miss Jackson, aber es wird dem Ansehen der T. Wallace Wooly, Inc., nicht dienlich sein. Darum wollen wir jetzt wieder die *richtige* Sorte Brief schreiben, die alte, unverfälschte, Marke Betty Jackson. Seien Sie ein kleiner Soldat! Na, komm schon.« Und er tätschelte ihr den Kopf.
»Ach, Mr. Wooly, Sie sind so nett zu mir«, sagte Betty, »so freundlich ...«, und sie fing wieder an zu tippen, hielt jedoch sofort wieder inne.
»Sie hat mich verhext«, schluchzte Betty in die weichen Revers von Mr. Woolys grauem Zweireiher. »Sie hat mich verhext.«
Er zog sie auf den Schoß. Konnte er weniger tun? Natürlich konnte er mehr tun, aber weniger? Er flüsterte, daß es doch gar nichts wäre, ein kleines Versehen, eine bloße Vorstellung, irgend etwas ... Ein Psychiater, meinte Mr. Wooly, würde wahrscheinlich genau darüber Bescheid wissen. Vielleicht hatte seine Frau Betty sozusagen zufällig hypnotisiert; ja, das war es, ein großartiges Wort. Hyp-no-ti-siert, wiederholte er; nicht daß er die geringste Ahnung hatte, wovon er redete, aber reden mußte er einfach.
Aber seine Sekretärin war eine von denen, die den Tatsachen ins Auge sehen.
»Wozu bin ich denn jetzt noch gut«, fragte Betty, »wenn ich Ihre Briefe nur noch rückwärts schreiben kann?«

»Morgen haben Sie sich bestimmt davon erholt«, versicherte ihr Mr. Wooly.
»O nein. Ich werde fortgehen müssen, irgendwohin, weit, weit von hier, Mr. Wooly.«
»Aber ich brauche Sie«, sagte er.
Betty Jackson gehörte zu den Frauen, die Schönheit und eine milde Phantasie mit einer Prise hartem Realismus verbinden.
»Sie brauchen mich – wozu?« wollte sie wissen.
»Um Ihretwillen«, erwiderte er und sagte damit das einzig Richtige. »Sie müssen sich erst einmal ausruhen. Danach werden wir sehen, wir werden sehen. Wir machen Sie zur leitenden Angestellten, zur Vizepräsidentin oder Beraterin . . . wie wir Sie genau einsetzen, weiß ich noch nicht – aber . . .«
»Bitte machen Sie sich keine Sorgen, Mr. Wooly«, gab sie mit leiser Stimme zurück. »Ich werde es instinktiv wissen.«
Mr. Wooly von T. Wallace Wooly, Inc., war kein Mann, der mit voller Absicht ein Doppelleben anfängt. Ein Doppelleben war vielmehr etwas, das ihm mißfiel und das er gar nicht haben wollte. Er war ein Opfer der Umstände. Jedenfalls redete er sich das ein. Aber was konnte er tun? Hier war ein armes, wehrloses Mädchen, das von seiner Frau schlecht behandelt worden war – des Lebensunterhaltes beraubt. Wer wollte schon eine Sekretärin, die alles rückwärts schrieb? Nicht einmal ein Chinese oder ein hebräischer Gelehrter – und außerdem konnte Betty weder Chinesisch noch eine andere Sprache schreiben, die von rechts nach links lief. Er erinnerte sich aus seinem Unterricht in der High-School, daß Leonardo da Vinci in Spiegelschrift geschrieben hatte – aber wer redete heute noch von Leonardo?
Ganz offenkundig war das einzige, das einzig Richtige und Anständige (selbst wenn es den Philistern und Schnüfflern eher äußerst unanständig vorkommen würde), das einzige jedenfalls, das für ihn in Frage kam, hinzugehen und ihr eine Wohnung zu mieten oder besser noch ein Häuschen in einem netten, aber obskuren Stadtteil. Irgendwo, wo seine Frau sie nie finden würde.
Also machte er das.

Es war ein kleines, verputztes Holzhäuschen mit einer angebauten Garage, in die jemand, der nicht wollte, daß neugierige Nachbarn ihn oder seinen Wagen allzu genau studierten, direkt hineinfahren konnte.

Mr. Woolys Familienleben war jetzt äußerst verzwickt geworden. Er verstand seine Frau nicht, oder besser gesagt, er fing langsam an, sie zu verstehen, ein Zustand, der auf noch weniger Seelenruhe hoffen ließ als die bisherige Ahnungslosigkeit und Verwirrung. Bald hatte er sich angewöhnt, zu Betty zu eilen, nur um mit ihr über seine Frau zu sprechen. Ihre Gewohnheiten waren, sagte er dann immer, längst nicht so regelmäßig wie seine es stets gewesen waren, aber so wie sie waren, saßen sie gehörig in ihr drin.

»Nimm sie«, sagte er eines späten Nachmittags zu Betty, »zum Beispiel im Bett.«

»Ich will sie nicht im Bett nehmen«, protestierte Betty in einem Tonfall und auf eine Art, die ihn verblüfften. »Ich finde sie in jeder Lebenslage schwer zu nehmen, aber im Bett ganz besonders.«

»Ich meine beim Schlafen«, beschwichtigte Mr. Wooly. »Schieß doch nicht schon immer bei halbgespanntem Hahn los!«

»Das tue ich ja auch gar nicht. Und außerdem verstehe ich nicht, was das bedeutet – bei halbgespanntem Hahn –, es hört sich nicht sehr salonfähig an.«

»Du *willst* mich nicht verstehen«, seufzte Mr. Wooly. »Was ist nur in letzter Zeit in dich gefahren?«

»Vitamine«, antwortete Betty trübe. »Altes Eisen. Karotten, Gurken und Pastinaken.«

»Magst du keine Pastinaken?«

»Ich mag nicht einmal darüber reden. Und außerdem«, fügte sie unlogischerweise hinzu, »reden wir ja sowieso immer nur über *diese Frau.*«

Hatte Betty Jackson angefangen, sich zu verändern, nun, da sie ihr Zimmer in der Pension verlassen hatte, um in dem verputzten Holzhäuschen mit der angebauten Garage zu wohnen? Nicht körperlich – noch immer war sie eine gutaussehende, langbeinige Blondine mit Schlafzimmerstimme –, aber vielleicht von innen?

Wollte sie, nachdem sie nicht länger in seinem Büro seine Diktate aufnahm und nach der von ihm vorgeschriebenen Ordnung lebte, nun ihrerseits diktieren? Etwas Schreckliches schien sich anzubahnen. Sie verwandelte sich in eine Ehefrau, während seine Gattin sich immer weniger wie eine solche aufführte.

»Ich wollte ja nur sagen«, beharrte Mr. Wooly, »daß sie manchmal im Schuppen schläft. Sie steht mitten in den Nacht auf, klettert die Schlangenranke hinunter und übernachtet im Schuppen.«

»Das hast du schon erzählt«, bemerkte Betty.

»Wir haben eine Ziege«, fuhr Mr. Wooly fort, ohne ihren Einwurf zu beachten. »Gestern nacht hat eines der Hausmädchen sie darauf reiten sehen.«

»Warum sollte sie nicht auf der Ziege reiten, wenn ihr danach zumute ist? Es ist doch deine Ziege, nicht wahr – das hast du ja gerade gesagt – und also ist es auch ihre Ziege. Sie ist deine Ehefrau. Du kannst ihr keine Ziegen vorenthalten.«

»Aber sie ritt damit im Apfelgarten herum. Ganz langsam.«

»Wo sollte sie denn sonst reiten? Am hellichten Tag die Hauptstraße entlang? Das würde ein fürchterliches Aufsehen erregen. Es würde den Verkehr behindern. Trau der Frau ein bißchen gesunden Menschenverstand zu. Du beschwerst dich zuviel«, beschwerte sich Betty.

Sie war, so wenigstens hatte es den Anschein, entschlossen, uneinsichtig zu sein; gegen alles, was er vorzubringen hatte, eine feindselige oder kritische Haltung einzunehmen – aber Mr. Wooly war so hungrig nach Trost, nach Befreiung von den neuen und seltsamen Windungen, die sein Eheleben aufzuweisen begann, daß er außerstande war, damit aufzuhören und sich einem anderen Thema zuzuwenden – beispielsweise dem Thema Miss Betty Jackson.

»Es war eine mondhelle Nacht«, fuhr er fort, »und sie ritt aus dem schwarzen Schatten des einen Apfelbaums zum nächsten. Im Mondlicht sahen sie und die Ziege ganz weiß aus, und sie sprach mit der Ziege.«

»Alle Leute reden mit Ziegen«, wandte Betty ein, »oder mit Pferden oder Hunden. ›Wo ist das gute Hundchen?‹ sagen sie. ›Ist er nicht ein feiner alter Schnuffi-Wuffi? Geht's ihm denn gut, ja? Na, das ist aber fein.‹ Und so weiter, stundenlang machen sie das, aber sie laufen nicht herum und erzählen im Flüsterton, wie sie mit ihrem Hundchen gesprochen haben. Wenn sie mit einer Ziege reden möchte, warum läßt du sie nicht mit einer Ziege reden?«

»Ich weiß nicht, was heute mit dir los ist«, sagte Mr. Wooly. »Du bist so gereizt.«

»Woher weißt du das? Du hast bisher noch nicht versucht, mich zu reizen.«

Mr. Wooly stieß einen Seufzer aus. Er kam sich vor wie einer, der versucht, mit dem Schädel einen Nagel in die Wand zu treiben. Er hatte nie von einem gewissen Roscoe Tomkowitz gehört, der es fertiggebracht hatte, zehn Frauen gleichzeitig verrückt nach sich zu halten, ohne einen einzigen Ausrutscher – einfach dadurch, daß er sorgfältig darauf achtete, bei keiner von ihnen jemals eine andere Frau zu erwähnen. Wenn dieser Roscoe *mit* Mabel sprach, dann auch immer *über* Mabel. Ganz simpel. Mr. Wooly dagegen, ohne dem bezaubernden Wesen, das vor ihm saß, mehr als ein gelegentliches Wort zu widmen, schwatzte pausenlos weiter von seiner Frau.

»Gestern abend«, begann er von neuem, »kam ich von einer Veranstaltung der Warburtoner Gesellschaft für gute Nachbarschaft nach Hause. Ich hatte dort eine kurze Ansprache gehalten, und es war wirklich eine sehr eindrucksvolle und flüssige Ansprache, das haben mir alle Anwesenden versichert. Und bevor ich ins Bett ging, spazierte ich noch ein bißchen durch den unteren Garten, und zufällig sah ich nach oben zum Dach. Sie war dort!«

»Wer war dort?« fragte Betty. »Jetzt sag nur nicht, daß du mir immer noch die neuesten Sensationsmeldungen von *dieser Frau* servierst!«

»Sie war auf dem Dach, und als sie mich bemerkte, duckte sie sich hinter den Schornstein. Aber als ich ins Zimmer kam, lag sie im Bett und tat, als schliefe sie fest. Ich sage dir, es machte mich ganz unruhig – es war unheimlich.«

»Und *ich* sage dir«, erklärte Betty fest, »daß ich keine Lust habe, mir den Rest meiner Tage Schilderungen anzuhören, wie sie in deinem Bett ›schläft‹. Ich glaube langsam, du bist so über beide Ohren in deine eigene Frau verliebt, daß du dir mit Absicht alle diese phantastischen Beschwerden über sie ausdenkst, nur damit du herkommen und mich mit endlosen Gesprächen über sie quälen kannst.«
Und Betty brach in Tränen aus, eine solche Tränenflut, daß Mr. Wooly nur in seiner Ecke des blauen Sofas sitzen und den gebeugten, goldgekrönten Kopf anstarren konnte. Dann aber siegte seine bessere Natur oder doch wenigstens seine Natur: er schloß Betty in die Arme.
Der tränennasse Kuß faßte eine längere Unterredung zusammen, die vielleicht nötig gewesen wäre, um zu erläutern, welche Gefühle Mr. Wooly inzwischen seiner Frau entgegenbrachte. Und dieser Kuß war ein erster – wenn auch großer – Schritt hin zu der bequemen Couch am Kamin im Wohnzimmer, wo ihr neues, gegenseitiges Verständnis sich sozusagen sprunghaft steigerte ...

Sehr spät kehrte er nach Hause zurück. Um seine Frau, der gegenüberzutreten er eine gewisse Abneigung empfand, nicht zu wekken, übernachtete er auf der Liege im Turnzimmer auf der anderen Seite der Diele.
Morgens weckte ihn ein Anblick, den er nie vergessen sollte. Seine Frau Jennifer musterte ihn aus geringer Entfernung. Sie trug Gymnastikhosen und war auf merkwürdige Weise in den Turnringen zusammengeringelt, die von den vernickelten Stangen des Gestells, das er für sie hatte einbauen lassen, herabhingen. Sie war in einer halb hängenden, halb sitzenden Haltung eingeknickt, die Arme um die Knöchel, die Ringe in den Kniekehlen; zwischen den Knien starrte sie ihn unverwandt und versunken an.
Er konnte ein häßliches Zusammenschrecken nicht unterdrücken, das sie jedoch gar nicht zu bemerken schien.
»Guten Morgen«, sagte sie. »Wo warst du letzte Nacht?«
Er hatte mit dieser Frage gerechnet und seine Antwort bereit.

»Arbeiten«, erwiderte er und wußte, daß er log; mit bedrücktem Herzen erkannte er, daß ein Mensch, der die Hand des Betruges ergreift, wahrscheinlich eine lange und verschlungene Reise an dieser Hand machen muß.
»Wo?« fragte sie, ernsthaft wie immer und ohne ihre Fledermausstellung zu verändern.
»Im Büro.«
Sie schwieg einen Augenblick, um dann zu bemerken: »Du bist kein guter Lügner, Mr. Wooly.«
Die ganze Zeit lag er wie festgebannt unter seiner einen Decke auf dem Rücken und starrte Jennifer an, die herabhing wie eine Fledermaus.
»Und wie geht es deinem Schäfchen sonst?« erkundigte sie sich.
Blinzelnd heuchelte er Erstaunen.
»Diese dämliche, ordinäre, kleine Blondine mit der Quäkstimme, die für dich gearbeitet hat, Mr. Wooly.« Dabei glitt sie aus ihrem Nest und blieb kurze Zeit vor ihm stehen. »Du weißt schon«, fuhr sie fort. »Soll ich ihr die Augen auskratzen, Mr. Wooly, oder wirst du dich anständig benehmen?«
»Du hat einen schlechten und mißtrauischen Charakter«, protestierte er, wobei jedoch weder Tonfall noch Haltung sonderlich überzeugend ausfielen.
Sie lachte mit ihrem kleinen roten Mund und schwebte zu Boden.
»Ich weiß, wer mein ehelich angetrauter Gatte ist«, erläuterte sie, »und ich habe vor, ihn zu behalten, so oder so und mit allen Mitteln – und mit aller Macht, über die ich verfüge, Mr. Wooly. Entweder benimmst du dich jetzt oder du wirst bald von Herzen wünschen, du hättest es getan.«
Sie schien alles zu wissen. Aber wie? Durch welchen Instinkt?
Mr. Wooly stand auf, so gut es ging, und ließ sich stöhnend von Bentley bei der Toilette helfen. Er ächzte und schüttelte ab und zu in trüben Gedanken das Haupt. Aber beim Frühstück fand er eine Jennifer vor, die schöner denn je und voll von weltklugen Bemerkungen über die Nachrichten war, die sie, während sie auf sein Erscheinen wartete, der Morgenzeitung entnommen hatte.

Als er ins Büro aufbrach, gab sie ihm einen hübschen kleinen Kuß, den er mit einem Lächeln entgegennahm – einem etwas mühsamen Lächeln, denn ihr Kuß war ihm alles andere als willkommen. Er war heiß und eigenartig trocken und brannte widrig auf seiner Wange. Er war seiner Frau schon längst entfremdet. Sie war nicht das, was ihm gefehlt hatte. Wie gut er das jetzt wußte! Aber er winkte und lächelte nach besten Kräften, während Swanson ihn die geschwungene Auffahrt hinunterchauffierte. Als ihm jedoch Swanson sein melancholisches Antlitz zuwendete, lächelte Mr. Wooly nicht mehr. Swanson sah ihn durchbohrend an.

»Scha«, meinte er und nickte.

Eines Tages, dachte Mr. Wooly, *werde ich ihn nicht nur hinauswerfen – ich werde ihm auch den Schädel einschlagen.*

An diesem Tag sah Mr. Wooly Betty erst nachmittags gegen vier. Sie trafen sich im Bachesrand-Park, wohin sie in zwei separaten Taxis gefahren waren. Ihr Anblick entzückte ihn und erfrischte sein versengtes Gemüt; die Bäume waren fast völlig belaubt, und die Sonne schien fröhlich über die Rasenböschungen und den kleinen Bach. Eine Stunde lang war er glücklich und sie auch. Obwohl beide noch ganz erfüllt von der Erinnerung an die Ereignisse der letzten Nacht waren, sprachen sie doch nicht darüber. Sie redeten auch nicht über Mrs. Wooly. Hand in Hand gingen sie spazieren. Manchmal wandten sie einander das Gesicht zu, um zu lächeln oder »Hallo« zu sagen, als wäre jeder Blick eine ganz neue und unerwartete Begegnung ihrer Herzen.

Als das Sonnenlicht blasser wurde, kam ihm die Gefahr, in der sie schwebten, wieder zu Bewußtsein, und widerwillig meinte er, sie müßten sich nun trennen. Leider, leider, mußte sie allein gehen, genau wie er. Wie sich jedoch herausstellte, war das nur gut, denn als sein Taxi sich in unmittelbarer Nähe der zentralen Feuerwache befand, hatte er das Glück, die Sirene losheulen zu hören. Zwei Minuten später kletterte er auf den Sitz neben dem Fahrer des Feuerwehrautos mit der Leiter. Als sie durch den

Abend rasten, vergaß er seine Sorgen über einer höchst reizvollen Erregung im Interesse der Öffentlichkeit, die ihm das Gefühl gab, wieder er selbst zu sein – ganz wie früher.
Während sie so über rote Ampeln hinwegbrausten und um Ecken quietschten, begann Mr. Wooly sich zu überlegen, wo es denn eigentlich brannte. Da war die Rosenknospenallee mit ihrer langen Reihe neuerbauter verputzter Holzhäuschen. Sie hielten an. Der ganze Block war auf das prächtigste erleuchtet – von den Flammen, die, wie er sofort bemerkte, eifrig dabei waren, Bettys Häuschen zu verzehren. Das leichtsinnige Mädchen – was hatte sie nur angestellt? Die Flammen drangen aus allen Fenstern. Das Dach mit den kleinen aufgeputzten Bodenfensterchen brach wenige Minuten nach ihrer Ankunft zusammen.
Es war eine ungewöhnlich zielbewußte Art von Feuer. Es verschlang alles und schaffte es zum Schluß trotz der Tonnen von Wasser, die die Warburtoner Feuerwehr hineinpumpte, auch noch, den Keller in ein Flammenmeer zu verwandeln.
»Mr. Wooly«, sagte ein junger Feuerwehrmann, »so einen Brand habe ich noch nie gesehen. Wer immer hier gewohnt hat, muß Benzin oder Zelluloid oder etwas in dieser Art gehortet haben. Nichts, was wir tun konnten, hat diesem Feuer auch nur einen kleinen Schrecken eingejagt. Es kommt mir vor, als hätte es sich vorgenommen, dieses Häuschen vom Erdboden verschwinden zu lassen, und das ist ihm auch gelungen. Übrigens«, ergänzte der junge Feuerbekämpfer, »ist dort Mrs. Wooly.«
Und wirklich, dort war sie, ein kleines Stück die Straße hinunter, und hatte alles mit großem Interesse betrachtet; sie konnte nämlich bequem über die Menge hinwegsehen, weil sie sich an Bord der alten Rommee befand. Als sie ihren Gatten gewahrte, winkte sie mit der Reitpeitsche.
»Nettes kleines Feuerchen«, sagte sie vergnügt.
Er war gerade nicht der Alleraufmerksamste. »Wie bitte?« fragte er.
»Ich habe gesagt, es war eine ganz hübsche Feuersbrunst«, erläuterte seine Frau. »Von dir als Experten, als Kenner des Brandstif-

tungs- und Zündelwesens, hätte ich eigentlich eine kritische Bewertung erwartet.«
»Es war ein äußerst zielstrebiges Feuer«, räumte er ein.
»Ein ehrliches, offenherziges Feuer ohne schwächliches Gezauder, findest du nicht?«
Mr. Wooly, immer noch bestürzt, verlegen und verwirrt, weil er vor seinem verbrannten Liebesnest ausgerechnet seiner Frau begegnet war, wußte keine Antwort. Sein schweifender Blick traf mit einem beinahe hörbaren Aufprall auf die ruhigen Augen des Pferdes Rommee – Augen voller Erinnerungen. Rommee sah aus wie ein Pferd, das einen Entschluß fassen möchte, ob es einem Mann wie Mr. Wooly lieber das Ohr abreißen oder ein Manöver ausführen soll, das seine rückwärtige Artillerie in eine Ausgangsstellung versetzt, von der aus ein Pferd einem Menschen vielfach vergelten kann, was er ihm angetan hat.
»Gute Rommee«, bemerkte Mr. Wooly, »gutes Pferdchen.«
Das Pferdchen warf ihm lediglich einen Blick zu.
»Betty«, meinte Mrs. Wooly, »ist dort drüben am Rand der Menge, das arme Herzchen. Wohnt sie hier irgendwo?«
Diese Frage, dachte Mr. Wooly, *war weder aufrichtig formuliert noch so gemeint.* Es war eigentlich gar keine Frage, sondern vielmehr ein heimlicher Tritt, eine Stichelei, ein gemeiner Witz. Der nächste Satz seiner Frau, bei dem sie sich zu ihm herunterbeugte und mit leiser Stimme sprach, war kurz und ernst. »Ich habe dich gewarnt«, sagte sie.
Sie schwenkte Rommee herum und trabte davon, während Mr. Wooly sich auf die Suche nach Betty machte. Er fand sie noch im Taxi sitzen, dessen Taxameter fröhlich vor sich hintickte. Betty war nicht fröhlich.
Er sagte, was er konnte, um die von allem Entblößte zu trösten, schickte sie in ein Hotel, gab dem Fahrer die nötigen Anweisungen und entfernte sich dann, ohne die höchst seltsame Tatsache zu erwähnen, daß seine Gattin zur Stelle gewesen war.

VIII

Mr. Wooly erfährt alles oder doch fast alles

Über dunkle Hintergassen schlich Mr. Wooly sich nach Hause. Er war nicht der erste Ehemann, der verstohlen über dunkle Hintergassen nach Hause gelangt, oder der erste, dessen unheilvolle Ahnungen in gleichem Maß zunehmen, wie die Entfernung zwischen ihm und seiner Frau abnimmt – nein, aber kein anderer Gatte war je das Opfer einer so unerklärlichen und zugleich tiefgreifenden Verwirrung. Andere Ehemänner haben sich vor ihrer Frau gefürchtet, vor ihrer Stimme, ihren teuflischen psychologischen Waffen wie etwa Herzanfällen, Selbstmordversuchen oder dem bloßen geräuschvollen Aufflammen gekränkter Tugend; sie haben Angst gehabt vor Armen, die Geschosse schleuderten, oder der geschickten Handhabung einer eisernen Bratpfanne; aber Mr. Wooly, tiefer verstört als alle anderen, litt an einem Eiseshauch auf seiner Seele. Sein Unterbewußtsein hatte Gänsehaut. Seine Frau, da gab es nur eine Meinung, war eine *seltsame* Frau. Er hatte damit geprahlt, daß sie anders war als andere. Ach ja, sie war wirklich anders. Nur allzu anders!

Was ihm an wenigsten gefiel, war, daß er sie nicht verstand, daß er sie im Grunde überhaupt nicht kannte. Sie war – in seinem Bett und außerhalb dieses Bettes – eine Fremde für ihn. Die Art, wie sie die Außenmauern des gemeinsamen Anwesens hinunterkletterte, mißfiel ihm; sie mißfiel ihm ganz entschieden. Es lief ihm kalt über den Rücken dabei. Und welche vernünftige Ehefrau wäre je nachts auf einem Pferd durch Warburton geritten?

Er war so tief in diese düstere Kritik versunken, daß er ganz vergaß, einen Fuß vor den anderen zu setzen und an einer Ecke stehenblieb. Eine Straßenlaterne erhellte den ahornbeschatteten

Bürgersteig vor ihm. Mr. Wooly murmelte etwas vor sich hin und wiegte mißbilligend den Kopf.
Eine scharfe und feindselige Stimme riß ihn aus seiner Träumerei.
»Na und?«
Mr. Wooly blinzelte.
»Was haben Sie denn gegen das kleine Biest?« fragte ein großer, dicker Mann – ein Elefant von einem Mann.
»Verzeihung?«
»Ich verzeihe gar nichts«, knurrte der Widerling. »Schließlich hat sie das Recht dazu, oder nicht?«
Mr. Wooly schaffte es, seinen Blick wieder auf die wirkliche Welt der unmittelbaren Gegenwart zu konzentrieren und sah nun, daß der dicke Mann einen schwarzen Hund an der Leine führte, ein zusammengekrümmtes, keuchendes kleines Geschöpf mit gewaltigem Schnurr- und Kinnbart. Es hatte die Augen fest zugekniffen und war, offenbar schon seit geraumer Zeit, auf eine Art und Weise beschäftigt, die zumindest die Höflichkeit eines abgewandten Blickes hätte erwarten lassen – anstatt, denn so hatte es ausgesehen, Mr. Woolys versunkener Betrachtung.
»Schöner Hund«, improvisierte Mr. Wooly.
»Ich geb ihr Pillen«, erklärte der Mann, schon etwas besänftigt.
»Ich tu mein Bestes.«
»Und sie auch, das sieht man ja.«
»Und genau da irren Sie sich«, lachte der Mann. »Sie denkt nicht dran. Ich hasse sie, und sie weiß es. Gehört meiner Frau. Das letzte, was ich jeden Abend machen muß, ist mit dem Hund spazierengehen. Schon wenn wir losziehen, bin ich müde. Ich denk mir, ein Block ist mehr als genug. Aber sie, dieser ekelhafte kleine Köter, denkt, eine halbe Meile ist das Mindeste, was sie verlangen kann; verstehn Sie jetzt, was ich meine?«
»Ich glaube schon«, erwiderte Mr. Wooly, den das reizlose Hundevieh nicht im geringsten interessierte, ganz zu schweigen von dem, was in dessen Innereien vorging. Er machte dem Mann und dann, als nachträglicher Einfall, auch dem Hund eine Verbeugung,

wobei jedoch der Hund viel zu beschäftigt war, um auf irgend jemanden zu achten.
»Was ich meine«, beharrte das verdrießliche Ungetüm, »es muß immer ein Geschäft auf Gegenseitigkeit sein. Ich arbeite in der Versteigerungsbranche, wenn Sie verstehn, was ich meine.«
»Ja, natürlich verstehe ich, was Sie meinen. Hängen Sie nicht an jede Ihrer Äußerungen diese unnötige Frage. In Ihren Worten liegt absolut nichts Abstruses.«
»Was?«
»Schon gut!« rief Mr. Wooly. »Schon *gut*.«
»Ich will ja nur sagen, es ist eine Art Handel. Ich sag, so weit die Straße rauf und soviel vom Block, und Dawn Frigganza, so heißt sie nämlich, verdammtes widerliches kleines Biest, sie kneift zusammen. Sie feilscht. Keine Anzahlungen, alles auf Kredit. Ich hab schlimme Füße«, sagte der Dicke, »und ich mag keine langen Spaziergänge, wenn Sie verstehn, was ich meine. Sie jucken.«
Das war zuviel. Das Maß war voll. Mr. Wooly sprach mit Würde, aber mit ansteigendem, drohendem Ton in der Stimme zu dem Mann: »Sie haben Juckfüße, ja? Sie halten mich auf einer dunklen Straße an, mich, einen völlig fremden Menschen, um mir mitzuteilen, daß Ihre Füße jucken. Verflixt noch mal, was geht mich das an? Bin ich ein Fußspezialist?«
»Keine Ahnung«, antwortete der dicke Mann schlicht.
»Sehe ich aus wie ein Quacksalber und Hühneraugendoktor?«
»Die Beleuchtung ist hier nicht so gut«, sagte der Dicke, um auf einmal voller Wut loszubrüllen: »Da! Da! Sehen Sie, was Sie mit Ihrer Aufdringlichkeit angerichtet haben? Sie haben sie ganz von der Sache abgebracht. Jetzt muß ich noch länger mit ihr gehen. Warum kümmern Sie sich nicht um Ihre eigenen Angelegenheiten? Warum stehn Sie hier rum und werfen friedlichen Bürgern große Worte an den Kopf? Ich hätte die größte Lust . . .«
Aber Mr. Wooly erfuhr niemals, wozu der Dicke die größte Lust hatte – Mr. Wooly eilte von hinnen.
Er war nicht er selbst. Zwar wußte er nicht, wer er sonst sein sollte; aber jedenfalls war er nicht er selbst. Das war nicht T.

Wallace Wooly, der da – zu Fuß, durch dunkle Gassen – nach Hause eilte. Er trug den Hut so tief im Gesicht und sein Schritt hatte etwas so Unchristliches, daß zwei schlanke junge Männer bei seinem Herannahen die Arme hoch über den Kopf hoben, weil sie ihn für einen Straßenräuber und den Glanz in Mr. Woolys vor Sorge glasigem Blick für das Glänzen verbrecherischer Nötigung hielten. Statt dessen freilich marschierte Mr. Wooly an den beiden vorüber und wunderte sich nur, warum sie in dieser merkwürdigen Haltung dastanden. Es kam ihm verrückt vor, so verrückt wie diese Nacht, die so völlig außer Kontrolle geraten war; eine Nacht, in der die Naturgesetze so ins Schleudern geraten oder sogar auseinandergebrochen waren, daß noch viel mehr geschehen konnte.

Von der Ecke der Rhododendronstraße aus sah Mr. Wooly, daß das Tor zu seiner Einfahrt offenstand. Er eilte dorthin. Hinter einem Baumstamm sprang plötzlich ein Polizist hervor. Er packte Mr. Wooly so heftig an der Schulter, daß diesem der Hut vom Kopf fiel. »Ha!« rief der Polizist, »ha! Was glauben Sie wohl, wo Sie hinwollen?«

Dann erkannte er Mr. Wooly. Sofort nahm er die Hände von ihm und ersetzte die zahlreichen, guten, saftigen Faustschläge, auf die er sich innerlich schon vorbereitet hatte, durch freundliche Schlagfertigkeit anderer Art. »Na, Mr. Wooly«, begann er, »entschuldigen Sie, Sir. Schöner Abend.«

»Ganz und gar nicht«, erwiderte Mr. Wooly.

»Kleiner Verdauungsspaziergang, um in die richtige Verfassung zu kommen, ha, ha?«

»Und wäre das verfassungswidrig, ha, ha?« fragte Mr. Wooly bitter. Dann sah er, was der Mann in der Hand hatte. »Wachtmeister Connolly, was haben Sie eigentlich vor – hier mitten in der Nacht mit Ihrem Revolver herumzuwedeln? Sind Sie auf der Jagd?«

»Jawohl, Sir, in gewisser Weise, Mr. Wooly.«

»Und was? Fasanen? Mit dem Revolver?«

»Nein, Sir. Keine Fasanen – ich glaub's wenigstens nicht.«

»Sind Sie nüchtern, Wachtmeister?«

»Ich dachte, ich wär's, Sir.«
»Was soll das heißen, Sie dachten, Sie wären's?« fauchte Mr. Wooly. Es tat ihm gut, den Kerl ein bißchen herunterzuputzen, denn der wußte genau, daß Mr. Wooly ihn aus der Polizei herauswerfen lassen konnte, wenn er das wollte.
»Ich meine, ich dachte, ich wär's gewesen, bis ich sah, was ich dachte, ich hätt's gesehen. Sir. Äh . . . ich kam da drüben die Straße lang, so im Schatten, und genau an der großen Eiche, wo man über den Rasen bis an die Südseite von Ihrem Haus sehen kann, da habe ich etwas hinunterklettern sehen – hinunterklettern – hinunterklettern . . .«
Das letzte Wort sagte er ganz langsam und wackelte mit den Fingern töricht vor Mr. Woolys Gesicht hin und her, um ihm deutlich zu machen, was seiner Meinung nach das wiederholte Wort nicht ausreichend klarstellte. »Weiß«, flüsterte er.
»Was – weiß?« fragte Mr. Wooly, dessen Herz ihm mit einem dumpfen Plumps in die Hosen sank. »Weißes Kleid?«
»Weiße . . . Glieder«, erklärte der Polizist heiser. »Da hab ich mein Schießeisen genommen und gezielt – ich bin ein guter Schütze, Mr. Wooly, ich hab schon mal eine Medaille fürs Schießen gekriegt –, also, ich hab gezielt. Und dann . . .«
»Und dann?« soufflierte Mr. Wooly.
»Und dann hab ich *nicht* geschossen, und warum wohl?«
»Woher soll ich das wissen?«
»Weil ich mich gestritten hab. Mit mir selber. Ich frag mich, ›was ist das, Connolly?‹, und dann sag ich mir blitzschnell, ›was soll das heißen, was ist das?‹ Und dann sag ich mir wieder, ›na, das, wo du glaubst, daß du drauf gezielt hast‹, und ich sag, das ist eine Weibsperson, die da die Wand runterklettert, so nackig wie – wie« – er suchte mannhaft nach dem geeigneten Ausdruck – »wie ein verlorenes Ei«, schloß er triumphierend. »Haben Sie schon mal ein verlorenes Ei mit was dran gesehen, Mr. Wooly? Ich nicht.«
»Doch, das habe ich. Toast zum Beispiel.«
»Aber nein!« rief Connolly. »Toast kommt *unter* ein verlorenes Ei und nicht *an* das Ei.«

»Ich habe auch schon verlorene Eier mit Champignons gesehen.«
»Sie meinen so was wie Lampignons?« erkundigte sich Connolly im Ton guten Zuredens.
»Nein, das meine ich verflixt noch mal nicht!« schrie Mr. Wooly. »Ich meine Champignons und lasse mir von Ihnen keine Lampignons unterjubeln, ich meine natürlich Lampions – verflixt noch mal, wer hat überhaupt mit diesem Unsinn angefangen? Ich interessiere mich nicht im geringsten für verlorene Eier!«
Der große Polyp schüttelte traurig den Kopf. »Ich hab ja bloß gesagt, daß es nackt war wie ein verlorenes Ei und daß es kletterte, kletterte, kletterte, wenn Sie verstehn, was ich meine.«
»Fangen Sie nicht *damit* an!« kreischte Mr. Wooly.
»Womit?«
»Zu sagen, ›wenn Sie verstehn, was ich meine‹! Jeder Trottel in Warburton sagt neuerdings dauernd, ›wenn Sie verstehn, was ich meine‹. Hören Sie auf damit, sag ich Ihnen.«
»Ich hab's ja zum erstenmal gesagt«, protestierte Wachtmeister Connolly, begann jedoch nach einem Augenblick gekränkter Versunkenheit erneut:
»Also, wie ich mich nun weiter mit mir streite, oder Sie können auch sagen, wir diskutieren, da bemerk ich doch zu mir selber, nämlich ich sag: ›Eine nackichte Frau soll das sein, die da die Wand runterklettert? Das glaub ich nicht. Genau das ist es. Ich glaub's einfach nicht, und wenn ich recht hab, daß ich's nicht glaub, wie kommst du dann dazu, einfach draufloszuballern?‹«
»Nun warten Sie mal einen Moment. Mit wem hatten Sie diese Unterredung – wissen Sie das noch?«
»Mit mir selber hab ich geredet«, erläuterte Connolly geduldig. »Also sag ich mir: ›Was soll aus dir werden, Connolly, wenn du anfängst, auf einen Mondstrahl loszuballern, der an der Wand von Mr. Woolys Wohnhaus herumlungert? Was passiert dann mit dir?‹ frag ich. ›Du würdest ganz schön in der Tinte sitzen. Du bist ja betrunken‹, sag ich mir. ›Seit zwei Tagen hast du keinen Bierkrug zwischen die Zähne gekriegt, und du bist voll.‹ Und der Rest

vom Schützenfest war dann, daß ich eben nicht geschossen hab.«
Er schwieg einen Augenblick. »Aber es hat nicht ausgesehen wie ein Mondstrahl«, erklärte er dann bockig, »darum hab ich mich hier hingestellt, um jedem, der sich da herumtreibt, eins überzubraten, und so hab ich Sie dann erwischt, Mr. Wooly.«
»Sehr merkwürdig, Connolly, wirklich äußerst merkwürdig. Schüsse auf Mondstrahlen und Selbstgespräche. Aber – na gut – ich werde kein Wort davon sagen, kein Wort.«
»Vielen Dank, Mr. Wooly, danke. Gute Nacht.«
»Gute Nacht.«
Mr. Wooly ging seine Einfahrt hinauf, trat jedoch nicht auf die Vordertreppe, sondern schritt weiter, um das Haus herum, in der unbestimmten Absicht, vor dem Schlafengehen noch einen Blick auf den Rasen und den Scheunenhof zu werfen.
Ein wildes Tier, das mit einem Geräusch wie zerreißendes Segeltuch aus dem Schatten hervorgestürzt kam, riß ihn am Springbrunnen zu Boden. Aber es war nur Red, Swansons Setter, der sich, sobald er sein Opfer erkannte, sofort daranmachte, Mr. Wooly das Gesicht abzulecken. Mr. Wooly richtete sich prustend auf und ging weiter, mehr denn je davon überzeugt, daß die Art und Weise, wie sich ein gesunder, anständiger, wohlhabender Warburtoner Bürger zu benehmen hatte, die ganz normale war – regelmäßige Zeiten, von Chauffeuren gelenkte Autos, Ehefrauen, die nachts in ihrem Bett blieben . . . Oh, diese Nacht war verwirrt; sie blähte sich in irgendeinem höllischen Zugwind wie ein kleines Luftschiff mit einem Loch darin, das sich aus seiner Verankerung loszureißen und Gott weiß wohin davonzutreiben droht.
»Gutes Hundchen«, sagte Mr. Wooly.
»Ein Vegetarier«, gähnte der Setter, »von der übelsten Sorte.«
So hätte jedenfalls jeder, der etwas von Hundegähnen verstand, sein Gähnen ausgelegt. Ohne Dank akzeptierte er ein Kopftätscheln und zog sich dann wieder in seine Hütte zurück.
Mr. Wooly klopfte sich den Staub von den Hosen. Im selben Augenblick war von weiter unten, den Weg hinunter und hinter

den Ställen, aus der Richtung des Hühnerhauses, der Aufschrei eines Huhns zu vernehmen – ein Todesschrei. Ein Huhn kann glucken oder gackern; es hat eine Art, ein wenig mit sich selbst zu murren und zu knöttern; wenn es zornig ist, kann es lauthals zetern; aber es *schreit* nur, wenn es die Hand des Todes fühlt oder erkennt. Das ist ein kreischender Laut, bei dem einem das Blut in den Adern gefriert, vor allem, wenn er unerwartet kommt und jäh die Stille der Nacht zerreißt.

Mr. Wooly strengte die Augen an, um den Mordbrenner zu entdecken, auf den der Schrei hinzuweisen schien, und merkte dabei, was er für windelweiche Knie bekommen hatte. Er wollte nicht dort hingehen. Er wollte, daß Swanson hinging. Aber Swanson schlief offenbar tief und fest, gerade wie sein nichtsnutziger Setter. Rommee stampfte langsam im Stall, aber was konnte sie schon ausrichten? Mr. Wooly seinerseits verspürte nicht die geringste Lust, zum Hühnerhaus zu gehen, aber als das Schweigen andauerte, sagte er sich, daß ein wildes Tier dort eingedrungen sein mußte, ein Wiesel vielleicht oder ein Fuchs, auf jeden Fall etwas im Grunde Kleines und Furchtsames. Schleppenden Schrittes begab er sich weiter. Die Hühnerställe waren dunkel. Von drinnen vernahm er leise Hühnergespräche. Als er das erste Haus betrat, in dem seine Cochinchinas wohnten, sah er, daß dies das heimgesuchte war. Im grellen Licht der elektrischen Birne, das er angeknipst hatte, starrten ihn die Reihen der Vögel an, die Federn vor Angst noch halb gesträubt. Auf dem Zementboden bemerkte er eine Hahnenfeder und schaute sich nach dem Hahn um. Er war nicht da. Da der Hahn hier Alleinherrscher war (alles andere waren Hennen, von denen eine jenen Schrei ausgestoßen haben mußte, als sie sah, wie die Säule, der Mittelpunkt des Harems tätlich angegriffen wurde), gab es keinen Zweifel, daß er und nur er das Opfer war.

»Verflixt noch mal«, sagte Mr. Wooly, denn er war stolz auf den Vogel, der von guter Rasse und hervorragenden Eigenschaften war und bereits Preise gewonnen hatte.

Die Hennen, die ihn beobachteten, murmelten und sagten gackgack und wack-wack... Sie schienen voller Verachtung für ihn zu

sein und erinnerten ihn heftig an eine Versammlung der Frauenhilfe der Warburtoner Handelskammer. Während er ihren fraulichen Blick erwiderte, dachte er, daß er zwar schon oft gehört hatte, daß Frauen als Hennen bezeichnet wurden, daß er aber eigentlich noch nie wirklich begriffen hatte, wie ungemein passend dieser Ausdruck war. Umgekehrt übrigens auch. »Meine Damen«, sagte er, »liebe Damen von Warburton, guten Abend.«
»Blaaaa«, bemerkten sie aus tiefster Kehle und bewegten leicht die Bürzel. »Dieser alte Wack«, schienen sie gelassen festzustellen, und ihre Augen glitzerten.
»Man hat mich eingeladen, heute abend hierherzukommen«, sagte Mr. Wooly, »um über das Thema Rabattmarken zu Ihnen zu sprechen.«
Dann fiel ihm ein, wo er sich befand. »Ein Haufen alter Weiber!« Er schnitt ihnen eine Fratze. »Ein Haufen alter Klatschbasen...«
Hier aber verstummte er, denn sein Blick war auf etwas anderes gefallen, das auf dem Zementboden lag. Er hob es auf. Es war ein Hausschuh, genauer gesagt, ein Schlafzimmerpantöffelchen, mit einem rosa Pompon an der Spitze. Das Eigentum seiner Frau.
»Gluck«, bemerkte eine Henne. »Dieser alte Gluck«, echoten die anderen. Unter ihren zynischen Blicken drehte er das Ding hin und her, während ihm ein urzeitlicher Schauder, direkt aus dem Dschungel, von dort, wo seine Schwanzwurzel gesessen hätte, wenn er eine gehabt hätte, langsam den Rücken hinaufkroch. Er steckte den Pantoffel ein und machte das Licht aus.
Wenige Minuten später fragte Bentley, der unten an der dunklen Haupttreppe stand und nach oben spähte, ganz leise: »Waren Sie das, Sir?«
»Ja, Bentley.«
»Sie schienen es sehr heilig zu 'aben, Sir. Ist halles in Hordnung?«
»Ja, ja, alles in Ordnung«, erwiderte sein Arbeitgeber und sprach damit die dickste Lüge aus, mit der er die ehrliche Frage des alten Mannes überhaupt beantworten konnte.

Mrs. Wooly lag nicht im gemeinsamen Bett. Er ging durch die Verbindungstür in ihre Räume hinüber, aber dort war sie auch nicht. Er konnte nicht sagen, ob das seine Ahnungen von etwas Übernatürlichem verstärkte oder minderte; was war schlimmer, ihre An- oder ihre Abwesenheit? Er nahm sich vor, wieder im Turnzimmer auf der anderen Seite der Diele zu übernachten und ging auch sofort dorthin. Er würde die Tür abschließen und wenigstens einmal seinen Frieden haben, jawohl, das würde er.
Die Ringe und Barren, die er für die sportlichen Übungen seiner Frau hatte anbringen lassen, glänzten vor Neuheit in der luftigen Mitte des großen Raums. Sie erinnerten ihn daran, wie sie dieses so wohldurchdachte Geschenk aufgenommen hatte. Zuerst hatte sie über soviel Unschuld die Augen aufgerissen und sich dann über seine Dummheit vor Lachen ausgeschüttet. Er dachte wieder daran, wie sie dort gehangen hatte – wie eine Fledermaus.
Es waren keine Decken da. Mr. Wooly ging zurück in sein Zimmer, um welche zu holen. Dabei fiel ihm sofort auf, daß die Tür zum Badezimmer halb offenstand und das Licht brannte. Er trat an die Tür und blieb plötzlich stehen. Drinnen stand, über die Wanne gebeugt, Jennifer. Sie trug Shorts und eine weiße, offene Strickjacke. Ihr Haar war zerzaust. Ein Blick auf ihr angespanntes Profil zeigte ihm deutlich, wie hager sie war. Ihre Hände beschäftigten sich mit dem Cochinchina-Hahn. Die eine hielt ihn mit ausgestrecktem Hals auf dem Rücken fest, die andere schwang eines von Mr. Woolys Rasiermessern. Ihre Augen waren nach oben gerichtet und hatten einen wartenden, lauschenden Ausdruck.
Von unten begann die Standuhr leise Mitternacht zu schlagen. Geschickt schnitt Jennifer dem Hahn die Kehle durch und lächelte mit schmalen Lippen. Blut spritzte und befleckte ihr Hände und Kleidung. Unbeholfen füllte sie eine Tasse mit Blut. Dann ließ sie den Hahn fallen. Sie sprach mit sich selbst, in einer Sprache, die er noch nie gehört hatte. Aus ihrer Jackentasche nahm sie schnell kleine Seidenpapierpäckchen und schüttete den Inhalt in die Tasse mit dem Blut. Mit einem Zahnbürstenstiel rührte sie das Ganze

um, und ihre Stimme fuhr fort, unablässig seltsame Worte zu murmeln.
Jetzt entstieg der Tasse ein leichter blauer Rauch. Sie lächelte. Er hörte, wie sie erfreut ausrief: »Aha!« Sie spülte den Zahnbürstenstiel unter dem Warmwasserhahn ab, schüttelte ihn ein wenig, stellte ihn wieder weg und schaute dabei in den Spiegel, in dem ihr wilder Verschwörerblick dem Blick ihres empörten Gatten begegnete. Einen Augenblick musterte sie ihn im Spiegel und sagte dann: »Du solltest dich schämen, mich hier zu bespitzeln – ein Mann in deinem Alter!«
Ohne ein weiteres Wort, ein Abbild gekränkter Würde, schlug sie ihm die Tür vor der Nase zu und schloß ab.
Sofort lief er ganz leise die Treppe hinunter und in die Bibliothek. Ihr verlogener, heuchlerischer Vorwurf hatte dem Faß den Boden ausgeschlagen.
Über dem großen Kamin hing neben anderen fremdartigen und antiken Waffen auch ein Schlachtbeil mit kurzem Griff. Gleich darauf wurden Bentley, die Köchin und die Hausmädchen vom Donnergepolter der Attacke aus dem Schlaf geschreckt. Mr. Wooly war dabei, auf die Badezimmertür einzuhacken. Er keuchte und schwitzte und kämpfte aus Leibeskräften gegen eine Barriere, die aus massiver schwerer Eiche bestand und so hart war, daß die Schneide der Axt sofort abprallte. Von der Diele aus starrte das Personal.
Als Mr. Wooly innehielt, um Atem zu holen, schaltete Bentley sich mit zitternder Stimme ein: »Wenn Sie ins Bad möchten, warum gehen Sie nicht auf der andern Seite der Diele?«
»Meine Frau steckt da drin«, erklärte Mr. Wooly.
»Oh.«
»Sagen Sie nicht so ›*oh*‹. Sie weigert sich, herauszukommen!«
»Vielleicht ist sie – äh – noch nicht fertig.«
»Fertig oder nicht!« brüllte Mr. Wooly, hob erneut das Beil und ließ es krachend niedersausen. »Sie ist ein Geschöpf der Bosheit«, hörte man ihn pusten. »Eine verkommene Harpyie, eine Schlampe, eine Verschwörerin gegen die Öffentlichkeit und die Ordnung der Natur. Heraus mit ihr!«

Sie hielten ihn für wahnsinnig und rannten davon. Bentley informierte Swanson. Swanson holte sein Gewehr und ging allein nach oben, gefolgt von dem roten Setter, der zitternd umherschnüffelte. Die Schlafzimmertür war inzwischen geschlossen. Er klopfte. Mr. Wooly rief mit erschöpfter Stimme: »Wer ist da?« Als er es erfuhr, befahl er seinem Chauffeur, sich zum Teufel zu scheren, und zwar sofort.

Nach langer Beratung beschloß man im Souterrain, am besten vorläufig eine Politik des wachsamen Abwartens zu verfolgen; eine Entscheidung, die durch die einstimmige Ansicht erleichtert wurde, daß die neue Mrs. Wooly einen ordentlichen Axthieb vor den Schädel eher verdiente als jeder andere auf der Welt.

Am anderen Morgen jedoch fand man Mrs. Wooly und Mr. Wooly, jeden an seinem richtigen Ende des langen Tisches, beim Frühstück sitzen, so selbstverständlich wie nur etwas – zumindest taten sie so –, wenn auch ein wenig schweigsam. Und zweifellos stand es niemandem von unten an, sich über die Schlafzimmerspiele des Herrn und der Herrin zu beschweren oder Kritik daran zu üben.

Alles nahm seinen gewohnten Gang.

Niemand außer Mr. Wooly wußte, daß er, als er sich endlich durch die Badezimmertür durchgehackt hatte, einen völlig leeren Raum vorgefunden hatte. Er hatte in der blutbespritzten Badewanne, im Waschbecken, den Medizinschränkchen, dem Wäscheschrank nachgesehen und sogar den Deckel abgehoben, den Deckel des – und wer hätte das nicht? Sie war nicht da. Aber – das Fenster stand offen.

Kehren wir wieder zum Frühstück der Woolys zurück.

Mrs. Wooly beendete das ihre. Sie trat hinüber, um die geringfügige Privatsphäre zu durchbrechen, die Mr. Wooly sich hinter seiner New York Times geschaffen hatte, küßte ihn mit Lippen, die heiß und trocken waren wie zwei glühende Aschenstücke und sagte leise: »Du bist ja so ein Schatz! So leidenschaftlich! So impulsiv . . .«

Er gab keine Antwort, sondern sah auf die Armbanduhr. Dann sagte er in perfekter Nachahmung von T. Wallace Wooly, wenn er sich jetzt nicht sofort auf den Weg machte, käme er zu spät ins Büro; und er verließ das Zimmer und fuhr mit dem Auto fort.

»Swanson«, fragte er, »sprechen Sie Ägyptisch?«

»Ägyptisch? Nein, ich spreche Schwedisch.«

»Das nützt nichts. Wie ist es mit Arabisch?«

»Schwedisch – sehr schöne Sprache«, wandte Swanson ein. »Wir haben viele schöne Schriftsteller in Schweden.«

»Zum Teufel mit ihnen«, erwiderte Mr. Wooly gereizt. »Fahren Sie mich zum Büro des Chefs.«

»Was für ein Chef?«

»Der Chefoberhäuptling der Navajos natürlich.«

Swanson drehte sich um und schaute ihn an. »Polizei?« fragte er.

Mr. Wooly antwortete nicht. Wenn die Welt sich gegen ihn stellte – denn so sah er es jetzt –, dann würde er sich revanchieren. Swanson wußte verdammt gut, daß er den Polizeichef gemeint hatte.

IX

Mr. Wooly ergreift die Defensive

Der Polizeichef von Warburton hieß George Williams. Er war ein langer, dünner Mann, grau von Kopf bis Fuß – Anzug, Haare, Augen. Von einem richtigen Bullen hatte er wenig; sein Vorgänger hatte ein bißchen zuviel davon gehabt. Williams' Benehmen entstammte dem Beruf, den er früher ausgeübt hatte: er war Geschichtslehrer in einer bekannten, ziemlich vornehmen Schule für Jungen gewesen. Er war der Typ Polizeichef, den eine Stadt wie Warburton gelegentlich in einem Anfall von Reformeifer einstellt, wobei die Reform in diesem Fall kurz nach der Abwahl kam, als nämlich die Vororte es mit dem klaren und mißtrauischen Blick, der denjenigen Körper- und Geisteszustand kennzeichnet, den man gewöhnlich Kater nennt, nicht länger möglich fanden, die Tatsache zu ignorieren, daß sie ganz überwiegend von einer Bande regiert wurden, deren Interessen denen der großen Tiere von Warburton nur allzuoft entgegenstanden. Tatsächlich hatte unser Mr. Wooly bei dieser »Säuberungsaktion« selbst eine hervorstechende und mit vielen Reden verbundene Rolle gespielt. Er vertraute deshalb darauf, als er dem jungen Polizisten im Vorzimmer mitteilte, er wollte Polizeichef Williams sprechen, daß dieser ihn sofort empfangen würde. In dieser Erwartung täuschte er sich nicht.

»Hallo, George.«

»Guten Morgen, Mr. Wooly. Hier bitte, nehmen Sie doch Platz, nehmen Sie Platz. Das freut mich aber, daß Sie mich mal hier im Büro besuchen. Wie finden Sie es? Gefallen Ihnen die Landkarten? Ich liebe Landkarten. Früher hatte man Stiche, wissen Sie, Kaltnadelradierungen von der Kathedrale von Chartres oder der Silhouette von New York. Sie verliehen dem Büro des leitenden Angestellten das gewisse Etwas, den Hauch von Kultur; heute dagegen werden Landkarten bevorzugt. Kunst scheint verdächtig – unsicher. Landkarten hinwiederum sorgen in chaotischen Zeiten für Würde und Präzision. Man fühlt sich sicherer mit einer Landkarte, der Feindin des Chaos. Wir sehnen uns eben nach der distanzierten und objektiven Note. Ha, ha. Da bin ich doch schon dabei, Ihnen einen Vortrag zu halten! Und, ach ja, ich wollte Sie schon seit einer Woche besuchen, um Ihnen ganz herzlich zu gratulieren.«

Mr. Wooly, dem Polizeichef war es bereits aufgefallen, schien nicht zuzuhören. »Gratulieren?« fragte er jetzt verwundert.

»Zu Ihrer Hochzeit. Sehr romantisch von Ihnen, und dazu heldenhaft – ich meine natürlich die Rettung und nicht die Eheschließung. Ha, ha. Entzückende Frau, wenn ich mir die Bemerkung erlauben darf, Mr. Wooly.«

»Sie dürfen«, kam es trübsinnig zurück, »aber *ich* würde es nicht sagen. Ganz im Gegenteil. Alles andere als entzückend. Unnatürlich. Das würde ich für den treffenderen Ausdruck halten. Ein unnatürliches Geschöpf, George.«

George Williams brachte vor Verblüffung kein Wort heraus. Er blickte Mr. Wooly auf seine ernsthafte und wohlerzogene Weise an, Mr. Wooly, den er schon lange für einen fürchterlichen Langweiler, einen aufgeblasenen kleinen Esel und mittlerweile auch für einen überführten, scheinheiligen Heuchler hielt. Mit anderen Männern von Welt hatte er im *Marlborough*, seiner Lieblingsbar, darüber gelächelt, wie dieser vom Himmel geschickte Brand allen, die über genügend Verstand verfügten, die wirkliche Lebensweise des tugendhaften Wooly enthüllt hatte – der auch noch so geizig war, seine Geliebte in einem Haus wie dem Hotel Monroe einzuquartieren, reich, wie er war! Aber ins Gesicht zollte der Polizeichef Mr. Wooly den Respekt, der Mr. Wooly immer gezollt wurde und den dieser stets für bare Münze genommen hatte.

»Gibt es Gesetze gegen widernatürliche Akte?« Mr. Woolys Benehmen war sehr ernst.

»Allerdings – gegen Exhibitionismus, Sadismus, Kannibalismus, Inzest ...«

»Nein, nein.« Mr. Wooly schüttelte ungeduldig den Kopf. »Pah«, erklärte er. »Pah. Das sind winzige Verfehlungen, vergleichsweise natürlich wie ein Frühlingsblümchen.«

Guter Gott – wobei hatten sie den Kleinen oder seine Frischangetraute erwischt?

»Im Vergleich wozu?« fragte der Polizeichef.

»Gibt es keine Gesetze gegen Verbrechen, die die Naturgesetze außer Kraft setzen?«

»Aha!« rief der gelehrte Polizeichef und verschränkte die langen Finger, »die Naturgesetze! Sie meinen doch nicht etwa Schwarze Magie – Hexerei?«

»Genau das meine ich.«

»Hexerei, nicht Sexerei«, faßte der Polizeichef zusammen, »sozusagen?«

»So kann man es sagen.«

»Freilich gibt es dagegen Gesetze!« Williams war beglückt, sich auf so vertrautem Boden bewegen zu könnnen. »Ich habe mich sogar intensiv mit der Geschichte dieser Dinge befaßt. Warburton hat ein paar eigene, ganz besondere Gesetze dafür, die immer noch gültig sind. Zwar ist Warburton nie so extrem vorgegangen wie Salem und andere Neu-England-Städte während des Hexenterrors im 17. Jahrhundert; aber wir haben auch ein paar untergetaucht, eine gehängt und eine andere zehn Meilen weit die alte Landstraße entlanggesteinigt, bevor sie anfing zu singen.«

»Und das war auch gut so«, trompetete Mr. Wooly in seiner besten Gemeindesaalstimme. »Eine aufrechte, amerikanische Art, mit dieser Pest fertig zu werden! Herr Polizeichef Williams, ich bin zu Ihnen gekommen, um eine Strafanzeige zu stellen und einen Haftbefehl zu erwirken.«

»Und wer soll verhaftet werden?«

»Eine Hexe.«

»Was für eine Hexe?« fragte der Polizeichef in ernstem Ton.

»Was für eine Hexe – was soll das heißen! Als ob es auf die Sorte ankäme! Hören Sie, George, es ist mein voller Ernst.«

»Das sehe ich, Mr. Wooly. Darum geht es mir ja gerade. Ich spreche genauso im Ernst, und ich frage Sie, wer ist diese Hexe? Den

Namen, wenn ich bitten darf. Ich kann nicht hingehen und namenlose Personen mit unbekanntem Wohnsitz verhaften.«
»Meine Frau natürlich«, erklärte Mr. Wooly.
Der Polizeichef erwog den Fall. Er war verwirrt. Er war so gut wie überzeugt, daß der angesehene Mitbürger vor ihm übergeschnappt war. Für den Polizeichef sah Mr. Wooly aus wie einer, der ganz nah am Abgrund einen geistigen Veitstanz aufführt. Wie einer, der den Nachtmahr, der ihn reitet, auch noch mit ausdauernden und zweifellos wohlverdienten Peitschenhieben und Schellengeläut anspornt. Dennoch beschloß Williams, Mr. Wooly nicht zu widersprechen und dadurch nach besten Kräften auf ihn einzuwirken wie sanftes Mondlicht auf den Mondsüchtigen.
»Ist sie denn eine ausübende Hexe?« fragte er Mr. Wooly.
»Die braucht nicht mehr zu üben – sie versteht ihr Handwerk!«
»Sie mißverstehen mich. Ich meine – schafft sie damit Geld heran?«
»Sie hat *mich* herangeschafft«, erwiderte Mr. Wooly schlicht.
Polizeichef Williams seufzte und schaute an seiner gelehrten Nase hinunter auf seine Gelehrtenhände. »Ich will Ihnen eine andere Frage stellen: Hat sie sich der Postboten bedient?«
»Der Postboten? Das dürfte Sie doch wohl nichts angehen.«
»Ach, kommen Sie – sprechen Sie offen.«
»Nun – ich habe Grund anzunehmen, daß ich nicht ihr Erster war...«
»Ich meine, ob sie sich der Postboten – der Post – zu betrügerischen Zwecken bedient!« ergänzte der Polizeichef hastig, und leichte Röte färbte seine hageren Wangen, während ein leiser Hauch von Hysterie seine Eingeweide berührte.
»Warum sollte sie sonst hinter uns her sein?«
»Moment, Moment«, stöhnte der Polizeichef, »ich flehe Sie an – warten Sie doch einen Moment. Es wird sich alles klären lassen. Ich versuche nur herauszufinden, ob Ihre Frau sich der Post der Vereinigten Staaten bedient hat.«
»Welche andere sollte sie denn benutzen? Ich kenne gar keine andere. Nicht hierzulande.«

»Bitte! Hat sie sich je anheischig gemacht, gegen Entgelt die Schwarze Kunst zu lehren oder bestimmte Dinge zu vollbringen, zum Beispiel einer Schwiegermutter die Kiefer zu lähmen oder einen einsamen Liftboy mit ganz schlimmer Akne eine junge Filmschönheit verführen zu lassen? Sagt sie gegen Entschädigung die Zukunft voraus, verkauft sie Liebestränke, oder vermittelt sie bedürftigen Gaunern persönliche Audienzen beim Schwarzen Mann?«

»Nicht, daß ich wüßte«, antwortete Mr. Wooly.

»Und warum glauben Sie dann, daß Ihre Gattin zur Schwesternschaft des Bösen gehört? Das ist meine Frage. Erläutern Sie Ihre Beweise.«

»Nun gut«, begann Mr. Wooly und ging mit auf dem Rücken verschränkten Händen im Zimmer auf und ab. »Darf ich Sie zunächst ersuchen, mich nicht zu unterbrechen und keine nicht dazugehörigen und offensichtlich frei erfundenen Personen in die Angelegenheit hineinzuziehen wie diesen Liftboy mit der schlimmen Akne? So etwas kann nur verwirren. Ich bin erstaunt, daß Sie als Polizeichef von Warburton sich bei einer ernsthaften Erörterung der neuesten Verbrechen in unserer Gemeinde solchen schieren Phantasien hingeben. Also...« Mr. Wooly beschrieb detailliert den Brand im Hotel Monroe sowie alles, was sich danach ereignet hatte, und schloß mit der gräßlichen Szene im Badezimmer.

Polizeichef Williams lauschte weisungsgemäß in respektvollem Schweigen. Endlich kam Mr. Wooly zu den Vorfällen der vergangenen Nacht und schilderte in allen Einzelheiten und, wie der Polizeichef fand, äußerst anschaulich den Augenblick, in dem ihm blitzartig die wahre Natur seiner Gattin klargeworden war.

»Ich bin kein Geschichtsprofessor«, erläuterte Mr. Wooly dem ehemaligen Geschichtsprofessor, »ich bin sogar *überhaupt* kein Professor.« Es gelang ihm, das Wort so auszusprechen, als wollte er damit andeuten, er für seinen Teil würde sich lieber tot im unsäglichen Dreck des Canarsie-Flüßchens auffinden lassen, als ein Professor zu sein. »Ich bin nur ein Geschäftsmann, ein praktischer, ganz gewöhnlicher Geschäftsmann, ein Diener der Menschen in unserer Gemeinde. Nicht mehr und nicht weniger. Weder besitze ich das Zweite Gesicht noch die Inspiration eines Dichters«, fuhr er fort und häufte die Bestandteile seiner demütigen Bescheidenheit aufeinander wie goldene Lorbeerkränze, fein säuberlich gestapelt. Vor lauter angenehmer Selbstkasteiung begann er rosig zu glühen. »Und dennoch bin ich des Lesens und Schreibens nicht völlig unkundig. Nein, ich kann sogar meinen Namen schreiben und einfache Rechenaufgaben lösen! Ich bin angesehen und werde beneidet – in unserer Gemeinde und weit über ihre Grenzen hinaus. Ich trage freiwillig gesellschaftliche und politische Lasten. Die Menschen danken es mir. Aber so beschäftigt ich auch immer gewesen bin, die Bücher dieser Welt waren mir nicht verschlossen, nicht alle. Ich bin ein frommer Mann. Ich habe einiges über Kirchengeschichte gelesen. Damit will ich sagen, daß mir die Wege der Hexen nicht völlig unbekannt sind, auch wenn ich nie zuvor eine Hexe gesehen hatte. Aber als ich beobachtete, wie meine Frau ihren schändlichen mitternächtlichen Zauber trieb, wußte ich sofort, daß sie eine Hexe, ein Wesen der bösen Macht war. Das ist alles. Erklären Sie mir also jetzt, was ich tun muß, um Strafanzeige zu stellen, damit man sie verhaftet.«

Polizeichef George Williams hatte einen eleganten Fuß auf seinen Schreibtisch gelegt. Sorgfältig hob er die Fingerspitzen gegeneinander und drückte prüfend, ganz leicht und vorsichtig, die Fingerkuppen zusammen. Seine Lippen spitzten sich in lautlosem Pfeifen. Dabei schlug er die ernsten, wohlerzogenen Augen auf, so daß man rund um die Pupillen, die genau in den Mittelpunkt von Mr. Woolys Pupillen gerichtet waren, deutlich das Weiße sah. Nachdem er diesen somit sorgfältig anvisiert hatte, schüttelte Polizeichef Williams langsam den Kopf.

»Das Hotel Monroe brennt ab«, sagte er milde, »aber *sie* verbrennt nicht. Sie fällt in einen Baum und bleibt unverletzt.« Er führte nacheinander alle seltsamen Vorkommnisse auf. Ihr »Verhexen« von Betty Jacksons hübschen Fingern, so daß diese von da ab nur noch rückwärts tippte; das Abbrennen von Bettys Häuschen; die Mauerkletterei; der Mord an dem Cochinchina-Rassehahn.

»Es gibt kein Gesetz gegen das Herumklettern an Schlangenranken«, erklärte Polizeichef Williams vernünftig, »nicht, wenn die Ranke am eigenen Haus wächst.« Und mit ähnlich kühler Beweisführung zerpflückte er alle anderen Anschuldigungen. Es gab keinen Beweis dafür, daß sie die Brände gelegt hatte, nicht den geringsten; und was Bettys Versagen als Sekretärin anging – »tz, tz, tz, tz«, sagte George Williams. »Die Geschworenen wären in so einem Fall einstimmig auf seiten der Ehefrau. Sie würden sagen, wenn sie als Sekretärin nichts taugt, wozu haben Sie sie dann eingestellt? Was kann sie denn sonst?«
Mr. Wooly ließ sich nicht abweisen. »Aber, George, diese fürchterliche Sache mit dem Hahn – um Mitternacht –, das ist eine Zeremonie, von der jeder schon einmal etwas gehört hat. Damit kriegen wir sie dran!«
George sah absolut nicht überzeugt aus. Vorsichtig klopfte er die Fingerspitzen gegeneinander. »Ich erinnere mich«, sagte er, »an einen Kollegen, der unter Schlaflosigkeit litt. Lehrte Existenzialphilosophie, wissen Sie, die Philosophie, die davon ausgeht, daß unsere engste, intimste Erfahrung ontologischer Natur ist – daß unsere eigene Existenz zugleich der Beweis eben dieser Existenz und ebenso ein eindeutiger, wenn auch wortloser Vorschuß auf den Sinn aller Sinne ist...«
»Ja, ja«, unterbrach Mr. Wooly. »Nur weiter, weiter.«
»Also, dieser Bursche wohnte neben einer Frau, die Rote New Hampshires hielt. Prima Vögel, etwas größer als die Roten Rhode Islanders. Jeden Morgen in aller Frühe, noch ehe es dämmerte – wenn der Mann gerade seit einer halben Stunde eingeschlafen war, nachdem er sich seit Mitternacht herumgewälzt und das Bett zerwühlt hatte –, ließ der Rote New Hampshire-Hahn dieser Frau sein wichtigtuerisches Kreischen los, damit die Sonne aufging. Eines Tages ging mein Kollege hin und drehte ihm den Hals um. Man verhaftete ihn und stellte ihn vor ein Schwurgericht.«
»Ich hoffe nur, daß hier ein Zusammenhang besteht«, knurrte Mr. Wooly.
»Oh ja, das versichere ich Ihnen. Also – mein Kollege verteidigte

sich selbst. Er trug vor, daß der Hahn sowieso kein Zeitgefühl gehabt hätte, denn soviel er auch geübt hätte, immer hätte er den Sonnenaufgang um eine halbe bis ganze Stunde verfehlt. Darum, erklärte mein Kollege, fehlte es seinem Krähen an jedem sozialen Nutzen. Es war, so behauptete er, purer Selbstgenuß und, schlimmer noch, eine Ruhestörung im Sinne des Gesetzes, eine Art fortgesetzten Fehlverhaltens. Zum Schluß erklärte er unverhohlen, daß er froh darüber war, dieser Pest den Garaus gemacht zu haben. Und was geschah?«

»Heiliger Strohsack!« rief Mr. Wooly. »Wissen Sie es denn nicht?«

»Natürlich weiß ich es. Man jubelte ihm zu. Er wurde freigesprochen.«

Mr. Wooly saß mit rot angelaufenem, dumpf brütendem Gesicht in seinem hölzernen Armstuhl. Er schloß die großen Augen.

»Begreifen Sie nun?« fuhr der Polizeichef mit seiner ruhigen, vernünftigen Stimme fort. »Die Leute würden wahrscheinlich sagen: ›Na gut, vielleicht hatte sie Hunger. Nichts im Kühlschrank, da ist sie eben in den Hühnerstall gegangen. Vielleicht hatte sie so ein leeres Gefühl, mitternächtliche Gelüste – wem geht das nicht mal so?‹«

»Gelüste wonach?« rief Mr. Wooly ungeduldig. »Nach meinem preisgekrönten Cochinchina-Hahn?«

»Durchaus vorstellbar«, antwortete der Polizeichef.

»Außerdem ist unser Kühlschrank immer voll. Was für ein Unsinn!« schrie Mr. Wooly.

»Ich widerspreche Ihnen ja gar nicht«, entgegnete ihm der Polizeichef. »Ich weise nur auf die juristischen Aspekte hin...«

»Und vergessen Sie nicht, daß sie ja gar nicht in der Küche war; sie war im Badezimmer.«

»Sie neigen aber wirklich zu Haarspaltereien«, bedeutete ihm der Polizeichef.

»Hühner!« sagte Mr. Wooly, der schon wieder den Faden verlor.

»Niemand hat was von Haaren oder von Pelz gesagt, von Haaren oder von Hasen oder von Känguruhs oder von Schnabeltieren.«

Polizeichef Williams lächelte freundlich. »Nabeltiere«, bemerkte er.
»Nabeltiere? Wo? Wie kommen Sie jetzt plötzlich auf Nabeltiere, George? Finden Sie nicht, daß Sie sich leicht aufregen und dann den Zusammenhang verlieren? Ich kann mich nicht erinnern, daß wir von Haaren oder Hasen oder Nabeltieren – oder ähnlichem – geredet hätten.«
»Ich wollte natürlich ›Schnabeltiere‹ sagen. Sie haben sie, glaube ich, zuerst erwähnt. Sozusagen eingeworfen, um Ihre Aussage zu bekräftigen.«
»Und habe ich sie damit bekräftigt?« erkundigte sich Mr. Wooly.
»Verschissen haben Sie«, antwortete Williams mit dem schelmischen Lächeln, von dem frühere Professoren so gern Gebrauch machen. Als er aber sah, welche Wirkung sein Witz auf Mr. Wooly hatte – der kleine Mann wurde purpurrot im Gesicht –, beeilte er sich hinzuzufügen: »Das ist ein Scherz beim Würfeln.«
»Hört sich nicht sehr würfelförmig an«, meinte Mr. Wooly, der annahm, der Polizeichef litte unter einer fieberhaften Erkältung.
»Und nehmen wir einmal, Gott behüte, an«, spekulierte der Polizeichef weiter, »sie würde aussagen, ein bißchen heißes Hahnenblut wäre ungemein wohltuend für den Teint, wenn man es vor dem Schlafengehen sorgfältig einreibt? Würde sich das nicht ganz einleuchtend anhören? Würde es nicht jeden verheirateten Mann – oder jede Frau – überzeugen? Und was das schlimmste wäre, sie könnte damit sogar noch eine neue Mode einführen.«
Eine beträchtliche Weile herrschte Schweigen, das endlich von Mr. Wooly gebrochen wurde. »Ich muß also davon ausgehen, daß Sie ablehnen. Sie verweigern mir den Schutz, auf den jeder Bürger, ohne Ausnahme, ein Recht hat?«
»Sie müssen einsehen, daß ich keine andere Möglichkeit habe. Wenn ich Sie nicht überzeugen kann, steht es Ihnen frei, den Staatsanwalt aufzusuchen. Ich rate Ihnen jedenfalls, daß Sie Ihre Frau genau beobachten, damit Sie jedes wirkliche Beweismaterial sofort in die Hände bekommen.«

Ein sehr entmutigter Mr. Wooly stand auf und begab sich langsam zur Tür. Es war ein schlimmer, vielleicht der schlimmste Augenblick seines Lebens. Als er schon die Hand auf den Türgriff senkte, hatte Polizeichef Williams, der ihn hinausbegleitete, noch eine Idee.

»Natürlich gibt es da Proben«, sagte er.

Mr. Wooly drehte sich um, und auf sein umschattetes, bedrücktes Gesicht, dieses großäugige, sonst so napoleonische, jetzt so sorgenvolle Antlitz, trat ein trübes Leuchten.

»Proben? Was für Proben?«

»Man wirft sie in kochendes Wasser. Wenn sie nicht schreit, ist sie zweifellos ein unnatürliches Geschöpf, das ist sonnenklar.«

»Sie würde aber schreien«, wandte Mr. Wooly ein.

»Aber das Schreien wäre vielleicht nur ein Beweis dafür, wie listig sie die Rolle der verfolgten Unschuld spielt – also zugleich ein Beweis dafür, daß sie doch eine Hexe ist. Wenn sie natürlich kochen würde ...«

»Jetzt kommen Sie aber wirklich total von der Sache ab«, seufzte Mr. Wooly. »Sie denkt gar nicht daran. Seit wir verheiratet sind, hat sie noch keinen Fuß in die Küche gesetzt.«

»Ich meine doch, wenn ihr Fleisch im siedenden Wasser zu kochen anfinge. Sie haben gesagt, daß sie durch Flammen gegangen ist und ganz davon umgeben war, ohne daß sie irgendwo versengt, verbrüht oder auch nur das kleinste bißchen angeschmurgelt war. Was ich andeuten will, ist: wenn sie bei dieser Probe kochte, würde das beweisen, daß sie keine Hexe ist. Der Nachteil dabei wäre freilich, daß sie dann schon gekocht wäre.«

»Das ist kein Nachteil«, warf Mr. Wooly ein. »Die ist schon ausgekocht genug!« Aber dann schüttelte er den Kopf, und das Leuchten in seinen Augen erlosch. »Man kann keine Frau kochen, man hätte sie denn«, erklärte er. »Und das ist schwieriger, als Sie glauben.«

»Na ja«, sagte Polizeichef Williams, »bei den anderen Proben, der Nadel- oder der Wasserprobe, ganz gleich, bei welcher, muß man sie auch erst haben.«

»Vielen Dank«, bemerkte Mr. Wooly.
»Keine Ursache.«
»Das weiß ich.«
»Lassen Sie mich wissen, wie die Sache weitergeht, ja?«
»Wenn sie weitergeht«, antwortete Mr. Wooly pessimistisch. Sein Wagen und Swanson nahmen ihn auf und beförderten ihn sanft durch die reinlichen Fahrstraßen von Warburton zum Büro der T. Wallace Wooly, Inc., wo Mr. Wooly automatisch alles das tat, was sich für einen bedeutenden Manager gehört. Am späten Nachmittag erklärte er Betty Jackson am Telefon, daß er abends keine Zeit hätte, weil es sein Abend für den üblichen Vortrag beim Männerbibelkreis war. Betty war enttäuscht, erhob jedoch keine Einwendungen. »Du bist mein Liebling«, meinte sie – selbst ein Liebling, wie man sie selten findet.
Wie auf diesen Seiten bereits zart angedeutet wurde, war Mr. Wooly zeit seines Lebens ein Trottel reinsten Wassers gewesen, auch wenn sein Kopf nicht etwa voller Wasser, sondern vielmehr voller Selbstgefälligkeit steckte. Trotzdem darf es kein schlechtes Licht auf die Erste Warburtoner Kirche werfen, daß Mr. Wooly sich darin zu Hause fühlte. Nein, diese Kirche war keineswegs eine reine Idiotenanstalt. Sie war ein Heim für Menschen aller Art, darunter natürlich auch eine Reihe von Trotteln, was aber etwas ganz anderes ist. Die Kirche war nicht allzu groß und im Stil der englischen Gotik erbaut, aus alten Backsteinen und behauenen Blöcken. Die edelsteinbunten Strahlen einer kleinen Fensterrosette durchdrangen ihr dämmriges Inneres.
Auf der Straße war es noch Tag, als Mr. Wooly nach einem schnellen einsamen Essen im Downtown-Club (ein paar Makkaroni mit Käse, ein Salat auf Basis einer Ananas und eine ganz entzückend angerichtete Himbeersülze als Dessert) die Kirche betrat. Der kühle Abend, der schon den Innenraum erfüllte, war eine Überraschung – eine angenehme. Ein paar Kerzen brannten auf dem Altar. Niemand sonst war anwesend. Mr. Wooly setzte sich hin, um ein wenig auszuruhen.
Für ihn war Religion etwas von bestimmten anderen Gefühlen

nicht zu Trennendes; dazu gehörten zum Beispiel die dankbare Befriedigung über den Applaus nach einer seiner langen Reden über Sparsamkeit und Verbesserung des Gemeinsinns oder die Empfindung, wenn ein neuer und wichtiger Kunde den Füllfederhalter ergriff, um auf der punktierten Linie zu unterschreiben; vor allem aber das Gefühl eleganter Langeweile, das er mit der Erinnerung an die erste Mrs. Wooly verband.

Schon oft hatte er vor Geschäftsleuten und Jugendverbänden Reden über die Religion als festen Boden unter unseren Füßen gehalten. Es muß befürchtet werden, daß er nur allzuviel Erfolg dabei gehabt hatte, sie wirklich dorthinzutrampeln.

Jetzt, als ihn in der kühlen Stille die Ruhe und Behaglichkeit der Kerzen und der Fensterrosette sanft umschwebten, dachte er, »wie gemütlich«, und bekam sofort Angst vor der Mißbilligung des Himmels über dieses einfache, entspannte Wohlbefinden, das er in SEINER Kirche genoß.

Schnell beschloß Mr. Wooly, ein Vaterunser zu sprechen, so wie auf andere Weise abergläubische Menschen auf Holz klopfen oder »unberufen!« sagen. Aber er brachte das Vaterunser nicht zustande. Was war nur los mit ihm? Er versuchte es. Nix! Während sein müder Kopf nach den verstreuten Worten suchte, vernahm sein Ohr, wie sich im Nebenraum junge Männer versammelten – der Bibelkreis.

So ging es auf keinen Fall. Er schritt hinüber und nahm seinen Platz am Kopfende des langen Tisches ein, an dem bereits vierzehn oder fünfzehn Warburtoner Männer saßen – die meisten in den Dreißigern. Etwa ein halbes Dutzend von ihnen war bei Mr. Wooly beschäftigt und betrachtete die Abende als notwendiges Übel, eine Art von Überstunden. Der Rest bestand aus Bankangestellten, den Leitern von Kettenläden und Angehörigen ähnlicher Berufe. Sie begrüßten Mr. Wooly mit einer speziellen Art Respekt, weil es sich um eine kirchliche Veranstaltung handelte, und in ihrem Lächeln steckte eine andere Sorte Heuchelei als in dem Lächeln, das sie in ihren jeweiligen Berufen aufzusetzen pflegten. Über ihnen schwebte Langeweile wie eine unsichtbare, alles erstickende Wolke. Wie gewöhnlich war alles hier ein bißchen unwirklich, aber als Mr. Wooly nun anfing zu sprechen, spannten sich Muskeln hinter herunterhängenden Kiefern, eben noch von unkirchlicher Träumerei glasige Augen wurden hell und suchten Mr. Woolys Blick. Er redete von bösen Geistern und Teufeln und Höllenfeuern und häufte ein Bibelzitat auf das andere, um seine These zu untermauern, daß es sich hier nicht etwa um bloße Redewendungen oder um Dinge handelte, die es nur früher einmal gegeben hatte.

Er brachte alles Gräßliche auf den neuesten Stand und schickte boshafte kleine Teufel mit ihren höllischen Aufträgen durch Warburtons friedliche Straßen. Er sprengte die glatte Sicherheit der dahindösenden Vorstadt Warburton in ihrer ganzen »Modernität«. Ewige Gefahren strömten herein.

Aus Urzeiten ererbte Ängste erwachten in den Tiefen dieser abgestumpften jungen Männer, und in heimtückischem Gegensatz dazu leuchtete ihre Welt in noch hellerer Schönheit, denn über das Funktionieren des höllischen Lichtes kann es keine Diskussion geben. Sein Glitzern und Reflektieren enthüllt. Es unterstreicht. Wie sollte man ohne seine Hilfe erkennen, was Tugend ist?

Mittendrin – Mr. Wooly hatte es gerade mit den Gerasener Säuen, die sich ins Meer stürzten – blieb ihm plötzlich die Stimme weg. Er schlug sich mit der linken Handfläche an die Stirn und murmelte, »das Vaterunser – natürlich, natürlich!« – die Antwort auf einen Gedanken, der in seinem Kopf explodiert war wie eine Leuchtrakete. Dann erklärte er: »Meine Herren, ich bedauere unendlich, aber ich kann nicht fortfahren. Ich habe ...« Er suchte stockend nach einer Ausrede, aber es fiel ihm weiter nichts ein als »... Kopfschmerzen, ganz fürchterliche Kopfschmerzen!« Er sah einen der Männer an. »Thomas, könnten Sie bitte weitermachen?« Und dann entfernte er sich wie in jäher Flucht; aber in Wirklichkeit war sein Abgang der erste Schritt zu einem Angriff an allen Fronten.

Das Vaterunser! Damit mußte es gehen! Und zum Teufel – sozusagen – mit der Polizei.

X

In Miami kann jeder wohnen

Jennifer Wooly wußte, daß sie zu weit gegangen war.
Sie hatte nicht aufgepaßt. Weil sie bleiben wollte, wo sie war, beschloß sie, sich – vorübergehend – zu bessern und dadurch die blinde Vernarrtheit ihres Trottels von Ehemann wieder zurückzugewinnen.
Während Mr. Wooly seinen Tag damit verbracht hatte, dem Polizeichef und der Weltgeschichte und Gott Löcher in den Bauch zu fragen, hatte Mrs. Wooly in derselben Zeit eine Dauerwelle, eine Gesichtspflege und energische Massagen über sich ergehen lassen, hatte sich mit Putzmacherinnen, Modistinnen, Pelzhändlern beraten, acht Paar Schuhe gekauft und was dergleichen Dinge mehr sind. Sie hatte sogar im Gemeindezentrum einem Kammerkonzert gelauscht. Sie fühlte sich fast völlig als Ehefrau, und als sie abends gegen halb zehn die Räder von Mr. Woolys Taxi auf dem Kies knirschen hörte, hüpfte sie in die Bibliothek – wo er sich im Parterre am liebsten aufhielt – und arrangierte sich auf dem salbeigrünen Brokat der Couch, in der Hand einen aufgeschlagenen Band mit Longfellows Gedichten. Sie war das reinste lebende Bild. Voller Selbstvertrauen wartete sie und lächelte ganz leicht, als sie hörte, wie Mr. Wooly Bentley fragte, wo Mrs. Wooly sei. Er suchte sie. Er brauchte sie.
Er kam auch sofort zu ihr, ein kleiner, straffer Mann im dunklen Zweireiher, das braune Haar ordentlich gekämmt, die großen braunen Augen eher wild. Er ging direkt auf den trophäengeschmückten Kamin zu, von dem er erst letzte Nacht das Schlachtbeil heruntergenommen hatte; diesmal jedoch holte er sich (sie merkte es erst, als er sich umdrehte und vor sie hintrat) eine lange mexikanische Viehpeitsche, hergestellt aus dem Penis eines Bul-

len, natürlich gut gegerbt und als solcher nicht mehr erkennbar, mit einem geflochtenen Riemen. Als er sie fest im Griff hielt, stürzte er sich blitzartig auf seine Frau und drückte ihr, bevor sie etwas anderes tun konnte, als sich auf der Couch aufzurichten, ein kleines, in Leder gebundenes Gebetbuch in die Hand. Dann knallte er mit seiner abscheulichen Waffe und verkündete mit lauter, kräftiger Stimme:

»Es ist aufgeschlagen beim Vaterunser; lies, meine Schöne, lies, oder die Fetzen fliegen!«

Fürwahr ein sonderbarer Anblick: Die entzückend gekleidete, schrägäugige kleine Frau, vor ihr der Gatte, dessen gewaltige Wut ihn zu doppelter Größe anschwellen ließ, offen in ihrem schwachen, widerwilligen Griff die Bibel – und in seiner gerechten Hand die schwarze Lederpeitsche, die sich ringelte und zischte. Als sie das Schweigen lang werden ließ, hob er die Peitsche, und sie sang ein schreckliches, schrilles Lied über dem grünen Samt von Jennifers Kleid.

»Lies!« rief er und sagte ihr den Anfang vor: »Vater unser, der du bist im Himmel ...«

Sie war blaß geworden. Entsetzen hielt sie gepackt. Aber als er ihr Erschrecken bemerkte, schrie Mr. Wooly nur noch lauter: »Lies!«

»Himmel im bist du der, unser Vater«, sagte sie. Darauf trat er zwei Schritt zurück, breitete die Arme weit aus wie ein Zirkusdirektor oder Raubtierdompteur (und war er das nicht auch?) und rief: »Zauberin! Hexe! Graues altes Weib des Bösen! Ich habe dich durchschaut. Sprich weiter: ›Geheiligt werde dein Name‹ ...«

»Name dein werde geheiligt«, sagte sie mit zitternder Stimme, denn als Hexe konnte sie das Vaterunser nur rückwärts deklamieren wie bei der Schwarzen Messe.

Als sie es zu Ende gesprochen hatte, sank sie erschöpft zurück, ganz und gar hilflos vor ihm.

Er ließ die Peitsche sinken und zog sich einen Stuhl heran.

»Wie wär's mit Miami?« bemerkte er und begann damit das zweifellos schwierigste Verkaufsgespräch, das er je versucht hatte. »In

Miami kann jeder wohnen«, meinte er. »Du mußt einsehen, daß du sofort von hier weggehen und nie wiederkommen mußt. Und Hollywood? Hollywood würde dir gefallen. Da gehörst du hin. Oder Chikago? Aber nein – erst einmal Reno – ich habe gehört, daß es eine sehr reizvolle Stadt ist, voll mit allem Bösen, und dort könntest du dich scheiden lassen.« Und so ging es weiter, und während er sprach, wurden seine Argumente immer logischer. Er schilderte die Vorzüge dieses oder jenes Ortes, wohlgemerkt, die Vorteile aus höllischer Sicht, nicht etwa vom Standpunkt der Verbesserung des Gemeinsinns oder der sauberen Politik oder der Sparsamkeit aus.
Sie hörte zu, bis er fertig war und starrte ihn an. Sie verstand, daß er unerbittlich war.
»Okay«, sagte sie. »Du hast gewonnen – bis jetzt.« Dabei überlegte sie, wie sie es ihm heimzahlen konnte. »Du bist so ein selbstgerechter kleiner Esel«, fuhr sie fort. »Du glaubst, du hättest gelebt und etwas gelernt. Aber du hast überhaupt nichts gelernt. Ich sehe ein, du kleiner Stadtrand-Sahib, daß ich zu nachlässig gewesen bin, daß du jetzt endlich gemerkt hast, wer ich bin und warum ich so einen kleinen, schweineartigen, aufgeblasenen Windbeutel wie dich geheiratet habe, Mr. Wooly. Als Sprungbrett, als Fußabtreter, warst du gar nicht so übel, aber für alles andere . . . ich werde froh sein, wenn ich dich los bin!« Sie glitt von der Couch und nahm nun ihrerseits den Platz in der Teppichmitte ein. Mit weit eleganteren, katzenhafteren Bewegungen als er begann sie auf und ab zu tigern.
»Ich nehme den Neun-Uhr-Fünfundvierzig. O ja, ich verlasse dich!« schrie sie.
Ihre Stimme klang glockenklar hinaus auf die Küchentreppe, wo Mr. Connolly herumlungerte. Er hatte schon viele Ehefrauen gehört. Jetzt schüttelte er den großen Kopf und sagte zu Hortense, dem Stubenmädchen: »Da fangen sie schon wieder an, die beiden!«
»Aber bevor ich gehe«, kreischte Mrs. Wooly, »werde ich dir verdammt noch mal mein Siegel aufdrücken, Mr. Wooly!« Sie grinste

wie der Teufel, der sie schließlich war, als ihr eine schreckliche Rache einfiel: »ICH VERFLUCHE DICH MIT OHREN!«
Unwillkürlich tastete Mr. Wooly nach seinen Ohren, die von mittlerer Größe waren, in der Annahme, sie hätten zu sprießen begonnen. Aber das hatten sie nicht, zumindest konnte man es nicht fühlen.
Als er aufblickte, war seine Frau nicht mehr im Zimmer. Sie war nach oben gerannt. Wenige Minuten später, als Mr. Wooly noch ganz betäubt dasaß und sich angesichts neuer Ängste an sein Triumphgefühl klammerte, rannte sie wieder treppab, trug jetzt aber ein ordentliches, dunkelfarbiges Tweedkostüm und einen Nerzmantel. Swanson, über das obere Telefon bereits herbeizitiert, wartete vor der Tür. So schied Mrs. Wooly. Ihr Mann, der sie vom Bibliotheksfenster aus beobachtete, betastete erneut gedankenvoll seine Ohren.
Bentley trat ein und legte den mexikanischen Ochsenziemer wieder auf seine Halterungen.
»Lassen Sie die Selbstgespräche«, befahl Mr. Wooly.
»Entschuldigen Sie, Sir. Ich wußte gar nicht, daß ich mit mir selbst gesprochen habe.«
»Allerdings haben Sie das!« fauchte Mr. Wooly. »Vor sich hin zu murmeln wie ein altes Weib! Und jetzt fangen Sie schon wieder an. Aufhören, sage ich!«
Bentley, der kein Sterbenswörtchen gesagt oder gemurmelt hatte, entfernte sich, an allen Gliedern zitternd. Er war empört und ein wenig verängstigt.

XI

Ein Kreuz markiert die Stelle

Nachdem er noch eine Weile in der Bibliothek auf und ab gegangen war, begab sich Mr. Wooly nach oben. Dort fand er jedoch genausowenig Ruhe und verordnete sich darum ein paar gymnastische Übungen. Als im Turnzimmer das Telefon klingelte, machte er vor Schreck einen großen Satz. Er ruderte gerade auf dem Rudergerät, wodurch er so müde zu werden hoffte, daß er schlafen konnte. Der Hörer befand sich in Reichweite; er hob ab und sprach, während er sozusagen das Boot treiben ließ. Die Stimme am anderen Ende gehörte Swanson, und sie klang weder freudig noch triumphierend.
»Es ist wegen Mrs. Wooly«, begann Swanson.
»Ja?«
»Sie ist weg, Sir.«
»Das weiß ich, Swanson. Hat sie den Neun-Uhr-Fünfundvierzig noch erwischt?«
»Sie ist abgesprungen.«
»Vom Zug?«
»Wie sollte sie? Wir haben ihn scha gar nicht erreicht.«
»Wo ist sie denn?«
»Ich weiß nicht. Ich weiß nur, daß ich am Bahnhof aus dem Auto gesprungen bin und Mrs. Wooly die Tür aufgemacht habe, und sie war nicht da. Es war gar nichts da. Alles leer.«
Mr. Wooly fühlte eine Welle der Entmutigung, eine Art Unterströmung, die ihn ins Meer zurückspülte, als er gerade geglaubt hatte, sicher an Land zu sein. Swanson wartete.
»Mrs. Wooly«, sagte Mr. Wooly, »ist eine sehr aktive Frau, Swanson. Während Sie ausstiegen, hat sie das Auto einfach von der anderen Seite verlassen. Machen Sie sich keine Sorgen. Ich bin

sicher, daß sie den Neun-Uhr-Fünfundvierzig noch geschafft hat.«

»Nein, zum Henker, das hat sie nicht. Ich bin den ganzen Neun-Uhr-Fünfundvierzig abgegangen. Soll ich die Polizei benachrichtigen?«

»Um Himmels willen, nein!«

Aber als er aufhängte, wunderte sich Mr. Wooly selber, daß er einen so vernünftigen Vorschlag abgelehnt hatte.

Er versuchte zu schlafen.

Etwas sah ihn an! Er stand auf, ging hinüber in das eheliche Schlafzimmer und stellte fest, daß ihn auch dort etwas ansah. Aber was? Immer wieder drehte er sich um, erst langsam, dann schnell, um den Übeltäter, wer er auch sein mochte, auf frischer Tat zu ertappen. Endlich begriff er, was ihn da ansah. Es waren die Fenster, sonst nichts. Fenster! Seine eigenen Fenster! Alle starrten sie ihn an, alle stellten sie die gleiche Frage: »Werde ich es sein, durch das *sie* hineinschlüpft, während du hilflos im Bett liegst – wird es mein Fensterbrett sein?«

Mr. Wooly klingelte nach Bentley, und zusammen prüften sie im Parterre und auf zwei Etagen jeden einzelnen Fensterriegel. Sie knöpften das Haus fester zu als ein Herr in den Vierzigern den Smoking, den er acht Monate nicht angehabt hat. Und während dieser gesamten Verteidigungsoperation redete Bentley mit leiser, undeutlicher Stimme pausenlos vor sich hin . . .

»Aufhören, Bentley!« befahl Mr. Wooly.

»Womit denn aufhören?«

»Mit dem verfluchten Vorsichhingemurmel. Was ist denn los mit Ihnen?«

»Jetzt ist er hübergeschnappt«, murmelte Bentley, »und kein Wunder, nach all dem, was er von dieser Bohemien-Schlampe hertragen mußte, die er da ge'eiratet hat!«

Mr. Wooly traute seinen Ohren nicht. Er starrte seinen Butler an.

»Ich murmel doch nicht«, murmelte Bentley, »er 'ört Stimmen!«

Und dann, etwas klarer: »Tut mir leid, Sir, ich war mir keines Gemurmels bewußt, wie Sie das nennen.«
Und sofort begann das undeutliche Geraune von neuem. »Ich bin überanstrengt«, sagte sich Mr. Wooly und hatte damit zweifellos recht. Er hatte soviel anderes zu denken, auf soviel anderes zu horchen, daß er es aufgab, Bentley bei seiner empörenden neuen Angewohnheit in flagranti ertappen zu wollen und ihm endlich kurz eine gute Nacht wünschte. Bentley wurde alt, das war es. *Selbst Bentleys werden alt,* dachte Mr. Wooly.

In dieser Nacht ereignete sich nichts Besonderes mehr außer dem Brand.
Wie sich Mr. Wooly später unbestimmt erinnerte, war er aus dem Bett, in dem er keinen Schlaf gefunden hatte, herausgeklettert, hatte seinen warmen Kamelhaarmorgenrock, Marke Jaeger, angezogen, dazu die roten Lederpantoffeln, und hatte das verdunkelte Haus verlassen, um sich mit Wachtmeister Connolly zu unterhalten, dessen Schatten vor dem Haupttor auf und ab wandelte.
Connolly sah ihn kommen und blieb stehen. Die Nacht war drükkend; Wolken bedeckten das Firmament. Connolly sagte: »Da ist er ja schon wieder, kommt mitten in der Nacht aus dem Haus gestürzt – was zum Teufel hat der Kleine vor?«
Natürlich war es völlig unmöglich, daß Wachtmeister Connolly so etwas sagen würde. Warum sollte er auch? Mr. Wooly, der sich ihm stumm wie ein Trappistenmönch näherte, steckte sich einen Finger ins Ohr – erst in das eine, dann in das andere. In seinem Kopf war eine Art Summen. Das war es. Das und seine verflixte Phantasie, die schon wieder Überstunden machte. Aber wieso bildete er sich das Wort »der Kleine« ein? Natürlich war er, Mr. Wooly, kein Riese, aber er machte doch wohl den Eindruck von Höhe, oder etwa nicht? Er wünschte Wachtmeister Connolly einen guten Abend und sagte ihm, falls er diese Nacht wieder etwas zu sehen glaubte, das die Hauswand hinaufkletterte oder sich auf dem Dach bewegte, sollte er ruhig die Waffe ziehen und schießen und vor allem darauf achten, auch wirklich zu treffen.

»Will er mich jetzt reinlegen – ist das eine Falle?« fragte der Polizist.
»Wie bitte?«
»Ich hab gesagt, vielleicht war's ein Mondstrahl, oder vielleicht hab ich's mir auch bloß eingebildet. – Und sieh dir doch jetzt nur die Visage von dem Kleinen an«, fuhr Wachtmeister Connolly leise zu sich selbst fort. »Bei Gott, er sieht aus, als wenn er zu Tod erschrocken wär, oder ich kenn mich nicht mehr aus mit Gesichtern. Wenn ich soviel Zaster beiseite geschafft hätte wie der, wär ich auch nervös!«
»Und vielleicht war es auch kein Mondstrahl«, sagte Mr. Wooly und preßte wieder die Hände an die Ohren. »Heute habe ich festgestellt, daß die Ranke an mehreren Stellen gebrochen ist.«
Das klang recht technisch, aber Connolly sagte: »Alles Schwindel – ich seh's ihm an, wenn er redet. Möchte nur wissen, wieso!«
»Wie können Sie so etwas behaupten! Sie müssen betrunken sein, Connolly.«
Der Polizist trat einen Schritt zurück. Die Lampe über dem Tor schien auf sein Gesicht. Er sah zutiefst verblüfft und eingeschüchtert aus. »Ich hab doch kein Wort gesagt«, brachte er hervor.
»Nein? Sind Sie sicher?«
»Natürlich bin ich sicher.« Und wieder das leise Murmeln: »Wieso sollte ich denn nicht sicher sein? Was hat der kleine Gernegroß nur?«
Während er das sagte oder zu sagen schien, beobachtete Mr. Wooly seinen Mund. Der Mund war geschlossen geblieben. Es war unwahrscheinlich, daß Connolly die Kunst, durch die Ohren oder die Poren zu reden, erlernt hatte. Mr. Wooly geriet ins Schwitzen. Er hörte ungern Dinge, die gar nicht zu hören waren. Ganz und gar ungern. »Tut mir leid«, sagte er. »Ich habe irgendwie Ohrenschmerzen, glaube ich, so ein Summen. Äußerst lästig. Gute Nacht.«
Er wollte wieder ins Haus gehen.
Aber er hatte die Tür noch nicht erreicht, als die Feuersirene unten in der Stadt mit wildem Aufheulen loslegte. Connolly brüllte:

»Da! Sehen Sie doch!« Hinter den Baumwipfeln im Westen tauchte ein höllisches Glühen auf, das binnen Sekunden größer wurde. »Da muß es fürchterlich brennen!« schrie Connolly. »Ein Superding von einem Feuer, Mr. Wooly!«

Ein Feuer, das vor lauter Gier keuchte und fauchte, verschlang das Innere der kleinen Kirche; dschungelartig wuchernde Flammen drückten ein Fenster nach dem anderen auf und drangen ins Freie. Turmhohe Feuergarben ragten in die Nacht, mit roten Spitzen, die hell waren wie geschmolzenes Messing und sich nach Osten neigten. Sie verneigten sich mit höllischer Anmut, wie ein launischer Wind es ihnen eingab, vor dem Osten und deuteten dann wieder senkrecht zu Gott, dem Allmächtigen, empor; sie brüllten und spuckten in kurzlebiger, aber erschreckender Auflehnung gegen Ordnung und Recht.
Ehrfürchtig standen die Bürger in großem Halbkreis davor, die Gesichter eine Maske von Faszination und Respekt, überschattet und bemalt vom rötlichen Glühen wie für eine Theateraufführung. Unmittelbar vor ihnen rannten in ihren glänzenden schwarzen Mänteln und Helmen die Feuerwehrleute hin und her, der Chor in dieser Tragödie, und schleppten unter lauten Zurufen wassergefüllte Kobras mit Messingdüsen nach. Unter ihnen, ebenfalls in Gummimantel und Helm, war unser Mr. Wooly. Unter seinem Feuerwehrmantel hing der Saum des Kamelhaarmorgenrocks herunter und an den Füßen hatte er die roten Pantoffeln, denn auf Wachtmeister Connollys Aufschrei hin war er sofort hergeeilt. In der Hoffnung, wenigstens noch irgend etwas, Gott weiß was, zu retten, vielleicht einen Splitter jener Fensterrosette, wollte er durch die weit offenstehende Vordertür mitten in den feurigen Ofen hineinwandern, aber ein paar andere packten ihn und riefen ihm »nein, nein!« zu; denn er würde außer einem schmerzhaften Tod dort nichts mehr finden. Er riß sich los und rannte weiter. Es war der Anblick seiner Frau, der ihn auf dem Absatz stehenbleiben und zurückprallen ließ.
Im dreieckigen Vorgarten der Kirche standen zwei Tulpenbäume

von für ihre Art beträchtlichem Alter und ungewöhnlichem Umfang. Zufällig waren sie gerade gestern auf das herrlichste aufgeblüht und welkten nun schon wieder in der unnatürlichen Hitze der Feuersbrunst. Unter diesen Tulpenbäumen erkannte er Mrs. T. Wallace Wooly in ihrem neuen Nerzmantel. Ihre bösen, schräggestellten Augen waren heute nacht chinesischer denn je. Der kleine rote Mund stand halb offen, und auf den Lippen lag ein Lachen purer Fröhlichkeit über den Anblick des Feuers, das sie liebte, und nun auch über den Anblick ihres Mannes, den sie nicht liebte. Seine Qual veränderte den Tonfall ihres lauten, lustvollen Lachens; ihre Brauen schossen in die Höhe, und der Mund öffnete sich noch weiter und zeigte die kleinen Beißer bis hinten zu den mittleren Backenzähnen. Sie wies mit einem dornenspitzen Finger auf ihren Gatten und lachte höhnisch. Es war ein schrecklicher Anblick. In dieser Sekunde begriff Mr. Wooly noch genauer als bisher, daß er ein Wesen aus den finstersten Winkeln des Universums geheiratet hatte, eine Frau, die durch und durch böse war. Seine Haut sträubte sich und zog sich vor Abscheu zusammen, als ihm widerwillige Erinnerungen an seine Intimitäten mit ihr aufstiegen – mit »dem Biest«, als wäre sie wirklich eine Katze und doch für ihn das gewesen, was sie nun einmal gewesen war . . . Sie stand in der ungeheuren Hitze und dem grellen, furchtbaren Licht und jauchzte über den Tod der kleinen Kirche.

Die Menge erhob ihre Stimme.

Der Direktor der Warburtoner Feuerwehr kam angerannt und rief dem Ehrendirektor eben dieser Einrichtung zu, das Dach sei gefährdet. Die Stützbalken waren an einer Seite durchgebrannt. Kaum hatte er Mr. Wooly erreicht und ihn ein paar Schritte zurück- und beiseite gezerrt, als die Westmauer tatsächlich nachzugeben begann. Mit Donnergepolter regnete es Dachziegel. Die Fassade schwankte, mit ihr das kleine Steinkreuz oben darauf.

»Achtung!« schrie eine Stimme. Die roten Backsteine und die behauenen Blöcke barsten auseinander und stürzten zusammen. Das Steinkreuz brach von seinem Gipfel, beschrieb in der Luft einen weiten Bogen, überschlug sich langsam zweimal und prallte zuerst

gegen Mrs. T. Wallace Woolys Köpfchen, dann auf den zertrampelten Rasen zwischen den Tulpenbäumen.
Mrs. Wooly war lautlos auf die Knie gefallen. Ihre Haltung war andächtiger als je im Leben. Ihr Herzblut tropfte in den Pelz ihres Mantels und sogar noch auf den Boden. Als sie starb, kippte sie zur Seite und lag mit leichtgebeugten Knien da. Feuerwehrleute neigten sich über sie. »Sie ist tot«, sagte einer.
»Gott sei Dank«, meinte ihr Gatte.
»Aber sie ist tot«, wiederholte der Branddirektor.
»Das weiß ich«, gab Mr. Wooly zurück. »Ich weiß es, weil mein Ohrensausen aufgehört hat. Es war von ihr, und es hat mich ganz verrückt gemacht. Als sie gestorben ist, hat sie es mitgenommen; es kann gar nicht anders sein.«
Die Männer warfen ihm Blicke zu und schüttelten den Kopf. Was für ein furchtbarer Schock für ihn, dachten sie.
Später begleitete der Branddirektor Mr. Wooly zum Auto und versicherte ihm, er, der Direktor der Feuerwehr, werde sich um alles kümmern; er werde Sanford Digges, den Bestattungsunternehmer, informieren und dafür sorgen, daß Mrs. Woolys Leichnam in das Woolysche Haus überführt würde.
»Nur das nicht«, flüsterte Mr. Wooly, sofort verstört. »Lassen Sie sie in das Beerdigungsinstitut bringen. Ich will sie nicht zu Hause haben.«
»Selbstverständlich«, stimmte der Feuerwehrdirektor zu, obgleich ihm dieser Auftrag sichtlich mißfiel. Ebenso mißfiel ihm etwas, das er hörte, als Mr. Woolys Wagen sich entfernte. Es war das Geräusch von Mr. Woolys Pfeifen. »Gepfiffen hat er«, berichtete er hinterher seiner Frau, »so fröhlich wie nur was. Ein Skandal!«
»Der arme Mann«, sagte die Gattin des Branddirektors. »Bestimmt war er vor Kummer ganz außer sich.«

XII

Die Glückliche Pietät ist schockiert

Sanford Digges war eigentlich ein fröhliches und heiteres Gemüt. Schließlich war ein Todesfall für ihn eine gute Nachricht. Wenn er Schultz, dem Klempner, dessen Laden neben dem Bestattungsinstitut lag, guten Morgen wünschte, dachte Digges stets an Schultzens unvermeidliche Beerdigung. Als Leiche würde er besser aussehen als als lebendiger Klempner, dachte Digges, und er würde einen Sarg in Übergröße brauchen. Junge, das würde ihn ganz schön was kosten! Digges spielte sogar mit dem Gedanken, während Mr. Schultzens Bestattung andauernd irgend etwas zu vergessen und wegen aller möglicher Werkzeuge wieder nach Hause zu gehen – zum Beispiel könnte der Leichenwagen eine Reifenpanne haben, ohne daß ein Ersatzreifen greifbar war, oder die Seile zum Herunterlassen könnten fehlen, und was es da noch alles gab –, eine Verzögerung nach der anderen, alles zu dem und dem Stundenlohn – so, wie Schultz im Hause Digges das Badezimmer eingebaut hatte.

Digges verfügte über einen klaren und berechnenden Blick. Wenn er die Ziegelstraße hinunterging, nahm er bei seinen Mitbürgern mit den Augen Maß und glättete zugleich in Gedanken ihre Gesichter, die zumeist den Unbilden des Lebens nur allzuschlecht angepaßt waren, durch Einspritzungen von Balsamierflüssigkeit und warmem Paraffin; zusätzlich veredelte er bleiche Wangen durch die dezente Anwendung von rosiger Schminke und Puder. Die Tatsache, daß die Ängstlichen und die Verdränger, jene albernen Spießbürger, die da glauben wollten, sie würden ewig leben, dem Diggesschen Maßblick mit einem gewissen bescheidenen Widerstreben begegneten, lenkte ihn nicht von seinem harmlosen Vergnügen ab.

Von der äußeren Erscheinung her war Digges kein Präsidentschaftskandidat; weit gefehlt. Sein Gesicht schien aus Talg geformt zu sein, den man so lange geknetet hatte, bis er grau war; er hatte düstere, undurchsichtige Augen und eine lange kalte Nase. Niemand faßte diese Nase an, um ihre Temperatur zu prüfen, aber jedermann erkannte auf den ersten Blick, daß die Diggessche Nase zur kalten Sorte gehörte. Sie sah einfach kalt aus, eisig bis in den Knorpel. Seine dünnen Lippen verloren nie ihren Abwärtsschwung. Er hatte das Gesicht eines Mannes, der sich von Geburt an jede Nacht in den Schlaf geweint hat – aber sein Herz war leicht, sein Gemüt so heiter, wie es nur ein Mensch haben kann, der seine Berufung gefunden hat und sie von Herzen liebt. Am meisten Freude machte es ihm, Gattinnen zu begraben.
Er empfing Mr. T. Wallace Wooly auf seine beste professionelle Art. Es war am Nachmittag des auf die Zerstörung der Kirche durch Feuer folgenden Tages – über die Ursache des Feuers konnte man nur Vermutungen anstellen; Ratten, die im Glockenturm an Streichhölzern genagt hatten, Kurzschluß in den elektrischen Leitungen, an solche Dinge wurde gedacht.
»Ich will Sie nicht mit dem Ausdruck meines tiefsten Mitgefühls belasten«, erklärte Mr. Digges Mr. Wooly mit gramumflorter Stimme. »Ich möchte nur sagen, daß sie uns allen fehlen wird; sie war eine schöne und gute Frau. Ich weiß, daß Sie Ihren Verlust mit der Tapferkeit tragen werden, Mr. Wooly, die für Ihr ganzes Fortkommen so charakteristisch ist; schließlich besitzen Sie ja auch die Tröstungen Ihres christlichen Glaubens und wissen, daß sie nun in einer besseren Welt weilt.«
»Hoffentlich nicht«, antwortete Mr. Wooly.
Mr. Digges beschloß, sich verhört zu haben. Er fuhr in seiner Trauerrede fort: »Vielleicht ist es eine allzuharte Prüfung für Sie, mit mir jetzt gewisse – äh – notwendige Einzelheiten zu erörtern. Vielleicht können Sie jemand Ihrer Lieben, der Ihnen nahesteht, damit beauftragen oder alles mir überlassen.«
»Was für Einzelheiten?« fragte Mr. Wooly, der einen ungewöhnlich praktischen und völlig tränenlosen Eindruck machte.

»Nun, die – sagen wir – Ausmaße, die Qualität, die Sorte, die Beschaffenheit ihrer – äh – letzten Ruhestätte.«
»Sie meinen die Kiste?«
»Den *Sarg*«, seufzte Digges. »Oder vielleicht hatten Sie an eine Feuerbestattung gedacht? Es gibt viele, denen das lieber ist.«
»Woher wissen Sie das?«
»Ich meine natürlich die Verwandten.«
»Nein«, erklärte Mr. Wooly jetzt, »fürs Feuer hatte sie mir immer zuviel übrig.«
»Aber dann – ich meine, dann wäre es doch ideal.«
»Ach ja? Aber der Himmel weiß, was passiert, wenn man so eine in ein gutes heißes Feuer steckt! Nein danke – wir begraben sie im nassen, kalten Erdboden.«
Mr. Digges tat etwas zum erstenmal: er schauderte.
Ein Bestattungsunternehmer wie Mr. Digges, hinter dessen Miene ständigen Grams sich ein fröhliches, praktisches Herz verbirgt, läßt sich nur von einer Sorte Kunde aus der Ruhe bringen – der Sorte, zu der Mr. Wooly offenbar gehörte. Mr. Digges war beunruhigt. Ihm fehlten die Worte. Er beschloß, ohne weitere Umschweife zum Geschäft zu kommen und fing an, einen mit Samt ausgeschlagenen Sarg mit Griffen aus massivem Silber anzupreisen, der nur 1875 Dollar kosten sollte, einen Sarg, so jedenfalls verstand Mr. Wooly, mit allem häuslichen Komfort, den man zudem noch in einen zusätzlichen Bleisarg einbetten würde. Dadurch würde Jennifer für ewige Zeiten, oder doch beinahe, vor etwas geschützt sein, das Mr. Digges als *natürliches Versickern* bezeichnete. Noch während er die Vorzüge seines teuersten Stücks in den Himmel hob, bemerkte Mr. Digges jedoch, daß der Witwer ihm nicht seine vollständige Aufmerksamkeit widmete. Der Inhaber der Glücklichen Pietät hielt inne.
»Mr. Digges«, sagte Mr. Wooly, »unser Problem ist nicht die Art der Kiste – des Sarges –, in die oder den man sie vor der Beerdigung hineinlegt; nein, das Problem ist der *Ort* dieser Beerdigung. Aus einem ganz bestimmten Grund möchte ich Mrs. Wooly gern an einer Ecke begraben, genauer gesagt, an einer Straßenkreuzung,

und ich hätte gern, daß Sie dafür sorgen, daß ein Pfahl, sagen wir zwei Zoll dick, aus Esche oder Eiche, mit einer langen Spitze besorgt wird, und daß diese Spitze, verstehen Sie, ihr sorgfältig und genau, aber sehr fest, ins Herz getrieben wird.«

Mr. Digges bewahrte verzweifelt seinen üblichen Gesichtsausdruck gerechter und doch demütiger Melancholie.

Mr. Wooly betrachtete ihn mit zunehmendem Widerwillen. Seit er uns zuerst begegnet ist, hat Mr. Wooly sich nämlich unmerklich verändert. Nicht als Geschäftsmann hatte er an Reife zugenommen, wohl aber als Mann. Man kann nicht wochenlang mit einer Zauberin schlafen – oder bei oder neben, was das betrifft – und dabei derselbe Mensch bleiben. Es ist so simpel wie eine chemische Reaktion. Daher kam es, daß jetzt Mr. Wooly Mr. Digges musterte anstatt umgekehrt.

»Na?« erkundigte sich Mr. Wooly ziemlich aggressiv.

»Unter dem Pflaster?« hauchte Digges.

»Sie brauchen nicht gepflastert zu sein. Nur verkehrsreich, natürlich.

»Es gibt keine verkehrsreichen Straßen, die nicht gepflastert sind«, stellte Mr. Digges fest, »nicht im Staat New York.«

»Überhaupt keine?«

»Keine einzige. Natürlich könnte ein Mann in Ihrer Stellung und mit Ihrem Einfluß vielleicht das Pflaster aufreißen und die Stromkabel, den Kanal, die Hauptwasserleitungen an den Rand einer für die Beerdigung von Mrs. Wooly geeigneten Kreuzung verlegen lassen, aber dazu müßten Sie sich mit den zuständigen Behörden absprechen. Da wäre zunächst Fledermausohren-Reilly, der Leiter des Straßenbauamtes, mit dem könnten Sie reden. Um diese Tageszeit finden Sie ihn in der *Marlborough Bar*.«

Mr. Wooly sank der Mut, als er an den stets ironischen, praktisch veranlagten Reilly dachte. »Müßte ich denn zu ihm?«

»Natürlich«, erwiderte der Inhaber der Pietät. »Und zweifellos auch zum Magistrat. Ziemlich ungewöhnlich, wissen Sie. Wenn Sie mich fragen – ich würde sagen, die sagen nein dazu . . . wenn nicht noch was anderes.«

Zwei Tage später hatte man Mrs. T. Wallace Wooly in aller Form unter die Erde gebracht. Sie lag ganz normal und ungepfählt im Familiengrab der Woolys auf dem Wolkenrasen-Friedhof am Hang des sanften Hügels im Norden von Warburton, nur wenige Fußbreit von der ersten Mrs. Wooly entfernt. Zwei Dutzend Limousinen folgten dem Leichenwagen; es gab ein Meer von Blumen. Dr. Fergus Peyton, der Pastor der abgebrannten Kirche, hatte im kleinen Saal des Gemeindezentrums, wo die Feier stattfand, eine Rede zu Jennifers Preis gehalten. Er sprach auch das Gebet am Grabe. Das Grab war tief und der Stein, der darauf liegen würde, schwer. Er wog mehr als eine Tonne, und dennoch hatte Mr. Wooly bei der Sache ein unbehagliches Gefühl. Nun, da er die Wahrheit über die Schwarze Messe und das rückwärts gesprochene Vaterunser herausgefunden hatte, neigte er natürlich in nicht geringem Maße dazu, auch andere Einzelheiten alter Überlieferungen zu glauben, darunter auch die Angaben darüber, wie man am besten eine Hexe begräbt. Setzt man sie nämlich ungepfählt zwischen Christen bei, fängt sie an zu wandern – so lautete die Weisheit der Alten. Mr. Wooly fürchtete, daß das stimmte.

Nach der Zeremonie war er sehr erschöpft. Seit vorgestern hatte er nichts weiter zu sich genommen als ein kleines Schüsselchen Cornflakes mit Bananenscheiben. Er fuhr ins Büro und rief Betty Jackson in ihrem Hotel an. Sie war nicht zu Hause. Sie war nämlich ganz allein auf den Friedhof gegangen, um aus respektvoller Entfernung den Trauerpomp und das ganze Drum und Dran anzuschauen, und als sie die gebeugte Gestalt erkannte, die Mr. Wooly sein mußte, liefen ihr Tränen des Mitleids über die Wangen. Er seinerseits war ganz unverhältnismäßig enttäuscht, als er hörte, sie sei ausgegangen. Er wußte nicht, daß sie nur an ihn dachte und ihm lediglich deshalb aus dem Weg ging, weil sie Angst vor einem Skandal hatte. So aber fühlte er sich allein und verlassen und wußte nicht, was er mit sich anfangen sollte.

Simpson, sein Büroleiter, ein Glatzkopf mit einer Wampe, die knapp über den Knien schaukelte, trat ein, unter dem Arm einen Ordner.

»Chef?« fragte er mit salbungsvoller Demut. »Auf ein Wort?«
Er wurde aufgefordert, näherzutreten.
»Ein schwarzer Tag«, sagte Simpson, »aber ein Mann von Ihrer Vitalität, Chef!« Er setzte sich. Ganz deutlich, aber in einem leiseren, unterdrückt klingenden Ton hörte Mr. Wooly ihn murmeln: »Liebe Güte, er sieht ja grauenhaft aus. Der alte Bastard, springt herum wie ein junger Hahn. Zuviel Weiber, alter Junge, das hat dich fertiggemacht, dich ausgestopften Zweireiher! Sieh doch bloß, wie er dahockt – hat vor lauter vorgetäuschtem Kummer ein ganz langes Gesicht gekriegt, der Heuchler! Als ob ich nicht alles über die Sache mit Betty wüßte! Ich hoffe nur, daß er jetzt nicht loslegt und mir eine von seinen langweiligen, hochgestochenen Aufmunterungsreden hält. Na ja – egal wie – ich muß ihn fragen, was mit der Akte Creelman gemacht werden soll.«
Gegen Ende dieser Ansprache hob Mr. Wooly langsam den Kopf und heftete den Blick auf das Gesicht seines Büroleiters. Er stellte fest, daß, während die leisen, ein wenig undeutlichen Worte Simpsons an sein Ohr drangen, die Lippen dieses würdigen Mannes fest geschlossen blieben. Ein furchtbarer Verdacht stieg in Mr. Wooly auf. Er richtete die großen braunen Augen auf das wenig einnehmende Gesicht seines Büroleiters und sagte: »Simpson, die Akte Creelman macht Ihnen Kopfschmerzen.«
Simpson verfärbte sich grün. Seine Augen quollen heraus und legten sich auf die Unterlider, ein so quälender Anblick, daß Mr. Wooly das Gesicht abwandte.
»Woher wußten Sie, daß es die Akte Creelman war?« erkundigte sich Simpson mit erstickter Stimme und fügte in jenem anderen Tonfall hinzu: »Herrgott, der scheinheilige alte Bastard ist auch noch Gedankenleser geworden!«
»Ich fürchte, das stimmt«, antwortete Mr. Wooly. »Sie können gehen, Simpson. Und wenn jemand nach mir fragt, sagen Sie, ich wäre nach Hause gegangen – ich fühlte mich nicht wohl. Sie würden damit sogar ausnahmsweise die Wahrheit sagen«, schloß er.
Als er auf die Straße trat, überflutete ihn ein Murmeln, das so unendlich und stetig wie das Meer in seine Ohren drang. Da war es

wieder, dieses Ohrensausen, nur zehnmal so intensiv wie vorher. Das Meeresrauschen stieg und fiel. Es war wie das Geraune einer ungeheuren Menschenmenge, die mit sich selber sprach. Das Ärgerliche daran war, daß es genauso war wie ein Ozean, ein rauschender Bach oder ein Wasserfall – außer für sich selbst hatte es keine Bedeutung; es plätscherte fort und fort, und man hatte das Gefühl, es würde niemals aufhören; selbst niemals müde, schien es doch andere zu ermüden, weil es kein Ende finden konnte.

Entsetzt blieb Mr. Wooly vor seinem Büro stehen, sozusagen am Ufer des Verkehrs. Er erinnerte sich an den Fluch seiner Frau. Aber sie war tot und der Fluch mit ihr – das Murmeln und Summen, die schärferen, näher klingenden Worte, die seine Ohren erfüllt hatten, waren mit ihrem Tod gestorben. Aber jetzt war das alles wieder da und noch mehr dazu. War sie zurückgekehrt?

Ein Fremder, ein Mann in mittleren Jahren und von nicht gerade auffallendem Äußeren, kam heran, den Blick nach vorn gerichtet, zuversichtlich und sozusagen ehrlich ausschreitend; aber als er sich näherte, schien er eine Rede zu halten, und seine Worte wurden immer lauter: ». . . Und verlaß sofort mein Haus und komm mir nicht über die Schwelle, *du genußsüchtiges, ganz und gar egoistisches, tugendmoppeliges altes Doppelkinn! Na gut, ich geb ja zu, daß ich dein Schwiegersohn bin, aber ich sag's dir ein für allemal,* DASS ICH GENUG HAB, UND WENN ICH WÄHLEN MUSS, OB ICH DICH STÄNDIG IM GENICK HABEN *oder lieber auf Matilda verzichten soll, auf meine Frau, dann sag ich . . .* zum Teufel mit dir . . . Ach, was hat das alles für einen Zweck? Nie werd ich, nie . . .« Die klägliche Philippika erstarb, als der Mann sich von Mr. Wooly entfernte.

Mr. Wooly seufzte. Er rief ein Taxi, wies es an, ihn ins Warburtoner Krankenhaus zu fahren, lehnte sich zurück und hoffte, wie schon so viele andere Amerikaner vor ihm, auf Besserung durch Bewegung . . .

Der Fahrer, ein glubschäugiger Jüngling mit einer Messerstichnarbe, die ihm schräg über die Wange ging, sagte, »jawohl, Sir«, machte ein paar Bemerkungen über die Art des heutigen Tages und

widmete sich dann, als er zu keiner Unterhaltung ermutigt wurde, dem Fahren seines Autos. Sofort strömten Worte, als entquöllen sie seinem unattraktiven Hinterkopf. Es war wie ein nicht ganz exakt eingestelltes Radio, leicht verzerrt zwar, aber leider, leider durchaus verständlich. Pech. Die Worte des Jünglings waren nicht zitierfähig; es ging dabei um eine Biene, mit der er die Nacht verbracht hatte. Es waren auch nur zum Teil Worte, Fetzen einer Unterhaltung, an die er sich erinnerte, eine ganz widerliche Art von Unterhaltung... der Rest bestand aus langen Sprechpausen, von denen Mr. Wooly das unbehagliche Gefühl hatte, daß sich der Jüngling eher an bestimmte Dinge als an Worte erinnerte. Der gemeine Kerl erlebte die Nacht in Gedanken noch einmal! Weil er das ganz für sich allein tat, hemmte ihn nicht das mindeste Schamgefühl, wirklich nicht das geringste. Noch ehe Mr. Wooly die Einfahrt zum Krankenhaus erreichte, hatte er das Gefühl, nun wirklich viel zu viel über diese Biene und ihre rötlichen Haare zu wissen, über ihre Beine, über ihr dies und über ihr das, die Art, wie sie ihren Gin trank und was sie *dann* machte! Er steckte die Finger in die Ohren und merkte, daß das keinerlei Unterschied bewirkte. Ob er wollte oder nicht, so hatte es den Anschein, er mußte alles erfahren. Die »Laute« schienen sein Bewußtsein auf einem direkteren Weg als über Gehörgänge und Trommelfelle zu erreichen.
Als er den Fahrer bezahlte, wich er dessen Blick aus. Hoffentlich begegnete er ihm nie wieder. Dann betrat er das Krankenhaus, wo man ihm sagte, Dr. Mannix würde ihn sogleich empfangen.

XIII

Das Gegengift

Dr. Frank Mannix, der Mann mit dem blaurasierten Kinn und den Brillengläsern wie Flaschenböden, beobachtete Mr. Woolys Herannahen, bemerkte die dunklen Ringe unter seinen Augen und dachte: »Nierenprobleme.« Nach weiterem Studium des tragischen Antlitzes, jener hochgerunzelten Stirn, setzte er noch eine weitere Schlußfolgerung obenauf. »Wahrscheinlich Blasenentzündung«, meinte er. Er war jedoch verblüfft, als Mr. Wooly daraufhin mitten im Gehen innehielt, als hätte ein unsichtbares Wesen ihm eins aufs Haupt gegeben.

»Doktor Mannix«, begann Mr. Wooly mit sorgfältiger Betonung, wobei er den Äuglein des Medizinmannes auswich, »mir geht es sehr schlecht.«

»Nehmen Sie doch Platz, Mr. Wooly«, erwiderte Dr. Mannix. Mr. Wooly kam es vor, als spräche der Arzt, wie alle anderen Leute auch, einige Worte mit dem Mund und verfiele dann in einen hörbaren Monolog, bei dem er die Lippen nicht bewegte. Mr. Wooly wollte diesen Monolog nicht hören. Um ihn zu übertönen, fing er an zu summen. Er sang und stimmte dabei wahllos irgendein Lied an; ganz gleich was, nur damit das unheimliche Murmelgeräusch nicht mehr zu hören war. Er sang ein Lied, das sich großer Beliebtheit erfreut hatte, als er selbst etwa fünf Jahre alt gewesen war. Er hatte es vom Riesentrötenhorn am Grammophon seines Vaters gelernt, und es lautete wie folgt:

»Baby du, hör mir zu,
ich hab Angst vor dem Heimgehn, wenn's dunkelt –
immerfort wird von Mord
nachts im Park so erschrecklich gemunkelt ...«

Beim Singen versuchte er zugleich, dem Arzt das Gefühl zu geben, daß alles ganz in Ordnung wäre. Er machte dem Doktor Zeichen, wedelte mit den Fingern der einen Hand nach ihm, deutete auf einen Stuhl und setzte sich.

»Ganz allein, lerchenfein
sing ich laut, damit alles hier schunkelt...«

Dr. Frank Mannix hörte zu und beobachtete. Er war ein abgebrühter alter Arzt. Daß ihn jemand »Baby du« nannte, bedeutete für ihn lediglich ein Symptom.

»Ha, ha«, lachte Mr. Wooly. Dr. Mannix hatte noch nie im Leben einen so wenig überzeugenden Lachversuch gehört.

»Ich singe, damit ich Ihre Gedanken nicht höre, Doktor. Ulkig, was? Ha, ha, Doktor – ich höre die Gedanken der Leute in meiner Umgebung. Ich kann nichts dafür. Alles, was die Leute denken, höre ich. Es ist gräßlich. Es macht mich kaputt. Der Taxifahrer hat letzte Nacht mit einer Biene geschlafen. Jetzt fährt er herum und denkt in aller Ruhe darüber nach. Und ich saß da und lag praktisch mit den beiden im Bett. Ist es nicht ekelhaft? Sie sollten hören, wie es klingt, wenn die Leute denken; es ist kein ermutigendes Geräusch, Doktor; es hört überhaupt nicht auf; ich habe ein furchtbares Gefühl, wenn ich daran denke, daß es in diesen Köpfen immer weiterarbeitet. Von der Wiege bis zur Bahre, Doktor, reden sie und reden und reden. Was in Gottes Namen soll das für einen Sinn haben, Doktor? Es ist wie der Wind im Wald; es ist, als lauschte man dem ungeheuren Geräusch, das die Planeten machen müssen, wenn sie sinnlos durch das endlose Nichts wirbeln... Sagen Sie mir, Dr. Mannix, Sie sind doch ein Mann von Erfahrung – was ist eigentlich eine Biene?«

»Eine Frau«, entgegnete Dr. Mannix kurz.

»Was für eine Frau – eine, die sticht?«

»Jede Art Frau, denke ich; jede – ausgenommen natürlich Ihre nächsten Verwandten, Ihre Schwester, Ihre Gattin.« Dr. Mannix beugte sich vor. »Und seit wann«, fragte er, »haben Sie diese Wahnvorstellungen, Mr. Wooly?«

»Das sind keine Wahnvorstellungen, Doktor.«
Der Arzt lächelte jenes aufreizende Lächeln des Fachkundigen, der mehr über alles weiß, was man denkt und fühlt, als man selber. »Ach nein?« fragte er, und seine kleinen Augen, wie halbierte Erbsen, tanzten hinter der dicken Brille. »Ach nein? Wenn Sie wirklich daran glauben, muß es Ihnen schon ziemlich schlecht gehen, alter Junge.«
Sie schauten einander an, und Mr. Wooly hörte, wie der Arzt dachte: »Als nächstes springt er dann aus dem Fenster, dieser widerliche, selbstgefällige kleine Geldsack. Diese Geschäftsleute mit ihren Nerven, ihren Magengeschwüren, ihren vorsätzlichen Selbsttäuschungen! Ich wünschte bei Gott, ich müßte diesem diebischen kleinen Insekt nicht auch noch sonstwohin kriechen.«
All das vernahm Mr. Wooly, der inzwischen viel zu müde und niedergeschlagen war, als daß ihn noch irgend etwas schockiert hätte. Er hatte so sehr schnell so viel gelernt.
Laut sagte der Arzt, wobei er, wie Mr. Wooly bemerkte, den Mund und nicht sein anderes, persönliches Übertragungssystem benutzte: »Mr. Wooly, Sie stehen kurz vor einem Nervenzusammenbruch. Sie sind überarbeitet, und dazu kommt noch Ihre Familientragödie.« Sein Mund schloß sich. Der andere Tonfall fuhr fort:
»Ich möchte nur wissen, ob es vielleicht etwas Finanzielles ist. Herrje – ich wette, er hat sich an der Börse übernommen und ist ruiniert!«
Mr. Wooly hob den müden Kopf. »Was meine Geschäfte angeht«, erklärte er mit matter Stimme, »so stehen sie bestens, Doktor. Ich erwähne es nur beiläufig. Tatsächlich geht es mir finanziell so gut wie nie.« Er lächelte ein geisterhaftes Lächeln. »Ich will damit nur sagen, daß ich Ihre Rechnung bezahlen kann, verstehen Sie.«
Dr. Mannix besaß soviel Anstand, ein wenig verlegen auszusehen. »Ach, daran habe ich gar nicht gedacht.«
»O doch«, entgegnete Mr. Wooly.
»Haben Sie getrunken?« fragte Dr. Mannix. »Ich meine – viel

getrunken? Haben Sie sich im Schrank oder im Badezimmer oder sonst irgendeiner ungestörten Ecke versteckt und einen zur Brust genommen? Damit müssen Sie aufhören, klar? Allein zu trinken ist gefährlich, da gibt es keine Frage. Es ist eine Form des Selbstmords, Mr. Wooly. Der Grund, weshalb der einsame Trinker trinkt, ist ein unterdrückter Wunsch, der Welt zu entfliehen, zu sterben. Und Ihr Typ neigt dazu . . .«

»Ich trinke nicht«, unterbrach Mr. Wooly, den der Verdacht des Arztes zutiefst erschüttert hatte. »Ich habe im ganzen Leben keinen Alkohol zu mir genommen, ganz gleich in welcher Form.«

Der Arzt, noch immer erschreckt von Mr. Woolys »gutem Einfall« beim Lesen seiner Gedanken und ängstlich darauf bedacht, die ärztliche Maske der Allwissenheit nicht fallen zu lassen, rief aus: »Dann versuchen Sie's doch um Himmels willen einmal! Nehmen Sie einen Kleinen. Entspannen Sie sich. Mann, Sie sind überanstrengt, weil Sie sich nie richtig entspannen. Was Sie am allerdringendsten brauchen, sind ein oder zwei Gläschen. Nein, nein, schütteln Sie nicht den Kopf. Ich weiß, wovon ich rede. Sie haben Ohrensausen. Sie machen sich vor, Sie hörten, was andere Leute denken. Guter Gott, Mann, glauben Sie, daß Sie der erste überarbeitete Geschäftsmann sind, der sich eine derartige Idee in sein sogenanntes Hirn setzt? Verzeihen Sie – in sein – äh – *Hirn*. Ganz bestimmt nicht! Ich habe einen ausgezeichneten Bourbon im Schrank. Bleiben Sie einen Augenblick hier sitzen. Ich hole ein Glas. Ich hole zwei Gläser.«

Er sprang auf und rannte fast durch sein Büro, kehrte zum Schreibtisch zurück und hatte blitzschnell zwei ordentliche Gemäße Whisky eingeschenkt. Er gab den sprudelnden Inhalt einer Flasche Sodawasser hinzu, die er auch noch im Schrank gefunden hatte, und rief: »So – das trinken Sie jetzt aus.«

»Nein, danke«, wehrte Mr. Wooly ab.

»Ich verschreibe es Ihnen!« bedeutete Dr. Mannix ihm streng.

Mr. Wooly weigerte sich trotzdem.

»Tun Sie es für mich – versuchen Sie es.«

Schließlich siegte der Mediziner.

»Also dann ...« Zögernd hob Mr. Wooly das Glas. »Wissen Sie ... es ist mein erstes ...«, verkündete er mit betrübter Jungfrauenstimme, führte das Glas zum Mund und leerte es.
Mr. Woolys Chronist hat diesen erfreulichen Moment schon aus der Ferne vorausgesehen. Er hat ihn herbeigesehnt und gespürt, wie all die passenden Worte in ihm aufblühten. Betrachten Sie nun Mr. Wooly. Sein Gesicht verzieht sich. Die großen braunen Augen sind fest geschlossen, die Lider krampfhaft gerunzelt. »O du Grundgütiger«, wispert er, als der fremdartige Geschmack seinen Gaumen empört – und dann diese Hitze, die nach allen Richtungen strömt wie kleine, wärmende Bächlein, die in jeden Winkel seiner leiblichen Hülle zu dringen scheinen. Nein, die passenden Worte blühen wohl doch nicht üppig genug.
Mr. Wooly saß da, als lausche er den Vorgängen tief in seinem Innern.
»Noch einen?« fragte Dr. Mannix, der selber ganz durcheinander war.
Mr. Wooly trank auch den zweiten aus. Er krümmte sich, keuchte und machte ein vergiftetes Gesicht. Dann, nach einer kleinen Weile, blickte er dem Arzt tief in die erwartungsvollen Äuglein. Er lächelte, Mr. Wooly lächelte – zum erstenmal seit langer Zeit. Er lächelte ein Lächeln, das sich eher dem Morgenrot eines wundervollen Tages als irgendeiner anderen Sache vergleichen ließ. Tränen reiner Freude glitzerten in seinen großen braunen Augen. »Doktor«, seufzte er, »es hat aufgehört. Dieses flutwellenartige, aerodynamische Sausen und Brausen und Dröhnen – es ist verstummt. Ich bin wieder allein in mir selbst. Könnte ich vielleicht noch einen ...?«
Aber Dr. Mannix (schließlich nicht völlig gewissenlos) schüttelte den Kopf. »Sie haben Ihre Dosis bekommen.«
»Und was für eine himmlische Ruhe jetzt herrscht!« murmelte Mr. Wooly. Und er versprach sich eins: er würde über die Straße gehen – und hinein ins *Marlborough*. Und kaum hatte er sich von dem Arzt verabschiedet, als er sich auch sogleich dorthin begab.

Das *Marlborough* war eine Bar, um deren Schließung sich Mr. Wooly von Zeit zu Zeit energisch bemüht hatte. Jetzt, da er ihr warm beleuchtetes, anheimelndes Inneres betrat, war er sehr froh, daß er keinen Erfolg gehabt hatte. Er lächelte den Barmann an, einen auffallend reinlichen Menschen. Beifällig bemerkte Mr. Wooly dessen Jacke und Schürze, beides von schneeiger Makellosigkeit.

»Guten Tag«, grüßte Mr. Wooly mit höflichem Lächeln, »ich glaube, wir kennen uns noch nicht.«

Der Barmann, ein erst kürzlich und ganz gegen seinen Willen aus Manhattan hierher Verbannter, dessen Ansichten über Warburton man der dortigen Handelskammer besser nicht zur Kenntnis gab und der von Warburtons führendem Bürger bisher nichts gesehen oder auch nur gehört hatte, richtete ein ausdrucksloses blaues Auge auf Mr. Wooly. Der Barmann sprach nicht; er schaute nur. Seine ganze Haltung, die Neigung der roten Nase, der Kinnwinkel – sie stellten eine Frage, und diese Frage lautete: »Wer zum Teufel ist dieser aufgeblasene kleine ... (Schimpfwort)?«

Mr. Wooly versuchte es noch einmal: »Ich störe doch hoffentlich nicht?«

Endlich, mit großer Würde, sprach der Barmann die folgenden Worte: »Ganz gleich, was es ist, Jack – die Antwort ist *nein.*«

»Was?« fragte der verblüffte Mr. Wooly. Vage begriff er, daß er eine andere Welt betreten hatte. Dieser Mann, das sah er (denn unser Mr. Wooly, auch wenn er an den Folgen langjähriger Falscherziehung litt, war im Grunde seines Wesens kein Dummkopf; die Türen seines Verstandes mochten zwar klemmen oder auch quietschen, aber sie ließen sich öffnen), war kein bloßer Kellner, kein Lakai; er war eine Persönlichkeit, in gewisser Hinsicht sogar ein Priester, der am Altar seiner Gottheit dient, wobei diese Gottheit natürlich jener dicke, verkommene und unverwüstliche Kerl war, das Urbild aller Rebellen gegen Routine und standhaftes Verantwortungsbewußtsein, der lachende alte Rüpel Bacchus. Er diente, dieser Barmann, aber man pfiff ihn nicht bei

Fuß. Er diente, aber der, dem er diente, stand in gewisser Weise unter dem Diener.
»Wie bitte?« erkundigte sich Mr. Wooly besorgt.
»Ganz egal, was Sie verkaufen, ich will's nicht haben.« Der Mann öffnete, um diese Worte hervorzubringen, kaum den Mund und brachte die restlichen Gesichtsmuskeln dabei in keiner Weise aus ihrer Ruhe.
»Ich verkaufe nichts«, sagte Mr. Wooly und fühlte sich verletzt. »Ich bin hergekommen, um zu kaufen und nicht, um zu verkaufen. Wenn ich also bitten dürfte.«
»Was?«
»Ein alkoholisches Getränk!«
»Wir verkaufen hier nämlich keine Gummibärchen«, erläuterte der Barmann.
»Ich mag auch keine Gummibärchen«, teilte Mr. Wooly ihm mit. »Konnte das Zeug nie leiden. Selbst als ich noch ein ganz kleines Bürschchen war und die andern Kinder in Dr. Fillinches Schule in Gummibärchen vernarrt waren, lehnte ich sie schon ab. Doofer Geschmack. Und sie klebten einem immer in den Zähnen. Wissen Sie noch?«
»Nein.«
»Einmal hab ich mir eins in die Nase gesteckt«, berichtete Mr. Wooly im Gesprächston.
Der Barmann sah ihm in die Augen und schwieg.
»Na, das ist ja nun auch egal«, fuhr Mr. Wooly fort. »Kann ich jetzt bitte etwas zu trinken haben?«
»Wo ist der Witz?«
»Was?«
»Sie stehen hier«, sagte der Barmann und stützte vorsichtig den Ellbogen auf die Bar, um mit der Hand dieses Arms Halt für sein Kinn zu suchen, »Sie stehen hier und führen zweideutige Reden. Aber ich lache nicht, oder?«
»Ich dachte, hier wäre ein Lokal, in dem man etwas zu trinken bekommt?«
»Ach – tatsächlich?«

»Ich verlange es ja nicht *umsonst*, verstehen Sie?« Er legte einen Fünf-Dollar-Schein auf die Theke.

»Das ist aber reizend von Ihnen«, erwiderte der Barmann heuchlerisch und holte tief Luft. »Was für eine *Art* Getränk? Würde es Ihnen etwas ausmachen, sich so schwatzhaft zu gebärden, daß Sie mir diese kleine Mitteilung zukommen lassen könnten, Graf Rotz?«

Warum war der Kerl nur so kalt und feindselig? Mr. Wooly fühlte sich äußerst unbehaglich. »Mein Name ist nicht Graf Rotz«, sagte er, »sondern Wooly.« Er streckte eine freundliche, bittende Hand über die Bar. Der Barmann musterte sie. Wenig später zog Mr. Wooly seine Hand zurück und barg ihre von Verachtung versengten Umrisse in der Hosentasche.

»Ich möchte«, erklärte er dann milde, »ein alkoholisches, berauschendes Getränk erstehen, von brauner oder besser Bernstein-Farbe und stechendem Geschmack.« Er klopfte sich mit dem Finger auf die Lippen und dachte scharf nach. Der Barmann ballte die rechte Hand zur Faust und malte sich lustvoll einen guten schnellen Haken in eines von Mr. Woolys großen braunen Augen aus.

»Ich glaube, es heißt Fixy oder Wixy oder so ähnlich. So hat er es genannt, Dr. Mannix meine ich. Er hat es mir verschrieben, wissen Sie. Ich nehme es als Medizin.«

»Fixy!« wiederholte der Barmann höhnisch, »Wixy!« Am Ende seiner Geduld mit diesem so feierlich tuenden Scherzbold angelangt, tat er etwas Ungeheuerliches, Alptraumhaftes, eine Tat, die zum Weltuntergang gepaßt hätte, zum Verfall aller Werte und Sicherheiten. Er griff langsam über die Theke, packte mit Daumen und Zeigefinger Mr. Woolys Nase und wackelte damit hin und her. Während er wackelte, sprach er mit zusammengebissenen Zähnen vor sich hin.

»Sie«, sagte er, »widerlicher«, wobei er diese Laute mit größter Sorgfalt betonte, »kleiner« – und er drehte an der Nase wie an einer Schraube, leckte sich die Lippen und schien zu überlegen – »Angeber!« Dabei hielt er weiter Mr. Woolys Nase fest, so daß dieser sich, um die Spannung zu verringern, weit über die Theke lehnte. »Sie kommen hierher mit Ihren albernen Witzen, die Sie sich zu Hause ausgedacht haben, als ob das Leben nicht schon schwer genug wäre mit meinen Rechnungen, meiner Frau, meinem neuen Furunkel und meinen Steuern. Sie kommen hierher und sind wild entschlossen, sich einen Jux mit mir zu machen, was? Weil Sie fünf Dollar in der Hosentasche haben, glauben Sie, Sie könnten mich an der Nase herumführen. Mich mit Ihrem Unsinn quälen. Was wollen Sie eigentlich von mir? Raus mit der Sprache!«

»Ich bürde ja beden«, sagte Mr. Wooly, »benn Bie beine Base bosbießen!«

Der Barmann ließ sie los.

»Bisky«, erläuterte Mr. Wooly ernsthaft, »bo bat es bebeißen. Beeilen Bie bich!«

In seinem armen Kopf begann das Murmeln von neuem anzuschwellen. Er konnte sogar den Schimpf vergessen, den man seiner Nase zugefügt hatte, so groß war seine Not. Er wollte nur eins: wieder allein sein mit sich selbst, isoliert von den pausenlos auf ihn einhämmernden Gedanken seiner Mitmenschen.

Der Barmann, wenngleich von heißblütigem Temperament, war im Grunde seines Herzens ein guter Mensch. Er bedauerte seine übereilte Handlung bereits. »Meinen Sie vielleicht Whisky? Bourbon? Ist es das hier?« Er goß Mr. Wooly einen Doppelten ein.

Mr. Wooly kannte zwar die *moeurs* dieser neuen Welt nicht, ließ es aber darauf ankommen und tat instinktiv das Richtige. »Und Sie?« fragte er. »Wollen Sie auch einen?«

Mr. Woolys Nase leuchtete rosig. Auch seine Augen glänzten und warben um Freundschaft.

»Danke«, sagte der Barmann und goß sich ein. Sie tranken zusammen. Er sah Mr. Wooly an und sagte in wesentlich menschlicherem Ton: »Ich bin neu in der Stadt. Wohnen Sie hier?«

»O ja.« Stille, gesegnete, heilige Stille war wieder in Mr. Woolys Kopf eingekehrt. »Hier, wollen Sie mir noch so einen zapfen? Und auch einen für Sie, wenn ich Sie einladen darf.«

»Das nehme ich gern an«, antwortete der Barmann. »Es tut mir leid, daß ich Sie so an der Nase gezogen habe. Ich habe das noch nie im Leben getan.«

»Nase gut, Hase gut«, bemerkte Mr. Wooly. »Ha, ha, kapieren Sie's? Ihre Nase sieht übrigens auch ein bißchen geschwollen aus.«

»Ich fürchte, da bildet sich ein Furunkel. Macht mich ganz fertig. Ich bin irgendwie reizbar – vielleicht ist es Ihnen schon aufgefallen.«

»O ja«, gab Mr. Wooly zu. »Normalerweise, wissen Sie, wäre das nicht in Ordnung gewesen. Ganz und gar nicht. Aber heute – ja – also selbst heute hatte ich es eigentlich nicht besonders gern, daß Sie mir die Nase umdrehten. Aber inzwischen sehe ich die Dinge mit anderen Augen. Ich habe etwas erlebt, das nur sehr wenigen Menschen widerfahren ist. Ich war gezwungen, zu belauschen, was in anderer Leute Köpfen vorgeht. Alles zu hören, was sie denken – bis zum Überdruß.«

»Lieber Gott«, meinte der Barmann, »und wie machen Sie das?«

»Ach, es ging ganz unnatürlich zu«, erklärte Mr. Wooly.

»Können Sie es anderen beibringen?«

»Ich wüßte nicht, wie. Das einzige, was ich bisher herausgebacht habe, ist, daß ich, solange ich durch die Wirkung dieser – äh – Medizin ein bißchen schwindlig bin, nicht zuhören kann. So wie jetzt. Dieser Friede und diese Ruhe sind köstlich. Das Beste, was es auf der Welt gibt.«

»Ich könnte mir vorstellen, daß dieses Zuhören ganz interessant ist.«

»Vielleicht stellen Sie sich das vor, aber es ist ganz gräßlich.«

»Wie klingen denn die Köpfe der Leute?«

»Unappetitlich«, berichtete Mr. Wooly, »egoistisch und unappetitlich!«

»Hören Sie, haben Sie nicht Lust, wieder nüchtern zu werden und heute nacht mit mir nach Hause zu gehen und meine Frau abzuhören? Ohne daß sie es weiß, verstehen Sie – einfach ihre Leitungen anzapfen, sozusagen, und mir dann sagen, wie sie tickt?«

»Wie sie tickt?«

»Na, was sie eben gerade denkt – alles, was sie im Gespräch nicht äußert. Ich würde Sie gut bezahlen.«

»Sie würden es nicht mögen«, sagte Mr. Wooly. »Wohlgemerkt, nicht, daß ich Ihrer Frau irgend etwas Schlechtes zutraute – ich sage nur, Sie würden es nicht mögen.« Mr. Wooly versuchte, nach Art des Barmanns den Ellenbogen auf die Theke zu stützen, verfehlte jedoch die Kante um einen Zoll und wäre um ein Haar in den Messingspucknapf gefallen. Er lachte über sich selbst. Er fühlte sich großartig. Für ihn war das alles fremd und neu, aber aus irgendeinem tiefsitzenden Instinkt heraus, aus einem inneren Quell universeller Menschlichkeit, fand er ganz von selbst die richtigen Worte. »Hoppla!« rief er, »jetzt komme ich!« Und er pfiff einen leisen Ausruf. »Laß strömen dahin«, sagte er dann und hatte alles wieder im Griff.

Inzwischen füllte sich das *Marlborough* mit Leuten. Betty Jackson erschien mit einer älteren Freundin. Sie setzten sich auf Hocker am Ende der Theke. Betty bemerkte nicht gleich, daß ihr Mr. Wooly am anderen Ende saß. George Williams, der gelehrte Reform-Polizeichef, schlenderte herein, gefolgt von etwa einem halben Dutzend Geschäftsleuten und Reportern, die von einer Verhandlung kamen, die gerade in Richter Gileads Gerichtssaal auf der anderen Straßenseite stattfand. Dann kam Sanford Digges, der Bestattungsunternehmer, der seine abschätzenden, suchenden Blicke über alle hinwandern ließ und sie hastig auf zukünftige Aufträge prüfte; Fledermausohren-Reilly persönlich, und gleich darauf Mr. Simpson, der Büroleiter des Hauses Wooly, der auf kurzen Beinen hereinwackelte. Es war, wie Mr. Wooly erkannte, obwohl er sie nicht alle einzeln untersucht hatte, eine Menge angenehmer Leute, wirklich erstklassiger Leute, freundlich und intelligent.

Als Betty Mr. Wooly sah, formte sich ihr Mündchen zu einem roten O des Erstaunens. Fast traute sie ihren Augen nicht – Mr. Wooly hier an diesem Ort? Was führte er im Schilde? Hatte er vielleicht vor, eine Razzia auf das Lokal durchzuführen? Bestimmt würde er tief enttäuscht sein, sie hier zu finden, obwohl sie nur gekommen war, um ihre Einsamkeit zu ertränken; denn sie war einsam, weil seine Tragödie ihn von ihr getrennt hatte. Aber schon bald merkte sie – und die anderen merkten es auch –, daß Mr. Wooly, der Abstinenzler, aus demselben Grund hier war wie alle. Dr. Mannix fand sich ein und sogar der bärtige Richter Gilead höchstpersönlich. Alle erkannten schon bald, daß Mr. Wooly heute nicht versuchte, jemanden oder etwas zu reformieren – ganz im Gegenteil.

Mr. Wooly musterte gerade eine cremefarbene, zweireihige Weste mit Perlknöpfen, geschmückt mit den Schlingen einer schweren Goldkette. Todschick, dachte Mr. Wooly, bewunderungswürdig. Das galt auch für den, der sie trug, zufällig Fledermausohr selbst.

»Gunamd«, begrüßte ihn Mr. Wooly.

»Mr. Wooly!« antwortete der Leiter des Straßenbauamtes mit nicht geringem Respekt in der Stimme, ein Unterton, der dem Barmann nicht entging. Dieser nämlich merkte langsam, daß alle Leute im Lokal, die wichtigsten in Warburton, zu Mr. Wooly auf- und nicht auf ihn herabblickten.

»Wollte Sie neulich schon besuchen, Reilly«, fuhr Mr. Wooly fort. »Kleine Straßenbaugeschichte. Inzwischen zu spät.«

»Was immer Sie möchten«, bestätigte Reilly, der besser als viele andere wußte, wo Barthel den Most holt. Er drängte sich neben Mr. Wooly und meinte: »Hab gar nicht gewußt, daß Sie schlukken.«

Mr. Wooly, der langsam den Alkohol zu spüren anfing, blinzelte träge. Nicht nur die soeben gezwirbelte Nase, auch seine Wangen waren rosig. Er bekam einen Schluckauf und klammerte sich fester an die Bar. »Stürmische Nacht«, bemerkte er. »Starker Wind, starke Wellen. Hups! Wir sinken! Und dann wieder hoch! Schlukken?« wiederholte er mit einiger Verspätung. »Kann das Wort nicht ausstehen, Reilly. Absolut ungehörig.«

»Entschuldigen Sie«, sagte Reilly.

»Medizin, das isses«, verkündete Mr. Wooly.

Der Barmann strengte sich an, auszusehen wie jemand, der noch nie einen gutbetuchten und einflußreichen Kunden an der Nase gezupft hat oder auch nur auf diesen Gedanken käme. Er strahlte die ganze Runde an. Sein Benehmen Mr. Wooly gegenüber war das eines Rekruten, der nur deshalb in der Gegend herumlungert, weil vielleicht der Generalstabschef vorbeikommt, den er dann grüßen darf.

»Jim kennt Ihre Nase schon, wie ich sehe«, meinte Reilly, um angenehme Konversation zu machen. Jim hieß der Barmann.

»Meine Nase!« rief Mr. Wooly. »Das kann man wohl sagen, daß er meine Nase kennt. Meine Nase kennt er am besten von mir.«

Der Barmann Jim erbleichte. Was war nur, fragte er sich, über ihn gekommen, daß er einem Herrn wie diesem so etwas angetan hatte?

Mr. Wooly lächelte. »Mißverstännis«, erläuterte er großzügig. »Richtig, Jim?«

»Goldrichtig«, sagte Jim mit einem tiefen Seufzer der Erleichterung und fuhr fort: »Der hier, Mr. Reilly, geht aufs Haus.«

Das war ein Fehler.

Unangenehm überrascht fuhr Jim in die Höhe, als er sah, was Mr. Wooly für ein Gesicht machte.

»Was fürn Haus?« fragte Mr. Wooly.

»Das hier«, antwortete Jim.

»Will aber drinnen!« bedeutete Mr. Wooly ihm eisig. »Will alles drinnen. Nichts oben aufm Haus.« Seine Stimme hob sich ein wenig. »Und auch *niemand* oben aufm Haus. Nicht mal meine Frau, verstann'?«

Jim verstand nicht, ebensowenig natürlich Reilly und Dr. Mannix, der jetzt zu ihnen trat.

»Wasn das alles überhaup fürn Gerede?« wollte Mr. Wooly wissen. Er wedelte andere Leute beiseite. »Wolln Sie mich mit Dreck bewerfen?« Er wandte sich an Reilly. »Wirft Dreck auf meine Frau, der Kerl.«

»Wir wollen doch alle Freunde sein«, beschwichtigte Reilly.

»Augenblick mal«, beharrte Mr. Wooly in wirrem, alkoholischem Zorn. Plötzlich langte er über die Theke und packte energisch die

entzündete Nase des Barmanns. Unter strengem Kopfnicken gab er ihr einen kräftigen Ruck nach unten. »Da!« erklärte er.
Es tat weh, und der Barmann kniff die Augen fest zu und versuchte, es hinter sich zu bringen.
»Wir wollen doch alle Freunde sein«, wiederholte Reilly.
Mr. Woolys Grimm war so schnell verraucht, wie er aufgeflammt war. »Wir *sind* Freunde!« Seine Augen füllten sich mit Tränen. »Die besten Freunde. War ja nich so gemeint. Nurn kleines Spiel. Alles schön nachn Regeln. Wollnses sehn? Sehn se jetzt – er faßt mich anner Nase. Los, Jim, pack se orntlich fest.« »Hab keine Lust«, protestierte Jim. Ihm schwante Übles. Polizeichef Williams, über seinen Scotch mit Soda gebeugt, sagte: »Machen Sie schon, Jim«, was einem Befehl sehr nahekam. Jim ergriff Mr. Woolys Nase.
»Bun«, erklärte Mr. Wooly, »behm ich die olle Base vom ollen Bim – bo. Un ich quetsch un Bim quetscht auch. Ber als erster bachbibt, bat den schbarzen Beter. Bos!« rief er, womit er meinte »Los!«.
Alle Leute im *Marlborough* waren mit Interesse bei der Sache. (Betty, die Mr. Wooly wiederholt Zeichen gegeben hatte, ohne irgendeine Reaktion zu erhalten – und zwar einfach deshalb, weil er nicht bis zum Ende der Theke sehen konnte –, war mit ihrer Freundin gegangen.)
»Was ist denn los?« fragte Richter Gilead und strich sich den Gabelbart.
»Neues Spiel«, erläuterte Reilly.
»Ausdauertest«, führte Sanford Digges aus.
»Ein uraltes Spiel«, schaltete sich der gelehrte Polizeichef unaufgefordert ein. »Aus Ägypten eingeführt.«
»Oh«, sagten die Umstehenden zutiefst beeindruckt. Ein Mann schaute Jim, dem Barmann, in die hervorquellenden, tränennassen Augen, sah dann in die Augen Mr. Woolys und fragte: »Wie wär's mit 'ner Wette?«
»Na, und ob«, entgegnete Reilly, der nie eine Wette ablehnte.
»Einen Dollar auf Jim«, sagte der Fremde.
»Gemacht«, bestätigte Reilly, der von dem auf dem Nasenflügel

des armen Jims keimenden Furunkel wußte. »Ich würde meinen alten Freund Jim mit keinem Wort kritisieren, aber ich glaube, daß Wooly vielleicht mehr Herz für diese Sachen hat.«
Weitere Wetten wurden abgeschlossen. Stille senkte sich über das *Marlborough,* nur unterbrochen vom entschlossenen, verbissenen Atemgeräusch der Wettkämpfer und dem Knirschen ihrer Zähne, während sie aus Leibeskräften quetschten. Das Publikum spürte, daß sich hier zwei Männer von Charakter gegenüberstanden, unter denen kein Drückeberger war. Die aufmerksamen Gesichter der Zuschauer waren ernst, ihr Interesse objektiv und höflich; keiner schien versucht, sich in etwas einzumischen, das zwar recht ungewöhnlich, jedoch nicht anderer Leute Bier war. Nur Fledermausohr schien gewisse Schwierigkeiten mit seinem Gesicht zu haben. Es schwoll an und verfärbte sich purpurn. Schließlich bettete er es auf die Theke. Seltsame Laute entrangen sich der Fülle seines Leibes. Reilly, im Grunde ein ordinärer Mensch, lachte. Er amüsierte sich, wie er sich nicht mehr amüsiert hatte, seit der Schwester seiner Frau ihre schwarzwollenen Schlüpfer auf die Füße gefallen waren, als sie gerade im Gemeindezentrum vor Publikum das Lied »Ich wollt, ich wär ein zartes Apfelblütelein« vortrug.
Jim lief der Schweiß in Strömen herunter. Er hatte sein Bestes gegeben, mehr konnte er nicht tun. Tatsächlich fürchtete er, der schraubstockartige, langsame Drehgriff des kleinen Mr. Wooly würde ihm die entzündete Nase gänzlich abreißen. Er wußte, daß seine Nase nicht hübsch war, aber er wollte sie behalten. Vor die Wahl zwischen Ehre und Nase gestellt, entschied er sich für die letztere. Er schnappte nach Luft; zugleich mit einer allgemeinen körperlichen Erschlaffung schien auch sein moralischer Zusammenbruch einzutreten; er wankte; er keuchte: »Aufhören, lieber Gott, aufhören!« Der Wettkampf war beendet.
Fledermausohr kassierte seine Wetten ein. Einen Teil davon gab er sofort für weitere Gläser Bourbon aus. Die Stimmung im *Marlborough* war nie heiterer gewesen. Alle Anwesenden waren Freunde, ohne Ansehen von Rasse, Religion oder Kreditauskunft, und wäh-

rend man Mr. Wooly, den Sieger, mit Glückwünschen überhäufte, war man sich doch einig, daß Jim sich tapfer gewehrt hätte und kein tadelndes Wort verdiente, auch nicht von denen, die Geld an ihm verloren hatten . . .

Nun – eben war Mr. Wooly noch dort gewesen, der Mittelpunkt allgemeiner Fröhlichkeit – und jetzt saß er plötzlich hier, ganz allein in seinem eigenen Schlafzimmer!
Es war unwahrscheinlich, daß dieser Vorgang auf plötzliche, magische Weise erfolgt war. Vielleicht hatte Dr. Mannix, besorgt über den schnellen Erfolg – wenn man es so nennen kann – seiner Medizin, an Ort und Stelle beschlossen, ihn nach Hause und ins Bett zu bringen; vielleicht war es auch Fledermausohr gewesen, oder die beiden hatten das Werk gemeinsam vollbracht; jedenfalls hatte Mr. Wooly nicht die mindeste Ahnung, wie er nach Hause gekommen war, und sollte es auch nie erfahren. Es gab da nur eine Erinnerung an wirbelnden Nebel, in dem wenigstens zwei Gesichter wie Freiballons auf und nieder hüpften und dann im Unsichtbaren verschwammen, nur um gleich wieder daraus emporzutauchen. Immerhin erwachte er in seinem Bett und las auf seiner Armbanduhr die Zeit, ohne zu wissen, ob die Stellung der Zeiger ihm die Mitternacht oder den Mittag irgendeines schwarzen und verhängnisvollen Tages verkündete. Also klingelte er nach Bentley. Als dieser eintrat, spähte Mr. Wooly auf seinem Gesicht nach Hinweisen. Bentleys Ausdruck war jedoch der eines Mannes, der sich gegen jede Art von Ausdruck überhaupt entschieden hat. Er gab an, es sei Mitternacht. »Halkoholisiert«, sagte Bentleys Gehirn deutlich. »Der harme Kleine, total halkoholisiert ist er . . .«
Da war sie wieder, die verfluchte Gabe! »Bentley«, erklärte Mr. Wooly, »bringen Sie mir eine Flasche Bourbon-Whisky, etwas Eis und einen Siphon.«
»Was?« rief Bentley.
»Sie haben mich verstanden.«
»Jetzt, mitten in der Nacht? Wo soll ich das denn 'ernehmen?« fragte Bentley, und sein Gedanke, der natürlich sofort in Mr.

Woolys Kopf laut wurde, fuhr fort: »Nur gut, daß ich ein bißchen irischen Whisky in meiner zweiten Kommodenschublade habe!« Und unter Benutzung seiner Stimmbänder ergänzte er: »Es ist Mitternacht; halles ist geschlossen, Sir.«

»Nicht Ihre zweite Kommodenschublade«, versetzte Mr. Wooly, der es genoß, ausnahmsweise einen praktischen Nutzen des Fluches zu entdecken, der auf ihm lastete. »Oder wenn sie geschlossen ist, machen Sie sie auf, Sie Geizkragen!«

»Allmächtiger Gott«, rief Bentley, »in meiner Kommode ist doch kein Whisky!«

»Holen Sie ihn her«, befahl Mr. Wooly streng.

»Jawohl, Sir.« Er ging, ein geschlagener, verängstigter Mensch, um schon bald wiederzukehren. Mit Hilfe von zwei Kurzen gewann Wooly jene Einsamkeit zurück, über die sich so mancher Dichter – ahnungslos und begabt zugleich – beklagt hat, ohne eine Vorstellung vom Grauen des entgegengesetzten Zustandes zu haben.

XIV

Das verhexte Pferd

Nun wieder völlig wach, machte sich Mr. Wooly keine Gedanken mehr darüber, wie er nach Hause gekommen war, sondern rief in Betty Jacksons Hotel an, wo er erfuhr, daß sie zu ihrer Tante nach Perth Amboy gefahren war. Er fühlte sich zu einsam, um im Schlafzimmer sitzenzubleiben und hatte auch keine Lust, das bleiche Gesicht seiner jüngstverstorbenen Gattin als phosphoreszierenden Fleck an der Fensterscheibe schimmern zu sehen, womit er eigentlich ständig rechnete. Mit wem konnte er sich aussprechen? Wo blieb die Kameradschaft? Er überlegte, ob er seine Tochter anrufen sollte, aber es war schon viel zu spät, und was sollte er ihr auch sagen? Schließlich beschloß er, nach draußen zu gehen und sich mit der Stute Rommee zu unterhalten. Auch wenn sie ein auffallend dümmliches Roß war, so war sie, fand er, immer noch besser als irgendein toter Gegenstand. Er packte Bentleys Flasche mit irischem Whisky fest am Hals und schritt die breite Haupttreppe hinunter, dann zum westlichen Torbogen hinaus und durch süßblühende Pflaumen und Quitten hinüber zu den Ställen. Dort knipste er die Fünfzig-Watt-Mazdalampe an, hörte die Pferde seufzen, die Ziege auf ihren hohen Absätzen trappeln und den Esel scharren. »Hallo, Ziege«, grüßte Mr. Wooly und dachte mit leichtem Erschauern daran, wie seine Frau einmal im Mondschein auf dieser Ziege herumgeritten war.

Rommee dagegen wandte den großen Kopf und sah Mr. Wooly mit ihren schönen Augen an.

»Süße!« redete er sie an, »na, wie geht's denn unserm Pferdchen?«

Sie schwenkte den Kopf, daß die Mähne flog wie ein Hula-Hula-Röckchen. Mit schweren Füßen stampfte sie auf die Bodenbretter,

um den einen oder anderen Gemeinplatz anzudeuten. »Ich bin so einsam«, berichtete ihr Mr. Wooly. »So einsam!«
Swanson, der über der anstoßenden Garage wohnte, eilte herbei, um festzustellen, was los war und veranstaltete dabei einen Heidenlärm auf der Außentreppe. In der Stalltür blieb er stehen.
»Schah, was soll denn schetzt das?« fragte er seinen Dienstherrn gereizt.
»Ich unterhalte mich mit Rommee. Ich fühle mich einsam«, erklärte Mr. Wooly. »Meinen Sie, daß ich mich nicht mit meinem eigen Pferd unterhalten darf?«
Swanson glotzte nur. Zwar kam ihm der vage Gedanke, sein Brötchengeber könnte einen in der Krone haben, aber da er wußte, daß das unmöglich war – denn schließlich war so etwas noch nie passiert –, verwarf er den Einfall und fragte sich statt dessen, ob der andere noch ganz bei Trost war. Mr. Wooly seinerseits begriff mit einem Schlag, daß er vor dem Chauffeur seines Vaters keine Angst mehr hatte. »Stecken Sie doch den Kopf ins kalte Wasser!« rief er. »Oder ins kochende! Er sieht sowieso schon aus wie gesotten. Altes Kartoffelgesicht! Altes klumpiges Kartoffelgesicht! Hier drückt's nach außen und da fällt's zusammen!« Mr. Wooly zeigte an seinem eigenen Gesicht, was er meinte, indem er eine wilde Grimasse schnitt.
Swanson war verblüfft. Er war im Innersten verletzt. Er betastete sein Kinn. »Muß ich mich vielleicht rasieren?« erkundigte er sich, den Irren, der da vor ihm stand, um ein Krümelchen Trost anflehend. »Rasieren hilft so einer alten Kartoffelvisage auch nicht«, erwiderte Mr. Wooly und schüttelte langsam den Kopf. »Sie könnten sie schälen – es würde nichts nützen; es sind die elementaren Konturen Ihres Gesichtes, die total verkehrt sind. Wenn jemand ein Gesicht hat, dann sollte es ein Gesicht sein, und nicht eine alte Kartoffel mit greulichen Löchern darin, mit alten schwarzen Pilzaugen, alten Kellerkeimen als Nase, und wissen Sie, was Ihr alter Mund ist?«
»Sagen Sie's mir nicht«, flehte Swanson. »Behalten Sie's einfach für sich, Mr. Wooly.«

»Das werde ich nicht tun«, bedeutete ihm Mr. Wooly empört. »Wenn mir danach ist, die Wahrheit zu sprechen, mit welchem Recht wollen Sie mich daran hindern? Ich habe angefangen, Ihnen zu erklären, was Ihr Mund ist, also will ich auch damit fortfahren. Ihr Mund, Swanson, ist ein Loch für Kartoffelwürmer. Und was haben Sie da an Ihrer alten Nase, Swanson?« Swanson befühlte seine Nase.

»Ihre Hand«, sagte Wooly mit herzlosem Lachen.

Swanson stöhnte unverkennbar.

»Wenn ich so eine Nase hätte«, fuhr Mr. Wooly fort, den nicht nur der leidende Gesichtsausdruck seines Opfers ungemein anfeuerte, sondern auch das breite, gelbzähnige Lächeln des aufmerksamen Pferdes, dessen Augen vom Gesicht des einen zu dem des anderen Mannes rollten, »wenn ich so eine Nase hätte, würde ich sie nicht noch streicheln, das kann ich Ihnen sagen. Ich würde sie nicht mit der Kneifzange anfassen.«

»Schesus«, stammelte der arme Swanson.

»Sie können gehen«, teilte Mr. Wooly ihm mit.

»Ich kann gehen.« Swanson wiegte den großen Kopf. »Ich gehe. Wohin?«

»Wohin? Zu Potte – da gehen alle alten Kartoffeln hin.«

Swanson bewegte einen Fuß und wollte kehrtmachen.

»Gehen Sie ins Bett«, befahl Mr. Wooly.

»Mit *dem* Gesicht?« seufzte der andere. »Wie würden Sie's finden, wenn Sie damit ins Bett müßten?«

»Stellen Sie hier keine Gruselfragen. Bringen Sie es weg! Sie können es nicht hierlassen. Und weinen Sie nicht.«

»Ich kann scha nichts dafür«, schniefte Swanson. »Immer arbeite ich für Mr. Wooly, und plötzlich, bumm! päng! scha du mein Schesus! ist da ein wildfremder Mensch!« Swanson versickerte in der Tür und war fort. Ach, er ahnte nicht, wie bald er gerächt sein würde.

Mr. Wooly warf einen Blick in den Hals der Flasche mit dem irischen Whisky, die er Bentley abgeluchst hatte. Er stellte fest, daß es höchste Zeit für eine weitere Dosis der Medizin war, und nahm sie unverdünnt ein, wobei er fast erstickte. Als er aufgehört hatte zu husten, bettete er Arme und Kopf auf das Gatter der Pferdebox. Wirklich, es passierten seltsame Dinge. Ganz plötzlich hatte er sich auf Swanson gestürzt. *Swanson!* »Muß ihn schon lange auf dem Kieker gehabt haben«, sagte er träumerisch zu sich selbst und wiederholte dann lächelnd, »die alte Kartoffel!« Wirklich ein guter Witz!

Inzwischen benahm sich das Pferd Rommee höchst merkwürdig. Es drehte vorsichtig den großen Körper, bis es sozusagen kreuzweise in seiner Box stehen konnte, und streckte dann langsam den Hals nach vorn. Das gelbzähnige Lächeln, das die Stute wieder lächelte, gab dem langen Gesicht, den wilden, rollenden Augen etwas Fremdartiges, Un-Pferdemäßiges. Ihr schwarzes, unbehaartes Maul zitterte. Deutlich war zu erkennen, daß das »Lächeln« alles andere als ein Lächeln war – es war eine höhnische, wütende Fratze. Die starken Zähne näherten sich Mr. Woolys ahnungslosem Arm. Rommee riß das Maul auf wie ein Löwe. Zufällig sah Mr. Wooly im selben Augenblick nach oben. Nur einen Sekundenbruchteil starrten Mensch und Tier einander in die so unterschiedlichen Gesichter, dann machte Mr. Wooly einen Satz nach rückwärts, während Rommee sich alle Mühe gab, ihm blitzartig den Arm abzubeißen.

Sie biß daneben.

Wieder glotzten die beiden einander an, sie mit unverhülltem, mörderischem Haß, er mit langsam aufsteigendem Verdacht.

»Rommee!« flüsterte er. »Was ist in dich gefahren?«

Unheimliche, alles andere als pferdeartige Laute kämpften in dem langen Hals. In den ovalen Pupillen der braunen Augen schien ein Licht zu leuchten, das nichts mit Pferden zu tun hatte.

»Jennifer?« fragte Mr. Wooly.

Das Pferd blinzelte, brachte den peitschenden Schweif zur Ruhe und wandte sich von Mr. Wooly ab. Bei diesem Anblick, Rommee mit dem Kopf eifrig in der Krippe, kamen ihm Zweifel an seiner kühnen Idee. Was da vor ihm stand, war ein Pferd, ein altes, dummes Pferd und weiter gar nichts. Statt eines Versuchs, ihm den

Arm abzubeißen, hatte es nur gelacht – in genießerischer Erinnerung an seine so hervorragend witzigen Bemerkungen über Swanson. Er hatte dem armen alten Geschöpf bitter unrecht getan. Und das sagte er Rommee auch und tätschelte ihr den Hals.
»Ach, meine liebe alte Rommee«, sagte er zu ihr, »wie ich doch Betty vermisse! Das war die Frau für mich, weißt du, ich sehe das jetzt ganz klar. Was bin ich doch für ein Idiot gewesen – diese schmutzige Schlampe zu heiraten – diese bösartige Brünette! Ach, liebes Pferd, du solltest Betty sehen, ihr goldenes Haar und ihre schöne helle Haut. Die sanfte Anmut ihrer langen Beine! Ein Engel«, seufzte Mr. Wooly, »ein Engel mit Heiligenschein!«
Er, der, seit er denken konnte, nie einen Schluchzer ausgestoßen oder eine Träne vergossen hatte, spürte plötzlich den innigen Wunsch zu weinen, und also weinte er und nahm unter Schluchzen einen weiteren Schluck seiner feurigen Medizin.
»Hab Geduld mit meinem Gram«, flehte er das schweigende Pferd an. »Seit einer Woche weigert sich Betty, mich zu treffen. Warum? Ach, warum? Nicht daß ich ihr einen Vorwurf mache – wer bin ich, daß ich einer so wundervollen Frau einen Vorwurf machen dürfte?«
Die Tränen auf seinen Wangen trockneten. Er fing an, im Stall auf und ab zu gehen und redete dabei weiter. Er kam ausführlich auf seine Vorliebe für Blondinen gegenüber Brünetten zurück und gab dazu detaillierte Erklärungen ab; erläuterte zusätzlich, warum gerade die holdselige Tugend dieser speziellen Blondine in so erschreckendem Gegensatz zu den Lastern und der widerlichen, faden Hübschheit einer ganz bestimmten Brünetten – nämlich der verewigten Mrs. Wooly – stand. Er war beredt. Er berichtete von Mrs. Woolys Zähnen, die scharf waren wie Fledermauszähne, und ihren Augen, die denen eines Reptils glichen. Ganz hingerissen von seiner eigenen Exegese, wurde er unvorsichtig. Mitten im Satz näherte er sich auf einmal der offenen Seite von Rommees Box – und kam ihr zu nahe. Das war die Gelegenheit, auf die die alte Stute gewartet hatte. Mit tödlicher Zielsicherheit und wundervoller Exaktheit knickte sie in den Vorderbeinen ein und warf

die Hinterfüße hoch, die voll den Hosenboden des unseligen Mr. Wooly trafen, der daraufhin sofort vom festen Boden abhob und buchstäblich zur offenen Tür hinaussegelte, um mit langem, knirschendem Dahinscharren auf dem harten Kies niederzugehen.

Mr. Swanson, der in seinem Schlafzimmer über der Garage dumpf brütend vor dem Spiegel saß, vernahm das schrille Wiehern, das triumphierend aus Rommees Kehle ertönte. Mr. Swanson fuhr fort, über seinem Gesicht zu brüten. Er strengte sich an, sein Profil zu erblicken; er fletschte die Zähne. Er versuchte ein würdevolles Stirnrunzeln, dann ein Lächeln. Das Lächeln bedrückte ihn. Fast machte es ihm angst, so umkränzt war es von seinem borstigen Schnurrbart. Dem armen Mann ging es wie jemand, dem man etwas verkauft hat, das er eigentlich gar nicht haben möchte – mit einem Wort, sein Gesicht. Mr. Woolys eindringliche und bittere Beredsamkeit hatte ihm ein altes Kartoffelgesicht verkauft. Vorher hatte er ein Gesicht gehabt – na gut, nicht das von Greta Garbo, obwohl sie demselben Volk entstammten –, aber immerhin ein Gesicht, das ihm weiter keine Sorgen gemacht hatte, ein Gesicht, für das er sogar eine gewisse Zuneigung hegte. Nun sah er es, wie Mr. Wooly es ihn sehen gelehrt hatte . . .

Durch das Fenster drang auf den Schwingen des sanften Nachtwindes jetzt eine neue Art Musik, ein Geräusch, das schicksalsergebener klang als Rommees Schlachtgeschrei. Eine traurige Musik. Swanson spitzte die Ohren. *Hört sich an,* dachte er, *als ob Mr. Wooly stöhnt.* Das mußte Mr. Wooly sein, oder? Dem es schlecht ging und der Schmerzen hatte? Swanson wandte sich wieder seinem Gesicht im Spiegel zu und brütete von neuem vor sich hin. Das Stöhnen wiederholte sich. Bedächtig – erst einmal gähnen und strecken – erhob sich Swanson endlich und stieg die Außentreppe hinab, Stufe um Stufe einzeln. Das Stöhnen war verstummt, aber die dahingestreckte, zerknitterte Gestalt unseres Helden im aus der Stalltür fallenden Lichtstrahl deutlich zu erkennen.

Swanson trat näher und musterte Mr. Wooly.

»Warum«, erkundigte er sich, »schlafen Sie hier auf dem Kies?«

»Oh, oh, oh«, ächzte Mr. Wooly.
»Hart, finde ich«, sagte Swanson, »und holprig.«
»Ich sterbe«, erklärte Mr. Wooly.
»Herrschesus!«
»Man hat mich ermordet.«
»Sie sind tot und reden mit mir? Was ist denn das für eine Geschichte ohne Kopf und Schwanz?«
»Beides tödlich verletzt, Swanson... Stehen Sie doch nicht so schnatternd und faselnd hier herum!«
»Fatternd und schnaselnd!« beschwerte sich Swanson, »wenn ich Ihnen doch bloß helfen will!... Können Sie gehen?«
»Oh, oh, oh«, stöhnte Mr. Wooly.
»Sie haben getrunken«, erklärte Swanson dem Gefallenen. »Sie haben einen zuviel gekippt.« Dieses Wort inspirierte ihn zum ersten Witz seines Lebens. »Ganz schön gekippt sind Sie«, bemerkte er mit prustendem, jedoch anerkennendem Auflachen.
»Swanson«, röchelte Mr. Wooly, »es war Rommee.«
»Ein schönes, kräftiges Pferd«, stellte Swanson fest. »Ein Pferd mit Temperament, schawohl.«
Immerhin setzte er sich jetzt in Bewegung und marschierte ins Haus, wo er Bentley, die Köchin und das Stubenmädchen weckte. Als die letztere aus ihrem Zimmer kam, folgte ihr überraschenderweise Wachtmeister Connolly. Alle zusammen schafften sie Mr. Wooly nach oben ins Bett und legten ihn dort ordentlich hin, Gesicht nach unten.
Sie standen um ihn herum und äußerten sich mitfühlend. Aber Mr. Wooly, den sein mißliches Erlebnis mit einem Schlage stocknüchtern gemacht hatte, hörte ihre Gedanken, die überwiegend von einer gewissen kühlen Sachlichkeit waren. Swansons waren entschieden zynisch. »Die Gerechtigkeit erwischt eben scheden«, dachte Swanson. »Genau da, wo er's am besten vertragen kann«, überlegte Connolly, »irgendwie für diese Sorte Tritt gebaut.« Bisher ein Mann, der nie daran gezweifelt hat, daß seine gesamte Umgebung die gute Meinung teilt, die er selber von sich hat, wurde Mr. Wooly jetzt durch den schmerzhaften Schatten schreck-

licher Erfahrung gezerrt. Seine Neugier, was andere Leute wohl dächten, war längst mehr als befriedigt. Es war ihm egal. Er wollte es gar nicht wissen. Er wollte nicht einmal wissen, wie er es jetzt durch sein im Kopf eingebautes Radio hörte, daß Hortense, das Stubenmädchen, mit Connolly in ihrem Bett gelegen hatte. Er versuchte, selbst ganz laut zu denken und damit die eindringenden fremden Gedanken zu übertönen.

Trotz seiner Lage im Bett – blind, das Gesicht nach unten – und trotz des grausam schmerzenden Hinterteils gab es doch eine Tatsache, der er ins Auge sehen mußte, eine entsetzliche, unbestreitbare Tatsache. Jennifer. Sie steckte in der alten Stute. Deshalb bestand auch ihr Fluch fort. So, wie er sie kennengelernt hatte, konnte Mr. Wooly sich unschwer vorstellen, wie alles zugegangen war. Ungepfählt, mit christlicher Erde bedeckt, von Pastor Fergus Peyton nur mit ein paar gewöhnlichen, orthodoxen Zaubersprüchen belegt, hatte sie sich von ihrem leicht lädierten Leichnam losgerissen und sich mit aller Wut und hartnäckigen Bosheit ihres Wesens unverzüglich auf das Woolysche Haus gestürzt, genauer gesagt, auf eine neue Wohnung in der körperlichen Hülle von beispielsweise – ja, natürlich! – Hortense, dem Stubenmädchen, die sich Mr. Wooly gegenüber in einer Stellung befand, die zur Ausführung weiterer teuflischer Pläne geradezu ideal geeignet war. Offenbar hatte Jennifer jedoch ihr Ziel verfehlt, bestimmt deshalb, weil Hortense in der fraglichen Zeit viel zu sehr mit Wachtmeister Connolly beschäftigt gewesen war, als daß in ihrem Inneren Platz für andere Dinge als Gedanken an ihn gewesen wären. Also war Jennifer von dem Stubenmädchen abgeprallt und in das Loch gesprungen, das das dümmliche und hohlköpfige alte Pferd ihr geöffnet hatte. Und dort saß sie nun fest.

Es mußte einen Zeitpunkt gegeben haben, während Jennifer sich aus jener unzureichenden christlichen Falle im Boden des Wolkenrasenfriedhofs befreite, in dem ihr Fluch nachgelassen hatte. Nun aber, mit ihr im Stall ganz in seiner Nähe, hatte der Fluch mit voller Stärke wieder eingesetzt. Daß er das alles so gut und klar verstand, half Mr. Wooly allerdings nicht, sich in sein Schicksal zu ergeben. Er war ein zutiefst verstörter Witwer, unser Mr. Wooly.

Nicht vor den ersten bleichen Fingern der Morgenröte am Horizont, wie es in den alten Geschichten heißt (in denen übrigens nie genauer darauf eingegangen wird, wie viele solcher Finger die Morgenröte besitzt), erreichte Mr. Wooly den himmlischen Zustand des Schlummers, und himmlisch war der dann auch nicht, sondern hallte wider vom wirren Galopp der Nachtmahre.

XV

Die kreischenden weißen Mäuse und was dagegen hilft

Jede Fertigkeit der Welt, die zu etwas nütze ist, muß man erst mit vieler Mühe erlernen und dann durch ständiges Üben frischhalten, und das auch dann, wenn der Lernende von natürlicher Begabung nur so strotzt. Das gilt insbesondere von der Fertigkeit oder den Fertigkeiten, die man braucht, um über einen Kater hinwegzukommen.

Der Furchtsame, der Mittelmäßige, den zum erstenmal ein schmerzhaftes Pulsieren erbeben läßt; der zum erstenmal mit abgehärmtem Gesicht vor jenem Abgrund der Verzweiflung meditiert, der vor seiner ausufernden Sünde lediglich der Grund seines Magens war; der zum erstenmal spürt, daß jenes ES, gesichtslos, unwägbar, aber ungeheuer bedrohlich, gleich südlich der Schulterblätter lauert, während an der nächsten Ecke, ob sie nun die der Schlafzimmertür ist oder an einer Straßenkreuzung liegt, irgendein namenloses UNHEIL im Hinterhalt hockt, die greifbare Verkörperung des innersten, abscheulichsten Grauens jenes Dinges, das wir *Leben* nennen – ein solcher Anfänger also, für den Beharrlichkeit ebenso wie Brillanz noch Fremdwörter sind, wird wahrscheinlich genau an dieser Stelle den Handel ablehnen und mit ihm das Vergnügen, das persönliche Hochgefühl, des glucksenden Schlucks. Vielleicht ist er nicht einmal ein Volltrottel. Vielleicht begreift er sogar, daß man auf dieser Erde nichts umsonst bekommt; vielleicht hat er lediglich einzuwenden, daß das, was hinterherkommt, für das, was man am Vorabend genossen hat, ein zu hoher Preis ist. Mit einem Wort – kein Erfolgsmensch.

Um Kater erfolgreich zu überstehen, muß man üben und nochmals üben.

Das erste, was man über einen Kater wissen muß, ist das Schlimmste: es gibt kein Gegenmittel. Man muß hindurch. Der Schnellzug mag den Tunnel ungern sehen und sich vor ihm fürchten; aber wenn ein Tunnel kommt, muß der Zug irgendwann hineinfahren und sich eine gewisse Zeit in der tristen Finsternis und der unnatürlichen Luft durchsetzen, ehe er die Sonne wiedersieht. Die nüchterne Wahrheit ist, daß es für den wohlverdienten Kater keine Kur und im Endeffekt kein Mittel gibt, ihm zu entrinnen. Das ist ein ehernes Gesetz. Aber es gibt immerhin die Möglichkeit, ihn hinauszuzögern.

Ein Ersttagskater, den man bei seiner Geburt mit »Gleiches mit Gleichem« behandelt, verflüchtigt sich oder erweckt zumindest diesen Eindruck und weicht vor allem bei entschlossenen und geschickten Menschen einer Kondition, die sogar besser ist als die des Vorabends. Der zweite Morgen jedoch bringt den Zweittagskater. Man könnte nun annehmen, dieser wäre doppelt so schlimm wie der Ersttagskater. Das aber ist ein Irrtum. Der zweite ist etwa zwanzig Prozent übler als der Ersttagstyp. Wieder läßt sich eine Verzögerung erreichen, und es gibt sogar eine vierte, fünfte oder sechste Verschiebung, aber die ganze Zeit über wächst die Rechnung an, langsam zwar, aber stetig, bis man sie endlich nur in ganz großen Währungseinheiten ausdrücken kann. Sie beginnt mit den braunen Gewimmern und steigt dann Stufe um Stufe über das Kauern und Murmeln bis zu den Peitschen und dem Schellengeläut und bis zu den kreischenden weißen Mäusen, bis dann schließlich ein unsagbarer Kater erreicht ist, der auf unterschiedliche Weise beschrieben wird, manchmal als Zustand der – aber lassen wir das. Denken wir gar nicht darüber nach.

Am besten geht man mit einem Kater um wie mit einer Jungfrau: man tritt ihm offen und ehrlich entgegen und bringt die Sache hinter sich. Sein Leben ist kurz; es wächst und fällt mit dem Tag; die Dämmerung ist sein Leichentuch. Begraben Sie ihn dann. Der Kater von morgen soll ein neuer sein. Die Kleinmütigen, die Geizigen und die Unvernünftigen wenden ein, daß auf diese Weise alle unsere Tage unter dem Schatten und Wehe der Kater verstreichen. Aber wie strahlend ist doch die Nacht davor!

Unser Mr. Wooly, unschuldig und ohne die geringste Erfahrung in diesen Dingen, erwachte mit seinem ersten Kater. Hätte man den Kater von Mr. Wooly trennen und in einem Kinderzoo im Käfig vorführen können, so hätte er das Leben seiner kleinen Besucher für immer verdorben und sie zu Frömmlern gemacht, denn er hätte sie auf unvergeßliche Weise davon überzeugt, daß Alkohol Gift und Bacchus der Teufel selber wäre.

Zum Glück für die lieben Kleinen, zu Mr. Woolys Pech, ließ sich der Kater aber nicht von ihm trennen . . .

Er war nach und nach wachgeworden. Der Schmerz in seiner Sitzfläche war betrüblich, der in seinem Kopf jedoch nicht minder. Überhaupt kam sein Kopf ihm ungewöhnlich groß vor. Er wußte eigentlich gar nicht, wo dieser Kopf aufhörte. Während er so dalag und ins Dunkle starrte, war ihm nicht klar, welcher von den Schmerzen nun sein Kopf war. Das war ein Problem, an das man mit kühler Überlegung herangehen mußte, um es durch bedächtiges und sorgfältiges Schlußfolgern zu lösen. *Keine Zeit für eine Panik,* sagte sich Mr. Wooly. *Nein.* Er blinzelte mit den Augen, ein reiner Willensakt, und seine Lider gehorchten. Wo aber saßen diese Lider? Es war eine einzigartige, aber schreckliche Situation für ihn – dieses Unvermögen, seinen Kopf von seinem – von diesem anderen Schmerz zu unterscheiden. Inbrünstig hoffte er, daß die beiden nicht etwa den Platz getauscht hatten. Was sollte er tun, wenn das geschehen war? Mr. Wooly war nicht völlig ohne Phantasie, und das Bild, das er sich im Geist von seinem Aussehen machte, entsetzte ihn. Wo sollte er den Hut aufsetzen? Er stöhnte leise. Er hätte den wirklichen Zustand leicht feststellen können, indem er seine Ellbogengelenke untersucht hätte, die irgendwo in der Mitte zwischen den schmerzenden Stellen zu sitzen schienen. Schließlich waren es keine Universalgelenke, sofern sie sich nicht ebenfalls in dieser Nacht verwandelt hatten, und wenn er sie beugte, würde er vielleicht einen Hinweis auf ihre tatsächliche Lage und zugleich ihr Verhältnis zu anderen Körperteilen erhalten. Aber er wollte seine Arme nicht bewegen. Er hatte Angst, sie würden abfallen.

Mr. Wooly fühlte sich brüchig. Er fühlte sich auf beiden Seiten gebraten. Sein schwaches Hirn gab das Puzzlespiel auf, zu dem er geworden zu sein schien, wies es als die vorhandenen Kräfte übersteigend zurück. Reglos döste er vor sich hin und hielt seinen Mund für die U-Bahn in der Zweiundvierzigsten Straße. Die Züge Richtung Innenstadt dröhnten über seine linken Backenzähne, die Vorortzüge über die rechten; wenn sie an seine Brücken kamen, donnerten sie ohne Rücksicht auf Verluste darüber weg. Er träumte, daß er aufwachte und die Augen aufschlug, um sich im Spiegel, der sein Riesenbett überdachte, zu betrachten. Sofort jedoch kniff er die Augen wieder zu, denn was er im Traum dort oben sah, war ein splitternackter Alligator. Dann erwachte er wirklich und stellte fest, daß die Dunkelheit, die ihn umgab, nicht die Nacht war, sondern das Kissen. Er drehte sich um und blickte auf; als er einen Augapfel entblößte, stach das Tageslicht danach wie mit einem Dolch. Sofort wußte er, wo sein Kopf war – hinter dem Augapfel. Und südlich des Kopfes, schön in der richtigen Reihenfolge und doch total ungeordnet, lagen seine brennende Kehle, sein wogender Busen und jene breite Bestürzung, die seine Mitte bildete. Er stöhnte.

Eine Sekunde später stand Bentley da und fragte: »Soll ich Ihnen ein nettes Frühstück bringen, Sir?«

»Nein, nein, nein«, ächzte Mr. Wooly. »Erwähnen Sie so etwas gar nicht. Lassen Sie mich nie wieder davon hören. Solange ich lebe – es wird nicht mehr lange sein. Mir ist etwas Furchtbares geschehen, Bentley. Ich bin vergiftet – vom Scheitel bis zur Sohle. Holen Sie einen Arzt, um der Barmherzigkeit willen, einen Arzt.« Seine Stimme erstarb in einem Wispern. Er hörte das Brummen und Murmeln der wirren, niederen Gedanken Bentleys: »Wie der sich wieder hanstellt! Gift! Von wegen! Nicht, was Sie da getrunken 'aben, Mr. Wooly – *mein* hirischer Whisky – das ist kein Gift!« Und laut sagte er: »Dr. Mannix ist da, Sir. Er wartet im Wohnzimmer, Sir.« Und Bentley verschwand, um gleich darauf mit Dr. Mannix wiederaufzutauchen.

»Guten Morgen!« sagte Dr. Mannix.

Mr. Wooly stöhnte. Ein langes, verzweifeltes Stöhnen.
Dr. Mannix nahm Platz und preßte den Zeigefinger auf das Mittelstück seiner dicken Brille. Er fing an zu überlegen, und alles, was er dachte, übertrug sich sofort auf Mr. Woolys schmerzenden Kopf.
»Was für ein Kater!« dachte Dr. Mannix ohne eine Spur von Mitgefühl in seinem geistigen Tonfall. »Möchte wissen, wie man sich bei so einem Kater fühlt, wenn man sich sein ganzes Leben lang davor gedrückt hat wie der da. Vielleicht wird ihm das ein bißchen Demut beibringen, diesem widerlichen, aufgeblasenen, kleinen Säulenheiligen – wenigstens benimmt er sich seit Jahren so! Mein Gott, sieht er nicht fürchterlich aus? Wenn ich an seinen Sehnerv denke, fängt meiner schon an zu zittern. Und wie mag es seinen Bewegungsnerven gehen – ich wette, sein Magen ist voller Schmetterlinge und dazu einem Ventilator, der ihm den ganzen Schwarm pausenlos gegen die Kaldaunen wedelt! O je, o je – was doch der Mensch für Klimmzüge vollführt, bis er sich selbst die Erlaubnis gibt, mal einen Zug durch die Gemeinde zu machen! Und da muß der kleine Idiot erst noch eine Hexe als Frau erfinden, die ihn mit alten Flüchen aus dem Mittelalter verfolgt. Was für eine miese, peinliche, stinkende kleine Brühe doch in seinem Kopf herumschwimmen muß, aus der sich so eine Selbsttäuschung zusammenbraut!«
»Keine Täuschung – eine objektive Tatsache«, ächzte Mr. Wooly. Er konnte einfach nicht umhin, sich einzumischen. Von diesem Monolog hatte er den Hals ziemlich voll und sagte das auch, wobei er nach jedem Wort stöhnend nach dem nächsten suchte: »Ich habe mir noch nie etwas aus Monologen gemacht, nicht mal bei Shakespeare. Konnte nie daran glauben. Wollte immer irgendwas nach dem verflixten Langweiler schmeißen, der da oben stand und mit sich selber redete. Und jetzt kommen Sie, und ich muß mir Ihr eingebildetes Geschwätz anhören!«
»Kein Wort habe ich gesagt, Mr. Wooly«, entgegnete Dr. Mannix mit eisiger Würde. »Ich habe lediglich dagesessen und überlegt.«

»Und das muß ich mir anhören, wie?«
»Unsinn!«
»Wenn's doch nur welcher wäre«, klagte der arme Mr. Wooly. »Sie dachten, ich hätte Schmetterlinge im Bauch, stimmt's? Also gut, ich sage Ihnen, daß sie sich nicht nach Schmetterlingen anfühlen – eher nach Fledermäusen. Ich habe eben Fledermäuse in meinem Glockenturm – meinem Glockenbauch, wollte ich sagen. Jawohl! Keine Schmetterlinge! Und da reden Sie von Selbsttäuschung!« Er machte eine Pause.
Dr. Mannix wartete, distanziert und schmallippig, und sofort setzten seine Gedanken von neuem ein: »Gut geraten, aber nicht schwierig. Wie er sich an seine Illusion klammert! Das hast du nun davon, du Volleule! T. Wallace Wooly! Wofür mag wohl das T. stehen? Temperenzler? Trottel? Tinnef?«
»Ten-Eyck«, bemerkte Mr. Wooly.
»Ten-Eyck?« wiederholte der Mediziner. »Was ist das?«
»Das bedeutet das T.«, erklärte Mr. Wooly. »Mein Vorname. Uralter New Yorker Name.«
Das versetzte Dr. Mannix' wissenschaftlichem Verstand nun doch einen Stoß. Er hatte sich tatsächlich gefragt, was das T. bedeutete. Vielleicht hatte er es unbewußt laut ausgesprochen?
»Ihr Mund war zu«, bedeutete ihm Mr. Wooly, wacher als zuvor und, obwohl so kränklich wie eh und je, trotzdem imstande, eine boshafte kleine Befriedigung in der ganzen Sache zu finden.
»Es ist unmöglich«, versetzte Dr. Mannix, »und darum ist es auch nicht wahr.«
»Denken Sie sich eine Zahl«, höhnte Mr. Wooly. »Legen Sie dabei die Hand auf den Mund und drehen Sie sich um.«
Dr. Mannix gehorchte.
»Sieben«, sagte Mr. Wooly, und dann: »769.372.627. Wie finden Sie das? Erraten?«
Dr. Mannix wandte ihm das Gesicht wieder zu. Er fand sein Taschentuch und rieb sich die gerunzelte Stirn. Er putzte seine Brille. Mr. Wooly hörte seine bestürzten Gedanken, Fetzen von ungeordnet herumrasenden, übereinander stolpernden Ideen. Mr. Wooly

sagte: »Ich belausche Sie, wissen Sie. Ich sage Ihnen, daß mich nichts abstellt oder ausschließt außer Feuerwasser – in ausreichender Menge.«
Bei der offenen Erwähnung des Eindringlings von gestern nacht schüttelte sich sein Magen, und Mr. Wooly, dessen wächserne Wangen klargrün erröteten, schluckte, schluckte nochmals, schnappte nach Luft und stand sozusagen wieder fest am Steuer.
Dr. Mannix sah sich vor einer unangenehmen Entscheidung. Gab er nach und schenkte diesem unnatürlichen Horror Glauben, würde er nie wieder derselbe Mensch sein noch seine Welt die bisherige; denn die Grundfesten der letzteren bröckelten bereits und rutschten ihm unter den Füßen weg.
In diesem Moment klopfte es leicht an die Tür, die gleich darauf von dem Stubenmädchen Hortense geöffnet wurde, einer kleinen Brünetten in Dienstkleidung. Ob sie das Zimmer jetzt aufräumen sollte oder später?
Dr. Mannix musterte sie mit zusammengekniffenen Augen. Sein Gedanke drang unmißverständlich an Mr. Woolys inneres Ohr: »Hübsche Brustbildung; Halsdrüsen leicht verdickt, aber Hals sehr weiß und weich; würde gern die Nase unter ihr Ohr stekken ... wie wohl ihre ...«
Der empörte Mr. Wooly wollte nichts mehr hören und verteidigte sich mit einem Lied.

»O sagt, seht ihr leuchten im Morgenrotschein,
was stolz wir gegrüßt bei der Dämmerung Fallen?
Raketen, rotglühend ...«

Während er sang, winkte er Hortense zu gehen. Sie glotzte nur. Er hielt inne, um sie anzubrüllen: »Hinaus!« Hastig floh sie. Sofort hörte Mr. Wooly auf zu singen.
»Hübsche was?« fragte er den Doktor. »Was war das mit ihrem Ohr? Sie möchten wissen, wie ihre was ist? Sie lasterhafter, verdorbener alter« – er suchte nach einem Kraftausdruck, um den anderen niederzuschmettern – »Schlammschildkröterich!«
Dr. Mannix sah verletzt, aber auch sehr verlegen aus. »Scheren

Sie sich aus meinem Kopf!« kreischte er plötzlich los, »und bleiben Sie draußen!«
»Ich weiß schon viel zuviel über Ihren Kopf«, gab Mr. Wooly zurück. »Ich habe nicht die geringste Lust, mich in diesem Schweinestall aufzuhalten. Ich wäre *froh*, wenn ich herauskönnte!«
»Wieviel wissen Sie denn von meinem Kopf?«
»Ich habe schon gesagt, *zuviel*. Sie sind ein loses Kerlchen, Doktor«, bemerkte Mr. Wooly und wußte, daß Dr. Mannix aus diesen Worten schließen würde, daß er, Mr. Wooly, seine tiefsten Geheimnisse belauscht hatte. Deren Beschaffenheit, obzwar in Wirklichkeit noch vor Mr. Wooly verschleiert, ließ sich freilich Dr. Mannix' entsetztem Gesichtsausdruck entnehmen. »Doktor«, fuhr Mr. Wooly fort und stocherte rücksichtslos weiter in der offenen Wunde, »ich möchte ein großes, kaltes Glas von dem, was Sie sich selber verschreiben würden, wenn es Ihnen so ginge wie mir. Und das sofort!«
Dr. Mannix erhob sich. Er rang nach Atem und zitterte.
»Sofort, Mr. Wooly«, sagte er.
Er entfernte sich, und fünf Minuten später betrat Bentley auf Zehenspitzen das Zimmer, begleitet von einem Klingen wie von silbernen Tamburinen und Xylophonen. Dieses Klingen, das Geräusch seines Atems und seine abgehackten Gedanken kamen näher und verschwanden wieder, während Mr. Wooly, Schlaf heuchelnd, die Augen geschlossen hielt, denn ihn verlangte weder nach mehr von Gottes Tageslicht noch nach weiterer Konversation mit seinen Mitmenschen.
Er öffnete ein Auge. Flaschen, Gläser, Eis. Er schloß das Auge wieder. Eine Welle von Panik überflutete ihn, als er merkte, daß es seine Kräfte überstieg, irgend etwas davon auch nur anzufassen, geschweige denn sich einzuverleiben. Aber, wandte er ein, er mußte tapfer sein; irgendwie mußte er seine Selbstbeherrschung unter Beweis stellen. Hatte er nicht alle die Jahre genau danach gestrebt – das Rechte zu tun, auch wenn es schwer war, ja, unmöglich schien? Sollte er, T. Wallace Wooly, vor einer Prüfung wanken, welcher Art sie auch sein mochte, selbst von dieser hier –

wenn sie doch zu seinem eigenen Besten diente? Mit diesem großen und edlen Gedanken schlug er von neuem das Auge auf, und mit steifem Arm, von der eigenen gnadenlosen Willensstärke dazu gezwungen, streckte er eine bebende Hand aus, bis sie das große Glas umfaßte, das Dr. Mannix selbst für ihn bereitet hatte. Es war sehr kalt, ein Gefühl, das Mr. Wooly als nicht unangenehm empfand. Seine Hand und der Arm, an dem sie wuchs, beförderten das hohe, kalte Glas näher an Mr. Woolys brennende Lippen. Noch näher. Mit geschlossenen Augen nahm er den ersten Schluck.

Dr. Mannix hatte nämlich Mr. Wooly beim Wort genommen und in das hohe Glas anderthalb Zoll Brandy (aus Bentleys Bestand) gegossen und dazu, »z. A.«, wie es in den Rezepten heißt, was »zum Auffüllen« bedeutet, gekühlten Champagner gegeben (Bentleys), sehr trocken. Weiter nichts, keine Salatstückchen, kein Abfall – nichts. Mr. Woolys fiebrige Lippen und sein kranker Hals, die mit einer Vergewaltigung durch unverdünnten Whisky gerechnet hatten (so ahnungslos war der Gute!), waren angenehm überrascht, ja geradezu hingerissen. Es dauerte nicht lange, bis das Glas leer war und Mr. Wooly sich eine zweite, ähnliche Dosis gemischt hatte, wobei er sich an das mit Bleistift gekritzelte Rezept hielt, das der Arzt zuvorkommenderweise auf das Tablett gelegt hatte. Kaum hatte er zwei Schluck aus diesem zweiten Glas genommen, als auch schon sein Hirn wie ein zufriedener Krake die Saugfüße einzog und unter sich zusammenfaltete wie ein Kätzchen die Pfoten; sein Hirn ruhte, mit der eigenen Höhle zufrieden, ohne etwas über andere Höhlen zu wissen und dankbar für diese Ruhe und Unwissenheit. Dr. Mannix streckte den Kopf zur Tür herein.

»Herein!« rief Mr. Wooly, »herein, alter Freund!« Und fügte hinzu: »Es ist weg. Es ist geheilt. Ich bin wieder ich selbst. Kommen Sie, setzen Sie sich und vielleicht – Sie werden mir verzeihen, wenn ich mich irre; ich verstehe ja nichts von diesen Dingen –, vielleicht möchten Sie auch ein wenig von Ihrer so ungemein wirksamen, therapeutischen, anregenden Medizin?«

»Sie irren nicht«, entgegnete Mr. Mannix. Und als er etwas davon zu sich genommen hatte, dachte er, was für ein prima Kerl doch dieser Mr. Wooly war, wenn er nur erst ein paar Gläser intus hatte. *Nüchtern geboren, mit sechs Glas zuwenig geboren, der arme alte Knabe,* dachte der Arzt, und dieser Gedanke, der schließlich Mr. Wooly nichts ausgemacht hätte, drang nicht zu diesem durch. Mr. Woolys Kopf schwamm, schwamm vergnügt im weiten Meer, und nirgends war eine Küste in Sicht.

Nachdem er nun den einen Schmerz geheilt hatte, wandte Dr. Mannix seine Aufmerksamkeit dem anderen zu und schlug Plumeau, Zudecke und Überlaken beiseite.

»Bemerkenswert!« rief er beinahe ehrfürchtig.

»Was?« fragte Mr. Wooly, der natürlich mit dem Gesicht nach unten dalag.

»Diese Symmetrie!« rief Dr. Mannix. »Die alte Dame kann zielen – ein Huf hier und ein Huf da. Perfekte Aufteilung. Und *was* für Farben! Ich möchte gern ein Buntfoto davon machen, Mr. Wooly. Es sind die schönsten und größten blauen Flecke, die mir in meiner ganzen Berufspraxis vorgekommen sind.«

»Und wie steht es mit Ihrer nichtberuflichen Praxis?« erkundigte sich Mr. Wooly.

Dr. Mannix war zu beschäftigt, um zu antworten.

Jetzt kam das Stubenmädchen wieder ins Zimmer. Die beiden hatten ihr leises Klopfen überhört. Mr. Wooly, der die Tür ins Schloß fallen hörte, fragte mit einer gewissen schamhaften Besorgnis: »Ist das Hortense?«

Dr. Mannix verdrehte den Hals, um nach ihr zu schauen. Sie stand da und ordnete geschickt die Sachen auf der Herrenkommode.

»Scheint ganz entspannt«, antwortete Dr. Mannix und fügte, während er einen Umschlag machte und mit Verbandmull befestigte, hinzu: »Aber was Sie immer so für Reden führen, Mr. Wooly! Heh, heh!«

»Was für Reden?« fragte Mr. Wooly.

»Wie wenig haben wir Sie doch gekannt, Ten-Eyck«, bemerkte Dr. Mannix träumerisch. »Darf ich Eyck oder Ikie zu Ihnen sagen?«

»Sagen Sie's mir früh am Morgen«, erwiderte Mr. Wooly, »denn dann hab ich keine Sorgen, ich die Maienkönigin . . .«
»Wie kleine Jungen!« schaltete Hortense sich ein und wedelte ihnen zaghaft zu.
»Was macht sie denn, Doktor?«
»Sie wischt Staub, mit einem Staubwedel.«
»Ich will nicht staubgewischt werden«, erklärte Mr. Wooly. »Ich fange schon wieder an, alles zu hören.«
Dr. Mannix, der die Augen nicht von Hortense wenden konnte, beeilte sich, sein Brauwerk wieder aufzunehmen.
»Fragen Sie Hortense, das arme kleine Kulimädchen, ob sie nicht auch einen möchte«, schlug Mr. Wooly vor.
»Ist das ihr Name?« fragte Dr. Mannix.
»Sie sind so gütig und zuvorkommend, Mr. Wooly«, sagte Hortense. Also nahmen sie alle einen. Nach einer Weile wurde Hortense, die natürlich respektvoll stehengeblieben war, eindringlich aufgefordert, sich zu setzen. Sie nahm auf Dr. Mannix' Knie Platz.
Sie sprachen über dieses und jenes. Mr. Wooly redete von Mr. Wooly, Dr. Mannix über Dr. Mannix und Hortense über Hortense. Zwischen ihren offenherzigen und fröhlichen Berichten tranken sie Brandy- und-Champagner-Highballs. »Reizende Leute«, sagte Mr. Wooly zu seinen neuen Freunden, »schön, intelligent und verläßlich.«
»Sie haben nie besser ausgesehen«, versicherte ihm Dr. Mannix.
»Wer hat heute Geburtstag?« fragte Mr. Wooly. Niemand wußte es, ihrer war es jedenfalls nicht. »Welchen Tag haben wir heute?«
»Den zweiten Mai«, sagte Dr. Mannix.
»Mist!« rief Mr. Wooly. »Verflixt noch mal! Wir haben den Maifeiertag versäumt, den armen alten Maifeiertag – einfach so vorbeigehenlassen, ohne jede Feier!«
»Es ist eine Schande«, bestätigte Dr. Mannix.
Hortense jedoch verzweifelte nicht. »Zum Feiern«, gab sie zu bedenken, »ist es nie zu spät.«

»Nie zu spät, nie zu spät«, sang Dr. Mannix, der sofort Melodie und Rhythmus erfaßte. Er stand auf und begann einen kleinen schlurfenden Tanz.

»Zum Feiern ist es nie zu spät, nie zu spät, nie zu spät,
man findet immer was fürs Bett,
so früh am Maienmorgen...«

Hortense schaute ihren Dienstherrn an. »Können Sie aufstehen?« fragte sie.
»Ich kann's versuchen«, erwiderte Mr. Wooly und leerte sein Glas. Und wirklich stand er auf. Er konnte stehen, wenn auch nicht wie ein Soldat; er war halb zusammengekrümmt, wollte sich aber von dem Tanz nicht ausschließen lassen. Sie faßten sich an den Händen und rannten hüpfend durchs Zimmer, sozusagen probeweise, während Mr. Wooly den zweiten Vers lieferte:

»Das Essen war wohl doch zu fett, doch zu fett, doch zu fett,
das Essen war zu uns nicht nett,
so früh am Maienmorgen.«

»*Wundervoll!*« kreischte Hortense und küßte die beiden abwechselnd. »Kommt, jetzt tanzen wir im Kreis!«
»Du bist dran«, erklärte Dr. Mannix. Also sang sie:

»Was Woolys Hinterteil erlett, -teil erlett, -teil erlett,
das kam durch seines Pferdchens Trett,
so früh am Maienmorgen...«

»Oh, Liebling!« rief Dr. Mannix, »du bist ein As! Erlett! Trett! Perfekter irischer Dialett... Dialekt! Sie *ist* ein As«, erklärte er Mr. Wooly. »Ein entzückendes Mädchen! Voller Hupf und Sprung und Wackel!« fügte er hinzu und schaute zu ihr hinüber, wenn auch nicht nach ihrem Gesicht. »Und nun noch einmal herum!« rief er.

»Zum Feiern ist es nie zu spät...«

Bentley, der bereits mehrfach geklopft hatte, öffnete die Tür und meldete: »Die Krankenschwester ist da, Sir; gerade heben hangekommen; sagt, Dr. Mannix 'ätte nach hihr geschickt... Sie...« Aber er konnte nicht fortfahren. Er konnte sich auch nicht mit Anstand zurückziehen oder die Tür zumachen, wie es sich eigentlich gehört hätte. Er stand nur versteinert da und glotzte auf das Bild vor sich.

Nach manchen erfahrenen Beobachtern befindet sich die Welt im ständigen Fluß. »Die Krux der Materie«, wie einst Dr. Spingargle schrieb, »ist der Flux.« Werte werden entwertet; die Zivilisation sinkt mit dem Fahrstuhl außer Kontrolle; man will sich festhalten, aber woran? Alles ist wild, und alle Spieler sind betrunken. Übermorgen, sagen diese freundlichen Menschen, sind vielleicht von allen Bauten, die der Mensch je errichtet hat, die am wenigsten zerstörten Stonehenge und die Pyramiden. Und wenn das so ist – und wer sind wir, daß wir da diskutieren? –, dann hat die gewaltige *dégringolade* oder zumindest die letzte und entscheidende Phase vielleicht mit eben der Szene begonnen, die der alte Bentley gerade anstarrte. Da sah man Weiblichkeit, Wissenschaft und Kapitalismus miteinander im Kreis herumhüpfen, außer Rand und Band wie die Ziegen!

Sie blieben stehen. Mr. Wooly kehrte der Tür und seinem Butler den Rücken zu. Hinter dem Butler stand eine weibliche Gestalt, verschwommen im Schatten der Diele dahinter. Mr. Woolys Pyjamaoberteil, in zurückhaltendem Beigeton, reichte bis zur halben Höhe der Oberschenkel. Jedenfalls war das vorne der Fall; hinten allerdings, aufgrund der umfangreichen Umschläge und Verbände, die Dr. Mannix als für die Verletzungen erforderlich angesehen hatte, war das Pyjamaoberteil hinaufgeschoben oder verrutscht, um sich der ungewöhnlichen Schwellung anzupassen. Zudem konnte Mr. Wooly nicht geradestehen. Vornübergebeugt wie ein Gnom stand er da, ein boshafter, trunksüchtiger Gnom. Er sah verzerrt aus und verderbt, und weil er im Gegensatz zu seinen Spielgefährten nicht bemerkt hatte, daß sich Publikum eingefunden hatte, sang er allein weiter:

»Ich hätte ja vorm Kopf ein Brett, Kopf ein Brett,
Kopf ein Brett,
ging ich ganz nüchtern in mein Bett,
so früh am Maienmorgen!«

Dafür erwartete er Applaus, wurde jedoch enttäuscht. »Was'n los mit euch beiden?« erkundigte er sich klagend. »Schnuckelchen«, sagte er zu Hortense und legte ihr den Arm um die wohlgeformten Schultern, »sei nicht traurig. Komm schon, noch eine Runde.« Die beiden anderen starrten nur über seinen Kopf weg. Die Party war tot. Im Zustand der Totenstarre. Langsam und widerwillig drehte er sich um.

Dort stand Bentley. Er verschwendete keine Zeit auf Bentley. Neben Bentley, in Schwesternhaube und Tracht, stand Betty Jackson.

»Oh«, sagte Betty Jackson und wiederholte diese Bemerkung: »Oh.«

Hortense beschloß einen intelligenten Schachzug. Sie tänzelte beiseite und nahm von einem Stuhl den Staubwedel, mit dem sie tätig gewesen war, bevor das Fest begann. Aber sie war nicht mit dem Herzen bei diesem durchsichtigen Täuschungsversuch. Sie konnte sich nicht konzentrieren. Sie mußte wieder näherkommen und sehen, was passierte. Als sie zu Dr. Mannix trat, staubte sie gedankenverloren sein kahles Haupt ab. Er kicherte, denn es kitzelte.

»Lassen Sie das«, befahl er, »Sie kleiner Frechdachs.« Und als er alle die verblüfften und peinlich berührten Gesichter um sich herum sah, brach dieser Irre in eine Folge von kurzen, halberstickten Kicherlauten aus, dargeboten in hoher Tenorstimme, bis er die dicke Brille von der roten Nase nehmen mußte, um sie abzuwischen und dann gar nichts mehr sehen konnte als ein paar verschwommene Flecke.

»Aha«, bemerkte Betty, die die Sprache wiedergefunden hatte. »So ist das also!«

»So ist was also?« fragte Mr. Wooly, der leicht schwankte und nach dem Arzt griff, um sich festzuhalten. Er hätte jetzt, das wußte er, sofort etwas Tröstendes zu dem Mädchen sagen müssen, etwas, um ihr Vertrauen zu gewinnen und sie in den fröhlichen kleinen Kreis aufzunehmen. Er hätte Bentley hinausschicken, ihr einen Stuhl anbieten und ihr dann eine von diesen guten, gehaltvollen Mischungen aufdrängen müssen. Aber ach, er konnte sie nur anglotzen, mit schiefem Kopf und höchst merkwürdig aus seinem verrutschten Pyjamaoberteil herausragenden Beinen.

Er sah aus wie ein Vogel, aber nicht wie ein erfolgreicher oder glücklicher Vogel. Er blinzelte und bekam einen Schluckauf. In der lastenden Stille hallte das laute »Hupp!« dröhnend wider. Gleichzeitig schoß sein Kopf so steil in die Höhe, daß der Hals doppelt so lang war wie üblich. »Tschulljung«, erklärte er mit versöhnlichem, schiefem Grinsen.

»Oh«, sagte Betty Jackson abermals.

Hier beschloß Hortense, sich in diese seltsame Unterhaltung einzuschalten. »Guten Tag, Schätzchen«, sagte sie, »möchten Sie nicht eintreten?« Bei diesen Worten machte sie eine leichte Verbeugung. Das war ein Fehler. Durch die Verbeugung veränderte sie ihren Schwerpunkt und kippte in einer Folge hastiger kleiner Schritte in Schräglage, bis sie gegen das Bett stieß. Sie plumpste vornüber hinein, murmelte »schon gut, schon gut« und schlief ein.

Bentley erinnerte sich, wer er war, und retirierte. »Du sprichst nicht einmal mehr mit mir«, klagte Betty.

Mr. Wooly konnte nicht. Ihm fehlten die Worte. Er setzte einen nackten Fuß auf den Spann des Bruderfußes. Blinzelnd kratzte er sich langsam die Seite des rechten Knies.

»Oh, oh«, meinte Betty und bedeckte ihre plötzlich strömenden Augen mit einem kleinen Taschentuch, um sich dann ebenfalls zurückzuziehen. Sie verblaßte und verschwand.

XVI

Konferenz im Souterrain

Die Küche im Hause Wooly sah aus wie eine Chirurgie. Jeden Tag hätten dort Massenmorde stattfinden können, ohne daß – bei soviel geräumigen Spülbecken, Waschmaschinen, Müllzerhackern und Verflüssigern – auch nur die geringste Spur zurückgeblieben wäre. Der Herd sah aus wie ein Kühlschrank, und der in die Wand eingelassene Kühlschrank seinerseits war so groß, daß man sich mit einem Sessel hineinsetzen, die Zeitung lesen und sich dabei eine hübsche kleine Lungenentzündung holen konnte.

Die Köchin, Ferguson mit Namen, war eine stämmige, schnurrbärtige Person mit schwarzem Haar und niedrigem Intellekt. Bella, ihre Helferin, war dünn und jung und unbemannt, und sie hatte *Ansichten.* Sie, die Köchin und Bentley, der pausbäckige Butler, saßen um einen Tisch mit Metallbeinen herum, der aussah, als gehörte er eigentlich in ein Leichenschauhaus, in ein erstklassiges wohlgemerkt. Sie besprachen die jüngsten Ereignisse, die die Atmosphäre der Wooly-Welt so sehr verändert hatten. Dabei warfen sie von Zeit zu Zeit einen Blick hinüber zu Hortense, die in der Ecke in einen Stuhl gesunken war und schwarzen Kaffee in sich hineinzwang.

»Er hat sich verändert«, erklärte gerade die Köchin. »Alles hat sich verändert. Es kommt jetzt alles so plötzlich. Sie war ja eben erst noch Braut! Und dann stirbt sie, und in weniger als zwei Tagen schafft er sie unter die Erde. Irgendwie unanständig.«

»Für mich konnte sie gar nicht schnell genug heingebuddelt werden«, stellte Bentley fest. »Haber Sie 'aben verdammt recht, wie schnell 'eutzutage halles geht. Nehmen Sie doch nur seine Trinkerei!«

»Unmöglich«, erwiderte die Köchin. »Nicht daß ich nicht auch einen Stiefel voll vertrage, Bentley, aber er ist mir über. Er steckt den Kopf rein wie ein Pferd und zieht das Zeug ein. Ich habe noch keinen so trinken sehen wie Mr. Wooly. Nicht mal Tennyson, meinen Mann, der doch das Wochenende immer in Bellevue verbrachte.«
»Ist das«, fragte Bella, »am Meer?«
»Wenn Sie dort sind«, erläuterte die Köchin, »wollen Sie immer nur *mehr.*«
»Keine balsamische Brise, die den Ast der Eiche fächelt?« erkundigte sich Bella sehnsüchtig.
»Allenfalls eine balsamische Bierleiche«, entgegnete die Köchin, »die noch im Knast lächelt.«
»Oder vor sich hin röchelt«, reimte Bentley.
Bella lauschte mit aufgerissenen Ohren und großem Mund und verstand immer noch nicht. »Ist es so vornehm?« fragte das arme Mädchen.
»Und ob man Sie sich da vornehmen wird«, versicherte ihr die Köchin. Weil sie selten lächelte und Bella nie merkte, ob ihr jemand die Wahrheit sagte oder sie belog, solange es ihm nicht unmittelbar im Gesicht geschrieben stand, lebte sie in dieser Küche im Zustand chronischer Verwirrung. Da sie indessen fest davon überzeugt war, daß dies nicht ihre Schuld, sondern sie vielmehr die einzige war, die wirklich wußte, um was es ging, während die anderen zu blind und blöde waren, um es zu merken, litt sie nicht darunter.
»Sie hat ihn in den Dreck gezogen«, erklärte Bella. »Er war ein guter, anständiger Mann, und sie hat ihn in den Dreck gezogen. Mit ihrer Bosheit hat sie ihn verhext, und dann hat sie ihn in den Dreck gezogen.«
Bentley nippte an seinem Whisky mit Milch. »Wenn Sie mich fragen«, begann er bedeutungsvoll, »dann hat er's so gewollt. Was ich bloß wissen möchte, ist – wer hat mich verpetzt? Es war heine von heuch drei Weibsen, da wette ich drauf.«
»Verpetzt?« wiederholte die Köchin.

»Mit dem hirischen Whisky in meinen Schlüpfern in der Kommode.«
»Ach, puh!« bemerkte die Köchin.
»Ach ja – puh?«
»Puh und pah und Piesepampel! Was weiß ich denn schon von Ihren Schlüpfern?« wollte die Köchin wissen.
»Ja, das frage ich mich auch«, schaltete sich Hortense ein, noch leicht verwaschen, obwohl ihre überdehnte und am Rand ausgefranste Persönlichkeit sich langsam wieder zusammenzufügen begann. Sie konnte schon wieder den Kopf heben.
»*Sie* fragen sich das?« Die Stimme der Köchin klang gefährlich. »Na, *ich* brauche mir über dich nicht viele Fragen zu stellen, mein Mädchen.«
»Nein?«
»Nein. Ich weiß schon zuviel. Sie und dieser ordinäre, langweilige, vollgefressene Polizist! Brr!«
»Sie meinen Mr. Connolly?«
»Wie viele Polizisten nehmen Sie denn mit ins Bett?« erkundigte sich die Köchin.
»Nun, nun«, sagte Bentley besänftigend und trank seinen Whisky mit Milch aus. »Nun, nun, Mädels!«
»Ach, mich stört sie nicht, Bentley«, meinte Hortense süß und fügte hinzu: »Wissen Sie, was er von Ihnen gesagt hat, Mrs. Ferguson? Ach – ha, ha, ha – es war zu komisch.«
»Nun, nun, nun«, wiederholte Bentley.
»Und was Ihre Schlüpfer betrifft«, warf die Köchin hastig ein, »tragen Sie als Engländer der Oberklasse doch gar keine, außer im Winter.«
Hortense war so fasziniert, daß ihr Griff um das Brotmesser sich lockerte. »Tragen die keine? Was Sie alles wissen!«
»Natürlich tragen sie keine«, erläuterte die Köchin, während Bentley, kurz vor dem Explodieren, unruhig auf dem Stuhl hin- und herrutschte. »Kennen Sie nicht die alte Hymne – so geht sie:

»Oh, die Britenlords, die stachen in See,
zu kämpfen im Krieg für ihr Land,
keine Schlüpfer hatten sie an, o weh,
nur der Hemdzipfel war zur Hand.

Sie tragen diese langen Hemdzipfel an Bug und Heck, und die binden sie dann in der Mitte zusammen.«

»Eine elende Verleumdung!« brüllte Bentley, purpurrot im Gesicht.

»Was Sie nicht sagen!« hauchte Hortense. »Wie Windeln, nicht wahr?«

»Mein Mann, Tennyson, hat immer den Ypern-Vers von der Hymne gesungen. Ypern, das war im Krieg, wissen Sie. Es ging so:

Englische Lords nicht schwindeln,
treu fechtend um Ypern mit Macht
tragen sie Hemdzipfelwindeln
statt Schlüpfern bei Tag und Nacht.«

»Hes hist hempörend!« kreischte Bentley. »Natürlich trugen sie Schlüpfer, und ich trage auch welche.«

»Glaub ich nicht«, erwiderte Hortense.

»Ich auch nicht«, sekundierte die Köchin.

»Herzeigen«, schlug Hortense vor.

»Das kommt hüberaupt nicht in Frage«, wehrte Bentley ab.

»Stellen Sie sich dort drüben in die Ecke und zeigen Sie sie uns. Na los schon, runter mit den Hosen, Bentley. Seien Sie nicht so altmodisch. Ich«, berichtete Hortense, »bin modern erzogen. Meine Mutter war eine militante Suffragette, so eine richtige Radau-Idealistin. Ihre ständige Rede war: RUNTER MIT DEN HOSEN! HOCH MIT DEN RÖCKEN! Der reinste Kriegsruf.«

»Was? Was für eine Sorte Ruf war das?« fragte Bella. Hortense warf ihr einen Blick zu. »Was für ein was war was?«

Bella schien über diese seltsame Fragestellung tiefschürfend nachzudenken. »Ruf?« fragte sie dann.

»Ja, Ruf?« erwiderte Hortense. »Ruf?«
Man konnte sehen, daß Bella den Faden verloren hatte. »Ruf?« wiederholte sie.
»So kommt ihr nicht weiter, Mädels«, schaltete sich die Köchin ein.
»Hört sich an wie ein verflixtes Heulenpaar«, bemerkte Bentley.
»Eulen«, berichtigte ihn die Köchin. »Statt Heulen.«
»Stadtheulen?« Jetzt war Bentley an der Reihe, verwirrt dreinzuschauen. »Nie gehört. Nachtheulen, das gibt es. Nachtheulen 'eulen.«
»Warum?« wollte die Köchin wissen.
»Sie rufen – huff,huff,huff. Klingt irgendwie fragend. Huff? Huff?« Er verlor sich im Zauber seiner Lautmalerei, kam dann plötzlich zur Besinnung und fragte erbost: »Wo'er soll ich das wissen? Und haußerdem«, kam es klagend, »meinte ich ja meine Hunterosen gar nicht; ich 'abe kein Wort von Hunterosen gesagt, bis Sie die Dinger haufgebracht haben!«
»Lieber aufgebracht als runtergezogen«, warf Hortense ein.
»Es ging doch nur um die Schubladen in meiner Kommode, wo ich hunter den Schlüpfern meinen hirischen Whisky haufbewahrte. Wer hat gepetzt? Wo'er wußte er, daß ich hihn 'atte? Das ist es, was ich 'erauszufinden versuche!«
»Schauen Sie nicht mich an«, sagte Hortense. »Wenn ich davon gewußt hätte, hätte ich ihn selber geholt.«
»Ich auch«, erklärte die Köchin knapp.
Bella lächelte ihr überlegenes, wenn auch etwas leeres Lächeln.
»Er hat Ihre Gedanken gelesen«, sagte sie.
»Quatsch!« gab Bentley zurück.
»Meine hat er gelesen«, beharrte Bella und lief bei der Erinnerung rot an. »Es war ja gar nichts, aber es war genau das, was ich gedacht hatte. Und ich hatte den Mund nicht aufgemacht.«
»Dieses Haus«, bemerkte die Köchin, »wird langsam komplett verrückt.«
»Oh, er ist jetzt ein ganz anderer Mensch«, fuhr Bella verträumt

fort. »Er hat sich verwandelt. Sie war so komisch, daß er nie mehr wie früher sein wird, als Witwer von so einer. Sie ist ja immer an der Ranke am Haus rauf- und runtergeklettert. Ich hab sie gesehen.« Bellas Stimme sank zu einem Flüstern herab. »Und wenn der Mond schien, ist sie auf der Ziege durch den Apfelgarten geritten, ich sag's Ihnen. Hat sich dort um Mitternacht mit einem Mann getroffen.«

Wider Willen hatte das dumme Gör die anderen gefesselt.

Die Köchin bemühte sich nach Kräften, sich durchzusetzen und alle auf den Boden der Tatsachen zurückzuführen. »Dieser Connolly«, meinte sie höhnisch. »Was der für eine Runde schafft! Dabei hat er nicht mal einen Motorroller. Erledigt alles zu Fuß.«

»Schau an!« wunderte sich Bentley. »Ja, ja, man lernt nie aus.«

Hortense packte das Brotmesser und erhob sich halb im Stuhl.

»Nun, nun«, beschwichtigte der alte Bentley.

»Es war auch nicht Mr. Connolly«, wisperte Bella. »Es war einer, den ich noch nie gesehen hatte. Er war lahm.«

»Unsinn!« erklärte die Köchin schwach abwehrend. »Du bist so ein abergläubisches Mädchen!«

»Blech!« sagte Bentley, aber seine Verachtung war auch nicht energischer als die der Köchin. Alle im Haus hatten in den letzten Tagen genug – zuviel – gesehen, und wenn sie auch nur ungern an Dinge glauben wollten, die ihnen ein unbehagliches Gefühl gaben (besser gesagt, sie zu Tode erschreckten), so hatten sie doch diesen Glauben nur mit großer Mühe von sich ferngehalten. Das ganze Haus hatte seinen bisherigen zurückgezogenen, geschmacksfreien und antiseptischen Status verloren; selbst die Luft in den großen Räumen war gealtert und unheilschwanger und keine dunkle Ecke mehr leer.

»Er kann Gedanken lesen«, wiederholte Bella und nickte langsam mit dem Kopf. »Ich weiß es.«

Es war Hortense, die als erste nachgab. Bentley und die Köchin wendeten sich jetzt an sie. Die letztere fragte, was Hortense bei jener ausschweifenden, morgendlichen Party in Erfahrung gebracht hätte. »Er kann wirklich Gedanken lesen«, gestand Horten-

se. »Es ist ein Fluch, mit dem sie ihn verwünscht hat. Vielleicht«, sagte sie zu der Köchin, »wissen Sie ja mehr als Dr. Mannix. Vielleicht aber auch nicht. *Er* hat Angst vor Mr. Wooly. Todesangst.«
»Aber warum?« fragte Bentley.
»Weil der seine Gedanken lesen kann.«
»Ich will aber nicht, daß jemand meine Gedanken liest«, stellte die Köchin fest. »Nicht, daß ich je einen unanständigen Gedanken gehabt hätte, aber ich mag es einfach nicht.«
»Glauben Sie, mir gefällt es?« ächzte Bentley. »Sie müssen ja nicht morgens, mittags und habends vor den Mann 'intreten und danebenstehen und warten, während er Sie belauscht. Wo'er sollte ich wissen, daß er mir zu'ört, hals ich dachte, ich würde dann gleich mal nach hunten springen und ein Schlückchen von dem schönen hirischen Whisky aus meiner Kommode nehmen.« Er schauderte. »Kündigen werde ich, jawohl, das werde ich.«
Der Köchin fiel etwas ein. »Wie hält ein Mädchen wie Sie das aus?« fragte sie Hortense. »Wenn ich Sachen im Kopf hätte wie Sie, würde ich mich immer gut bedeckt halten. Wie konnten Sie das nur durchstehen, da oben herumzuhüpfen und zu singen und so weiter und so weiter?«
»Was meinen Sie damit – ›und so weiter‹?«
Die Köchin ließ sich von Hortense nichts gefallen. Heute morgen nicht. »Als Sie hier runtergeschlingert kamen, Herzchen, war mir gleich klar, daß Ihnen da was querlag, was Sie . . . und so weiter.«
»Ho, sag ich«, rief Bentley, »das ist sehr gut, wissen Sie, sehr gut.« Er sprach zu Bella. »'Aben Sie das kapiert?« fragte er. »Die volkstümliche Redensart, das Wortbild, ist nämlich, daß immer hetwas querliegen muß, das man *gegessen* hat – vor allem haber dann, wenn man gar nichts gegessen hat, sondern Halkohol zu sich nimmt. Kapieren Sie?« Da aber schaute Bella ihn an. Ein Blick sagte ihm, daß er hier nicht weiterkam. »Na egal«, meinte er. »Egal.«
»Hatten Sie keine Gänsehaut?« beharrte die Köchin. »Hatten Sie

nicht so ein Gefühl, als ob er Sie splitterfasernackt auszieht?«
»Nein«, erwiderte Hortense. »Wenn ich nackt bin, bin ich außerdem weder splittrig noch fasrig. Ich bin ganz einfach ... wissen Sie ...« Sie schien sich in dem betreffenden Zustand zu sehen, ein Anblick, der ihr offenbar keine Gänsehaut verursachte. Sie lächelte ein seltsam warmes, hinschwindendes Lächeln, wie eine ganz sanfte Brise, die sekundenlang einen spiegelglatten See berührt ... Sie sah auf. »Wenn er voll ist«, erklärte sie, »ist er abgeschaltet. Hört keinen einzigen Gedanken, so laut der auch sein mag. Nur seine eigenen.«
Sie schwiegen und dachten darüber nach. Sie erwogen eine Situation, die schon weit weniger bedrohlich aussah. Sie blickten, jeder für sich, in die Zukunft. Bentley stieß einen zutiefst erleichterten Seufzer aus, denn er hatte nicht die geringste Lust, sein warmes Plätzchen zu velassen, er nicht ... Niemals wollte er sich davon trennen. Das Telefon stand griffbereit. Er nahm den Hörer und wählte eine Nummer.
»Scheinfeld?« fragte er. »Ist dort SCHEINFELDS ERSTKLASSIGE SCHNÄPSE? Schicken Sie uns sofort eine Kiste Brandy. Nein ... warten Sie ... bringen Sie lieber zwei Kisten ... ich meine sechs. Und jetzt den Whisky ... das wären dann ...«
Es war eine lange Bestellung. Bentley setzte seine ganze Phantasie ein, all sein Wissen und dazu den praktisch unerschöpflichen Kredit des Hauses Wooly.

XVII

Botschafter der Liebe

Während das Souterrain seine eigenen Maßnahmen traf, um mit der neuen Situation in Sachen Wooly fertig zu werden, spielten sich oben im Schlafzimmer des Hausherrn wesentlich kompliziertere Vorgänge ab.

Dr. Mannix hatte erklärt, daß es sein Einfall gewesen war, Betty Jackson als Pflegerin für Mr. Wooly ins Haus zu bringen. Er hatte dem Mädchen dargelegt, daß Mr. Wooly sich vor Sehnsucht nach ihr verzehre; daß er krank und dazu noch verletzt sei; daß sie als Besucherin das Haus immer nur für kurze Zeit betreten könne, damit nicht böse Zungen zu tuscheln anfingen, als Krankenschwester dagegen nicht nur dort wohnen, sondern sogar ständig um den geliebten Mann sein könne. Dr. Mannix war sogar ein bißchen stolz darauf gewesen, daß er diesen Plan vor Mr. Wooly geheimgehalten hatte, um aus Bettys Erscheinen eine entzückende Überraschung für ihn zu machen. Doch ach! wie ungemein schief war alles gegangen! Dr. Mannix war ganz niedergeschlagen. Zwar hatte Mr. Wooly seine Erklärung akzeptiert – sie hatten sogar gemeinsam bittere Tränen darüber geweint –, aber er war doch recht unglücklich und wollte unbedingt den Schaden wiedergutmachen, mit anderen Worten, Betty zurückgewinnen, so schnell es nur irgend ging, damit der Bruch zwischen ihnen, dieses gräßliche Mißverständnis, nicht zum Dauerzustand wurde.

»Was soll ich nur tun?« jammerte Mr. Wooly.

»Kommen Sie, ich braue Ihnen noch ein bißchen was«, begütigte Dr. Mannix. »Sie müssen einen klaren Kopf behalten, das wissen Sie ja; jetzt ist nicht die Zeit, ihn mit anderer Leute Gedanken vollzustopfen.«

»Wahr«, erwiderte Mr. Wooly. »Absolut wahr. Danke. Da ist sie – da geht sie hin. Schmeckt wie Brauselimonade«, fuhr er kummervoll fort. »Schmeckt wie Tränen und Elend.«
»Sie sehen aus wie eine aufgewärmte Leiche«, bemerkte Dr. Mannix. »Wie fühlen Sie sich denn?«
Mr. Wooly schloß die Augen. »Wie Dantes«, sagte er, »Novize.«
»Ich verstehe. Ich weiß auch, was man machen muß, aber wie fangen wir es an?«
»Wir könnten ein paar Glühbirnen knabbern oder einen Auspuff und zwei Strohhalme bestellen oder von hier oben einen Kopfsprung in den leeren Springbrunnen machen.«
Dr. Mannix schüttelte den Kopf. »Schön leben bleiben. Was wir machen müssen, ist zu Betty hinzugehen. Alles erklären und wieder in Ordnung bringen. *Tout comprendre c'est tout pardonner.*«
»Betty heißt sie«, wehrte Mr. Wooly ab. »Nennen Sie sie nicht Tutti, Sie alter Doktor, Sie.«
»Das war französisch.«
»Um so schlimmer. Aber sie würde mich sowieso nicht empfangen, nicht nach heute morgen«, seufzte Mr. Wooly, am Boden zerstört. »Ich käme gar nicht bis an ihre Tür.«
Dr. Mannix dachte nach. »Geben Sie sich doch für jemand anderen aus.«
»Mich kennt jeder«, stöhnte Mr. Wooly.
»Verkleiden Sie sich.«
Mr. Wooly starrte mit blicklosen, leidvollen Augen trübselig aus dem Fenster.
»Drehen Sie sich um«, regte Dr. Mannix an.
Langsam vollführte Mr. Wooly eine Drehung. Oberhalb der Taille war er schräg nach vorn geneigt, von seinen Bandagen in eine groteske Mißgestalt verwandelt.
»Wenn Sie sich noch etwas weiter vorbeugen würden«, sagte Dr. Mannix überlegend, »und die Hände hochhielten, könnten Sie als Känguruh gehen – irgend so ein altes, räudiges Känguruh.«
»Nach dem, was ich über das Hotel weiß, würde man dort ein

Känguruh nicht unbedingt mit offenen Armen empfangen. Außerdem *fühle* ich mich nicht als Känguruh und möchte keins sein.«

»Seien Sie doch nicht so unvernünftig«, beschwerte sich Dr. Mannix. »Ich tue schließlich mein Bestes. Ich studiere und strenge meinen Kopf an, und was machen Sie? Sie sitzen da und sagen, Sie hätten keine Lust. Nennen Sie das Zusammenarbeit? Schließlich haben Sie nun mal dieses Riesen-Gesäßpolster. Mal sehen – wenn Weihnachten wäre, könnten Sie einen Weihnachtsmann spielen. Einen Nikolaus, der sein ganzes Spielzeug im Hosenboden herumschleppt.«

»Es ist aber nicht Weihnachten«, versetzte Mr. Wooly lustlos.

»Ist es nicht und ist es nicht.«

»Habe ich denn gesagt, es wäre? Bis jetzt ging doch alles ganz gut, oder? Lassen Sie mich nachdenken. Das Polster.« Er schnalzte mit den Fingern. »Ich hab's, Wooly, ich hab's! Gehen Sie als Bettys Tante aus Perth Amboy.«

»Ich bin aber nicht ihre Tante aus Perth Amboy.«

»Sie könnten sich aber so anziehen.«

»Wie sieht sie denn aus?«

»Keine Ahnung«, erklärte Dr. Mannix. »Aber ich weiß, daß Betty eine Tante in Perth Amboy hat, denn das hat sie mir erzählt. Leidet an Gallensteinen, die Tante. Aber die brauchen Sie ja nicht; man sieht sie nicht.«

»Das vereinfacht die Sache, stimmt's?« fragte Mr. Wooly mit einer leichten Andeutung von Interesse. »Hat sie sonst noch was?«

»Ich weiß nicht. Aber, mein Gott«, rief der innerlich von Champagner triefende Arzt, »es ist idiotensicher! Der Portier ruft oben bei ihr an, ihre Tante aus Perth Amboy wäre da, dann gehen Sie rauf, und wenn Sie drin sind, reißen Sie sich die Perücke runter und rufen: ›Ich bin's nur, Mr. Wooly!‹« »Wieso?« erkundigte sich Mr. Wooly. »Dieses ›nur‹ finde ich überhaupt nicht gut. Wenn ich dieses Wort gebrauche, Doktor, sage ich allenfalls: ›Der einzige Mr. Wooly und *nur* er.‹ Merken Sie den Unterschied?«

Er schwieg eine Weile und erwog den Plan. Sein Gesicht belebte sich, die Farbe kehrte in die Wangen zurück. Er lächelte. Bei diesem Anblick stieß der Arzt einen kleinen Triumphschrei aus. »Guter Junge!« rief er. »Wo bewahren Sie Ihre Perücken auf?«
Mr. Wooly gab zuerst an, nichts Derartiges zu besitzen, überlegte es sich dann aber, und die beiden gingen nebenan in das andere Schlafzimmer und fingen an zu stöbern. Sie entdeckten eine blonde Perücke, ungemein dick und gewellt, die die erste Mrs. Wooly vor etwa zwanzig Jahren bei einem Kirchen-Laienspiel zusammen mit einem Brunhildenkostüm getragen hatte. Außerdem fanden sie einen Schrank mit Sachen, die Jennifer hinterlassen hatte. Diese freilich paßten nicht. Sie paßten einfach nicht. Aber Dr. Mannix verzweifelte nicht gleich. Wieder suchte er sein Heil in tiefer Meditation. Er tauchte gewissermaßen darin unter, bis er endlich meinte: »Soffnungslos! Wenn Sie nicht jemand anders sind, können Sie sie nicht sehen; aber weil Sie niemand anders sein können, können Sie sie eben auch nicht sehen. Das ist Logik. Nichts geht über Logik.«
Seine Verzweiflung weckte in dem bisher ebenfalls verzweifelten Mr. Wooly aber nur einen neuen Kampfgeist. Auch er griff nun zur Logik. »Nicht die einzige Frau der Welt«, meinte er. »Absolut nicht. Stimmt's?«
»Wenn Sie es so formulieren«, gab Dr. Mannix vorsichtig zurück, »haben Sie recht.«
»Wie würden Sie es denn sonst formulieren?« fragte Mr. Wooly.
»Was würde das schon für einen Unterschied machen?« konterte der Arzt.
»Nun ja, das ist eine andere Frage«, gab Mr. Wooly zu. »Sehr schwer zu sagen, was es für einen Unterschied machen würde; das gestehe ich Ihnen zu. Vielleicht gar keinen Unterschied.«
»Zwischen was?«
»Zwischen?«
»Der Unterschied«, dozierte Dr. Mannix. »Man kann keinen Unterschied zwischen einer einzigen Sache machen. Es müssen im-

mer zwei sein. Oder man halbiert die eine Sache, dann kommt es auf dasselbe heraus. Verstehen Sie mich?«

»Vollkommen«, bestätigte Mr. Wooly begeistert. »Vollkommen. So ist es eben mit uns beiden, Doktor – dieses leichte und doch umfassende Verständnis selbst der stumpfsinnigsten Huppjekte.«

Das letzte Wort ließ den Arzt, so liebend gern er auch Mr. Woolys warme, vertrauliche Stimmung geteilt hätte, innehalten.

»Huppjekte?« entgegnete er erstaunt.

»Das eine oder das andere«, erläuterte Mr. Wooly. »Treffen Sie Ihren Aal. Hupp oder hopp.«

»Hupp oder hopp?«

»Hicks«, erwiderte Mr. Wooly mit einem ungemein gewinnenden Lächeln.

»Sie haben ja einen Schluckauf«, stellte Dr. Mannix fest.

»Und Jekte auch!«

»Jekte?« Der Mediziner kam nicht mehr mit.

Auch Mr. Wooly begann sich Sorgen zu machen. Er seufzte, legte die Stirn in Falten und starrte seinen Kumpan mit großäugigen, freudlosen Blicken an. Dieser, der gerade mit melodischem *Plopp* eine neue Flasche aufgemacht und einen Teil ihres Inhalts auf den Teppich geschüttet hatte, rief ihm zu: »Wasn los?«

»Geheimbiß«, seufzte Mr. Wooly.

»Was denn?«

»Das Huppjekt. Oder das Hoppjekt. Wovon reden wir eigentlich?«

»Weiß nicht.«

»Sollten Sie aber.«

»Sehr wahr«, stimmte der Arzt zu. »Ich habe ja auch nur weitergemacht, gestärkt vom Gedanken an... Sie wissen schon. Das Huppjekt meine ich. Sie *sollten* das aber wissen. Sie haben es doch aufgebracht.«

»Hab ich nicht.«

»Haben Sie doch.«

»Wann?«

»Vor langer Zeit«, sagte Dr. Mannix.
»Wie lange? Monotomate?«
Dr. Mannix schüttelte den Kopf. »Mich nageln Sie nicht fest«, erklärte er. »Festnageln und ausstellen, wie? Nicht mit mir!«
»Jahre?«
»Nur zu, drohen Sie mir nur; ich weiche nicht.«
Mr. Wooly versank in dumpfes Brüten. Nach einer Weile rief er laut aus: »Nachthemden!« Das Wort explodierte aus seinem Unterbewußtsein, das zweifellos während dieser ganzen seltsamen Abschweifung fieberhaft tätig gewesen war.
»Nachthemden?«
»Keine harten, festen Grenzlinien«, erklärte Mr. Wooly.
»Wie bei Ländern«, sagte Dr. Mannix.
»Äquatorial«, führte Mr. Wooly aus.
»Hier?« fragte der Arzt und zeigte die Stelle mit seinen Händen an der eigenen mageren Person. »Aber natürlich! Vollkommen richtig. Ihr Pelzmantel! Ihr Chinchillamantel, Sie Büffel!«
»Süffel«, protestierte Mr. Wooly.
»Süffel«, willigte der Doktor ein. »Von Säbelbeinen habe ich schon gehört. *Sie* haben Süffelbeine.«
Inzwischen hatten der Arzt und Mr. Wooly einen Punkt erreicht, an dem alles, für das sie sich entschieden, auch das Richtige war; sie hatten ein wundersames Königreich gefunden, wo das, was sie glauben wollten, allein durch diesen Wunsch schon zur Wahrheit wurde. *Bevor* sie gänzlich besoffen waren, hatten Dr. Mannix und Mr. Wooly beschlossen, daß Mr. Wooly Betty Jackson aufsuchen und eine Versöhnung mit ihr erreichen sollte, verziert mit Vergebung, Verständnis und Küssen. Inzwischen *waren* sie total blau und lebten allein in ihrer eigenen Welt, wo statt des Gesetzes der Schwerkraft die von ihnen getroffene Entscheidung über Betty Jackson regierte: daß nämlich Mr. Wooly als Bettys Tante aus Perth Amboy (die mit den Gallensteinen) zu ihr gehen sollte, was ihnen nicht nur völlig vernünftig, sondern sogar unvermeidlich schien. Freilich bestand ein Hindernis in Gestalt von Mr. Woolys heftiger Abneigung gegen Röcke, vor allem solche, die es ablehn-

ten, in der Taille zusammenzugehen. Er probierte ein Nachthemd an und sagte: »Nein!« Dieses Hindernis war so gewaltig, daß sie eine Zeitlang alles andere darüber vergaßen, bis Dr. Mannix eine Offenbarung hatte. Es war ganz einfach, so einfach wie jene welterschütternd schlichte Tatsache, das Anbringen des Radiergummis am Bleistiftende, oder jene andere, das Anbringen des Nadelöhrs bei Nähmaschinennadeln in deren Spitze.

»Aber wir übersehen ja etwas!« heulte Dr. Mannix auf. »Frauen tragen doch gar keine Röcke, wenigstens nicht sehr oft! Hosen wollen Sie tragen? Das tun sie doch auch! Tragen Sie sie! Das ist die Antwort!«

Wooly war überwältigt. »Sie sind ein Genie«, verkündete er ernsthaft.

Dr. Mannix warf einen Blick in die letzte Flasche. Sie war leer. Er klingelte nach Bentley und ging, als er diesen eintreten hörte, nach nebenan in Mr. Woolys Zimmer. Es war seine Absicht gewesen, noch ein bißchen Nachschub zu bestellen. Anscheinend hatte jedoch Bentley diesen Gedanken bereits mit dem Bimmeln der Glokke, die ihn herbeirief, aufgenommen. Bentley trug ein Tablett mit Flaschen, Flaschen von allem möglichen, ausreichend, um Mr. Woolys schreckliche neue Gabe eine Woche lang zu ersäufen.

»Genau das Richtige, Bentley«, sagte Dr. Mannix. Bentley sah sich um und suchte seinen Arbeitgeber.

»Mr. Wooly ist ausgegangen«, erklärte ihm Dr. Mannix.

In diesem Moment trat aus der Tür des zweiten Schlafzimmers eine Gestalt. Es war keine Gestalt, die das Wohlgefallen des mondgesichtigen Butlers erregte. Er riß die Augen auf und bebte am ganzen Körper. Sonst brachte er nichts heraus. Die Gestalt kam langsam näher. Selbst Dr. Mannix, der sich umgedreht hatte, um herauszufinden, was Bentley derart zu Tode erschreckte, fuhr zusammen. Eine Frau stand dort. Sie trug einen alten Strohhut mit wogenden grünen Federn, der mit einem schwarzen, dichten Schleier so auf ihrem Kopf festgezurrt war, daß er ihr Gesicht in ein furchtbares Geheimnis verwandelte. Bekleidet war sie mit einem Chinchillamantel (fünftausend Dollar wert), der ihr bis zum Knie reichte und unter dem ein Paar alte Flanellhosen sichtbar wurden, unter denen wiederum hochhackige Lackpumps hervorlugten. Die Frauengestalt verfügte über eine gewaltige südliche Ausbuchtung, und ihre Figur in Verbindung mit dem Hut und Schleier ließ vermuten, daß sie aus einer anderen Zeit herübergekommen war – einer Zeit, in der Frauen Figuren dieser Art besaßen. Sie bewegte sich nicht nur langsam, sondern in Form gewissermaßen welliger Schwingungen, wie etwas, das einem in der Hitze der Wüste oder unter Wasser erscheint ...

»Oh, Mrs. Wigglesworth!« rief Dr. Mannix, denn so hieß in der Tat Bettys Tante. »Bentley«, sagte er streng, »öffnen Sie eine Flasche für Mrs. Wigglesworth!«

Bentley riß sich mutig zusammen und gehorchte; dann wich er rückwärts von hinnen. Die beiden Irren, gierig nach den eisigen Gläsern grabschend, hörten, wie seine Füße mit den haltlosen Sprüngen puren, abergläubischen Entsetzens die breiten Treppenstufen hinunterpolterten. Sie lachten das lärmende, sorglose Lachen von Männern, die jedes Gewissens, jedes Anstandsgefühls beraubt sind. Sie lachten, bis ihnen Tränen über die Wangen liefen. Sie gratulierten sich gegenseitig und leerten die Gläser.

»Sie«, begann Dr. Mannix mit aufrichtigster Hochachtung, »sehen fürchterlich aus. Ihr Schleier hängt schief vom Hutrand zur Kinnspitze und hinten herum. Was haben Sie mit Ihrem Gesicht angestellt? Man sieht es und sieht es doch nicht. Ihre Augen sind wie dunkle, schattige Teiche.«

»Hab ich angemalt«, gestand Mr. Wooly. »Mit Bleistift.«

»Und Ihre Nase?« fragte Dr. Mannix. »Die ist auch ein dunkler, schattiger Teich.«

»Muß wohl geschmiert haben.«

»Und Ihr Mund! Rot wie eine Rose! Hören Sie«, warnte Dr. Mannix, »versuchen Sie nicht, durch den Schleier zu trinken; lupfen Sie ihn ein bißchen, gerade über dem Mund; so ist es prima. Sie Schlange vom Nil! Sie schauen aus wie die Apokalypse persönlich!«

So etwas Ähnliches schien auch Swanson zu denken, desgleichen die Köchin und Bentley. Alle, sogar Bella, schafften es irgendwie, einen Blick auf den herabsteigenden Mr. Wooly zu werfen. Er nahte sich langsam und vorsichtig; nicht nur weil er randvoll mit Alkohol war, sondern auch weil sein eingewickeltes Hinterteil jeder Bewegung widerstrebte, denn sie schmerzte. Eine behandschuhte Hand auf dem Marmorgeländer, stieg er zögernd nach unten, während aus dieser oder jener Tür Augen, die in gräßlicher Faszination leuchteten, nach ihm stierten. Niemand konnte sich erklären, wie Mrs. Wigglesworth ins Haus gekommen war. Bella machte den krankhaften Vorschlag, sie hätte schon jahrelang auf dem Dachboden gehaust. Aber in einer einzigen Sache waren sich alle einig, daß nämlich diese mysteriöse Erscheinung nur ein Teil jener anderen, unnormalen, unbeschreiblichen Ereignisse der letzten Tage war – Ereignisse, die in einem ordentlichen Haushalt keinen Platz hatten. Aber was konnten sie schon tun? Nachdem sich die Haustür hinter Dr. Mannix (nach Aussage der Köchin »voll wie eine Strandhaubitze«) und Mrs. Wigglesworth geschlossen hatte, nahm das Woolysche Personal nach besten Kräften, jedoch mit dem Gefühl des Unbehagens, die jeweiligen Beschäftigungen wieder auf.

Nur der arme Swanson mußte auf dem Fahrersitz ausharren, nur einen Meter entfernt von dieser Mißgestalt mit dem Schleier, hinter dem es Löcher gab statt Augen, ein Loch statt der Nase und einen Mund wie einen scharlachroten Fleck. Swanson schaute in den Rückspiegel und begegnete darin dem verschleierten weiblichen Totenkopf. Er wäre fast in Ohnmacht gefallen. Nach diesem Blick vermied er jeden weiteren; er fuhr, wohin man ihn zu fahren geheißen hatte – zum Eingang des Dearborn-Hotels. Er hörte, wie der tiefverderbte schurkische Dr. Mannix versoffen mit den Lippen schmatzte (als er, eine Tatsache, die Swanson nicht bemerkte, sich selbst die Hand küßte) und flötete: »Na denn, Wiedersehen, Mausi! Gräßlich schön, daß du abhaust, du alter Gruselschluckspecht, du. Grüß mir Hannibal, das ist der Portier da drin, Süße. Und mach nichts, was ich nicht auch machen würde.«

Die falsche Mrs. Wigglesworth aus Perth Amboy schwankte die weißen Stufen zum Dearborn-Hotel hinauf, und Swanson fuhr Dr. Mannix zu dessen Praxisräumen. Als der Arzt dort ausstieg, fiel er hin, blieb aber nicht am Boden. Er stand sofort wieder auf, lehnte sich allerdings ein wenig schwer auf den erschrockenen Swanson, der ihm zu Hilfe geeilt war.

»Man hat mich gestoßen«, behauptete Dr. Mannix, »und ich kann es beweisen.«

Da weit und breit niemand zu sehen war, hatte der Chauffeur gewisse Zweifel, stimmte jedoch besänftigend zu: »Gestoßen hat man Sie«, und fuhr dann fort: »Sagen Sie doch bitte, wer, wenn ich fragen darf, ist Mrs. Wigglesworth?«

»Wer?«

»Die – äh – Dame, die wir gerade am Hotel abgesetzt haben.«

»Was für eine Dame?« erkundigte sich der Arzt verwundert. Scharf musterte er das unglückliche Gesicht des Chauffeurs. »Besoffen«, stellte Dr. Mannix fest und wiegte langsam den Kopf. »Sie sind besoffen, Mann.« Und damit steuerte er diagonal über den Bürgersteig auf seine Praxis zu, die zum Glück im Parterre lag und unverschlossen war. Er veschwand im Inneren. Swanson nahm die Mütze ab und kratzte sich das wirre Haar. »Herrschesus!« sagte er mit deutlicher Betonung.

XVIII

Der alte Adam in Madame

Der Zustand, in dem unser Mr. Wooly sich jetzt befand, hatte, das läßt sich nicht bestreiten, vielfache Nachteile. Er war nicht so gut zu Fuß wie sonst, ging nicht so sicher und nicht so präzise. Seine optischen Fähigkeiten waren nicht die schärfsten. Ihm war ungemein heiß. Seine Adern kamen ihm wie mit lebendigem Dampf gefüllt vor, und zusätzlich war der Schluckauf wieder da und plagte ihn, indem er von Zeit zu Zeit, unterirdischen Sprengladungen gleich, Explosionen in Mr. Wooly auslöste, so daß dieser jäh den Hals senkrecht in die Höhe recken mußte und der grüngefiederte Hut ins Wackeln geriet.
Andererseits gab es Vorteile, die diese Nachteile mehr als aufwogen. Erstens und vor allem konnte er keine fremden Gedanken hören. Er mußte nicht einmal den Ausdruck fremder, verschwommener alter Gesichter zur Kenntnis nehmen. Zweitens hatte er auf der ganzen Welt keine Sorge. Keine einzige. Und schüchtern war er auch nicht mehr. Denn drittens war er mutig wie ein Löwe. Zwei Löwen. Hungrige. Wäre Mr. Wooly nüchtern gewesen und hätte sich in seinem Aufzug gesehen, mitten in der langgestreckten Säulenhalle des Dearborn-Hotels, wäre er sofort in Ohnmacht gefallen. Oder er wäre kopflos hinaus auf die Straße geflohen, irgendwohin, nirgendwohin, unter irgendein fremdes Vordach wie ein zu Tode erschreckter junger Hund. So aber schwankte er weiter, hierhin und dorthin, ganz auf die Säulen konzentriert, die ihn anscheinend in eine Ecke treiben wollten. Wenn er in sie eindrang, teilten sie sich, nur um sich hinter ihm erneut zusammenzurotten. Eine Meile von ihm entfernt, oder jedenfalls kam es Mr. Wooly so vor, sah Hannibal, der Portier, ein schwarzäugiger, schmalköpfiger Gigolo, ihm beim Heransegeln zu. Mr. Wooly hatte den Ein-

druck, Hannibal beobachte ihn durch ein Fernrohr. Aber das war nur so eine Idee von ihm. Urplötzlich stand Mr. Wooly an der Theke, sozusagen Nase an Nase mit Hannibal.

»Guten Morgen!« grüßte Mr. Wooly.

»Guten Tag!« feixte der Kerl.

Mr. Wooly starrte ihn unbeweglich an. Diesem Schleier, den dunklen Höhlen seiner fettstiftumrandeten Augen, der befremdlichen Nase, die mehr einer Höhlung als einem Vorsprung glich, konnte niemand standhalten. Hannibal erzitterte.

»Widersprechen Sie mir nicht, junger Mann«, befahl Mr. Wooly.

»Nein, Madame.«

»Und nennen Sie mich nicht ...« Mr. Wooly erinnerte sich, daß er ja dem äußeren Anschein nach eine Dame war, und hielt sich gerade noch rechtzeitig zurück. »Ist Miss Betty Jackson im Haus?« fragte er.

»Sind Sie ihre Tante aus Perth Amboy?« (Vereinbarungsgemäß sollte Dr. Mannix von der Praxis aus im Hotel anrufen und ihn ankündigen. Das war geschehen.)

»Die rasante Tante«, antwortete Mr. Wooly mit plötzlichem Kichern. Er gab dem Burschen einen Klaps auf die Hand, um sicherzustellen, daß er den Witz auch begriff.

»Sie erwartet Sie«, erklärte Hannibal, zog seine Hand weg und musterte den Horror vor ihm mit wachsamem Blick. »Sie hat ausrichten lassen, daß sie ins türkische Bad gegangen ist und Sie nachkommen möchten. Es ist im siebten Stock.« Er läutete die Thekenglocke. »Page! Führen Sie Madame zum türkischen Bad.«

Wenn Ereignisse nach den Vorstellungen eines Menschen ablaufen, der sie so, wie sie sind, durchaus vernünftig, ja sogar unvermeidlich findet, ist die Wahrscheinlichkeit groß, daß sie sich auch in der erwarteten Reihenfolge fortsetzen ... Mr. Wooly hätte mehr als genügend Zeit gehabt, sich zurückzuziehen.

Er war ein freier Mann; kein Gesetz hätte ihn in das Bad zwingen können. Er hätte sagen können, er sei allergisch gegen alles Türki-

sche – Honig, Tabak, Teppiche, Harems und Bäder –, und diesem Kerl, Hannibal, mitteilen können, er zöge es vor, im Wartezimmer sitzenzubleiben. Es hätte auch genügt, den teiggesichtigen Pagen in den Fahrstuhlschacht zu stoßen, wo Arbeiter gerade irgend etwas abschmierten und die Türen halb offen gelassen hatten; oder er hätte dem Knaben eins mit der Feueraxt aus dem Glaskasten überbraten können. Aber nein – Mr. Wooly ging brav hinter dem Pagen her und fuhr mit ihm in den siebten Stock.
»Schau dir bloß das mal an«, sagte der Page zu dem Fahrstuhlführer. Als sie nach oben sausten, fragte er Mr. Wooly: »Wo haben Sie sich denn das geholt, Schwester?«
»Was?« fragte Mr. Wooly.
»Ach, lassen Sie's«, antwortete der Junge.
Mr. Wooly kam nicht mehr mit. Er beschloß statt dessen, das kleine Scheusal anzuglotzen, und das tat er auch. Er näherte sein geheimnisvoll verschleiertes Gesicht dem des anderen, Zoll um Zoll, langsam, unmerklich. »Was?« fragte Mr. Wooly mit tiefer Stimme. »Was?«
»Hä, hä.« Der Junge versuchte ein höfliches Lachen. Es war eine gräßliche Nachahmung. Auf seiner Stirn standen Schweißperlen.
»Siebter Stock«, sagte der Fahrstuhlführer.
Sie stiegen aus. So schnell er, behindert durch die hohen Absätze und das nach unten hängende Hinterteil, dazu imstande war, folgte Mr. Wooly dem von Furcht beflügelten Pagen. Die Tür öffnete sich. Mr. Wooly trat ein.
Hätte er überhaupt etwas gedacht, was wenig wahrscheinlich ist, so dürfte er einige Erleichterung verspürt haben, als er feststellte, daß hier im Vorraum alle weiblichen Gestalten voll bekleidet waren, sowohl die Angestellten als auch die Kundinnen, die kamen und gingen. Eine weißhaarige Frau, die hinter einer Sperre am Schreibtisch saß, rief ihm zu: »Hier drüben, Modom!« Mr. Wooly, der ganz verloren mitten im Raum gestanden hatte, ging auf diese angenehme Stimme zu. Als er jedoch die Absperrung erreicht hatte, blieb er einfach stehen und schwankte leicht auf und

nieder. Die Stille zwischen ihm und der weißhaarigen Frau wurde länger und lastender. Dabei war Mr. Wooly keineswegs untätig. Er suchte nach Worten, ganz gleich welchen, nur um einen Laut von sich zu geben und dieser Prüfung ein Ende zu bereiten. Aber alle Worte waren ihm entfleucht; er war von ihnen entblößt wie der Ahorn im November seiner Blätter. Mr. Wooly, dem jetzt glasklar war, in was er sich gestürzt hatte, konnte sich nur vergeblich danach sehnen, an einem anderen Ort zu sein, ganz gleich, an welchem.

In den Blicken der Weißhaarigen lagen jedoch weder Tadel noch Neugier. Sie war keine heurige Häsin, ganz und gar nicht. Was die moralische Überlegenheit ihres eigenen Geschlechtes betraf, hatte sie kaum Illusionen, jedenfalls nicht, wenn es darum ging, sich sinnlos zu besaufen. Sie hatte alle Sorten und Klassen von Frauen in allen Sorten und Klassen des Suffs erlebt. Es wunderte sie kein bißchen, daß die einzige Begrüßung, Bemerkung, Mitteilung, zu der das tiefverschleierte alte Scheusal mit dem dicken Hintern, das da vor ihr stand, fähig war, so lautete: »Hick ...«

Mr. Woolys Schluckauf war laut und erstaunlich heftig. Auf einem vorübergehend verlängerten Hals schoß sein Kopf senkrecht nach oben. Er rückte, so gut es ging, den grüngefiederten Hut wieder zurecht. Er erkannte, daß er mit Anspannung aller Kräfte vielleicht gerade noch ein »Tschulljung« herauswürgen könnte, aber dazu war er jetzt zu müde. Er unterließ es also und blieb blinzelnd stehen.

»Bis morgen früh sind Sie wieder taufrisch«, erklärte die Weißhaarige energisch. »Alice!« rief sie einer Jüngeren, Weißgestärkten zu. »Modom«, sagte die weißhaarige Dame zu Alice, »wünscht einen Privatraum und ein Bett; zuerst bekommt sie ein Elektrokabinett, dann eine Kölnischwasserabreibung.«

»Selbstverständlich«, antwortete Alice ebenso energisch. »Wenn Sie mir bitte folgen wollen, Modom.«

»Stützen Sie Modom lieber ein bißchen, Alice«, empfahl die Weißhaarige. »Modom sieht sehr müde aus.«

»Modom ist ganz bestimmt sehr – müde«, stimmte Alice zu und

nahm Mr. Woolys Arm. »Hab noch nie jemand müderen gesehen. Wenn Sie jetzt bitte hier entlang kommen möchten, Modom ...«

So, wie sich Mr. Wooly später daran erinnerte, öffnete Alice nunmehr Schwingtüren und schob Mr. Wooly sanft vor sich her in Dantes Inferno, einen grenzenlosen Raum voller Nebel und Wolken, durch den Frauen aller Größen und Formen und Jahrgänge glitten, auftauchten und schwammen, teils mit Handtüchern um die Leibesmitte, teils mit Handtüchern auf den Schultern. Auf Bänken und Stühlen saßen Frauen; jenseits eines Torbogens erstreckte sich ein weiterer gewaltiger Raum mit noch mehr Frauen. Überall schwatzte es. Mr. Wooly verhielt auf dem Absatz, um über eine Frage nachzudenken, die er sich gerade gestellt hatte: welche Frauen waren die schamhafteren – die, die ihre Brüste, oder die, die ihre Hüften bedeckten? Die Frage war schwierig, denn jetzt fiel ihm noch etwas auf. Einige, die den oberen Teil ihrer Figur mit aller offenen, natürlichen Aufdringlichkeit zur Schau trugen, hatten eigentlich viel mehr zu verhüllen als andere, die diesen Bereich versteckten. Bevor er jedoch noch weiter über dieses interessante Thema sinnieren konnte, gab Alice ihm einen sanften, aber nachdrücklichen Schubs und sagte: »Hier entlang, Modom.«

Sie bogen in eine Art Gang oder Höhle ab (wir sehen alles immer noch so, wie es sich Mr. Woolys Gedächtnis einprägte), und wenig später öffnete Alice die eine in einer Reihe schmaler Türen. In der dahinterliegenden Kabine gab es ein schmales Bett, einen Hocker und einen Geruch nach Desinfektionsmitteln. »Zuerst«, erläuterte Alice, »haben wir das Elektrokabinett, dann die Kölnischwasserabreibung, dann eine Dusche; danach schlafen wir uns aus, und morgen wird Modom sich ausgeruht und erfrischt fühlen. Soll ich Modom beim Ausziehen helfen?«

Hier endlich fand Mr. Wooly seine Stimme wieder. »Nein«, sagte er klar und deutlich.

»Dann werde ich jetzt das Kabinett vorbereiten«, erwiderte Alice und entfernte sich.

Das Kabinett war eines von mehreren, die wenige Schritte von Mr.

Woolys Tür im Gang aufgestellt waren. Was sich Mr. Wooly beim Ausziehen dachte, wissen wir nicht. Späteren Ereignissen läßt sich entnehmen, daß er sich bis auf die Unterhosen entblätterte (an dieses Minimum schamhaften Schutzes klammerte er sich) und dann, in den Frotteebademantel gehüllt, den man ihm gereicht hatte, zu dem Kabinett hinüberstolperte, das offenstand, hineinsprang und es halb zuzog. In der Mitte des Behälterdeckels war ein rundes Loch für den Hals. Innen waren elektrische Glühlampen angebracht, und es stand ein gepolsterter Hocker dort, auf dem Mr. Wooly Platz nahm. Das Sitzen war nicht angenehm, seiner Wunden wegen, aber er setzte sich trotzdem, dankbar für das Verstecktsein in dem Behälter, dankbar, daß anscheinend bisher niemand seine Identität oder sein Geschlecht durchschaut hatte.
Aus den Nebeln trat Alice, schloß den Behälter und stellt den Thermostaten ein. Dann tat sie etwas Merkwürdiges. Sie sprang einen Meter zurück und rief: »Aber Modom!«
Mr. Wooly, der Arme, betrachtete sie durch seinen dunklen Schleier. Nur sein Kopf war zu sehen, der auf dem flachen Teller des Kabinettdeckels lag wie ein Geschenk für Salome. Aber Mr. Woolys Kopf war nicht so nackt wie Salome. O nein – auf ihm ruhten die blonde Perücke und auf dieser der Hut mit den gebogenen grünen Federn, und über allem wallte der Schleier. Es war ein seltsamer, erschreckender Anblick, dieser einsame, derart aufgeputzte Kopf. »Aber Modom!«
Mr. Wooly, der schon seit zehn Minuten langsam auf den harten Boden der Tatsachen zurückglitt, fragte »Was ist?«, obwohl er ganz genau wußte, worum es ging.
»Ihr Hut! Ihr Schleier! Kommen Sie, ich helfe Ihnen beim Ablegen.«
»Vielen Dank«, erklärte Mr. Wooly, »aber: nein.«
»Nein???«
»Nein! Ich trage immer Hut und Schleier. Sogar im Bett!«
Alice blickte sich um, als suche sie Verstärkung – als sei sie entschlossen, alles, was ihn verhüllte, von diesem Kopf herunterzuzerren. Mr. Wooly ergriff panisches Entsetzen. Er wußte nicht

mehr ein noch aus. Nicht einmal beten konnte er noch. Aber Gott, der so ein weiches Herz für Kinder, Narren und Betrunkene hat, muß einen Blitz in das Gehirn des armen Mr. Wooly geschickt haben, denn dieser hatte eine jähe Eingebung.
»Alice, bitte«, flüsterte er und fuhr, als sie ihr rosiges Ohr seinem verschleierten Mund zuneigte, wispernd fort: »Ich kann den Schleier nicht abnehmen.«
»Warum nicht?«
»Es läßt sich nur schwer aussprechen.«
»Ach – ja?«
»Ich habe keine Nase«, hauchte Mr. Wooly. »Hab sie mir – weggeputzt. Wo meine Nase war, ist nur noch ein Loch. Ich hatte eine Zelluloidnase, aber die habe ich in einer Bar verloren. Ich muß mich wirklich schämen!«
Es wirkte wie durch Zauber. Alice sprang sofort zurück und machte aus einer Entfernung von gut zwei Metern dem gefangenen Mr. Wooly oder vielmehr seinem phantastischen Haupte beschwörende Zeichen, indem sie nickte und mit der flachen Hand auf die erhitzte Luft einschlug. »Ich ... ich ...«, rief sie, »ich verstehe vollkommen!« Sie entfloh. Bei ihrem ersten erschrockenen Satz hatte sie leider den Thermostaten zu hoch eingestellt, ohne es aber zu bemerken.
Mr. Wooly wurde es immer heißer. Er war schweißüberströmt. Und jetzt trat etwas ein, das sich, weil man ja schließlich von Natur aus Mitgefühl mit Mr. Wooly hat, nur schwer erzählen läßt. Ist je in einer der vielen Geschichten des Leidensweges, den wir das Leben nennen, einem Unschuldigen – mehr oder weniger Unschuldigen – etwas so Entsetzliches und Qualvolles widerfahren? Da saß Mr. Wooly nun eingesperrt, und nur sein von Hut und Perücke bedecktes, verschleiertes Haupt war seinen Mitmenschen oder besser Mitfrauen sichtbar; gezwungenermaßen harrte er aus. Und doch – und doch – durch die Hitze und die heilsame Wirkung des reichlichen Schwitzens begann Mr. Wooly den langen Abstieg in die Nüchternheit, die totale Nüchternheit. Mit verzagendem Herzen sah er sie auf sich zukommen, ohne sie abwehren zu können.

Wie hält man sich an seinem Rausch fest, wo sind die Handgriffe? Er versuchte es mit der bloßen Kraft des Geistes, aber je mehr er grübelte, desto nüchterner wurde er. Er redete sich ein, gerade diese zunehmende Nüchternheit sei in Wirklichkeit eine Ausgeburt trunkenen Wahns; aber dann regte sich der Beweis in seinem eigenen Innenohr. Fremde Gedanken quollen in seinen Kopf, Eindringlinge, gegen die er ohnmächtig war.
Die Gedanken stammten von einer Blondine, die sich mit dem Rücken zu Mr. Wooly auf eine nahestehende Bank gesetzt hatte. Sie gehörte zu den Leuten, deren Vorstellungen von Schamhaftigkeit nicht sozusagen halbkugelförmig waren, sondern vielmehr äquatorial. Ihre Gedanken waren schnell und von einzigartiger Direktheit, und sie hatten einen erschreckend herzlosen zynischen Unterton.
»Lieber Gott – seht euch doch die da an! Sollte sich lieber verstekken – wenn meine so hingen, würde ich sie mir in schlichte, geschmackvolle Knoten binden lassen.« Offenbar dachte sie das über eine vorbeikommende Andere, die Mr. Wooly wegen eines Wandvorsprungs nicht sehen konnte. »X-Beine hat sie auch noch«, dachte die Blonde weiter, »aber sie hat einen Mann. Trägt einen Ehering. . . . Männer heiraten einfach alles – Krokodil und Känguruh. Gott, ist mir heiß . . . und sauber. Ich möchte . . . Wenn ich Bert anrufen würde . . . aber Henry würde es ja gleich wieder so nennen . . . Vielleicht kommt er heute nach Hause, vielleicht auch morgen – als Dame weiß man keinen Augenblick, was man sich erlauben kann. Natürlich könnte ich zu Bert in die Wohnung gehen . . . aber der Pförtner dort, und die Leute, die vorbeikommen . . . zu riskant . . . Aber ich wünschte, ich könnte. Ich werde Henry Lammkeule machen, mit Kartoffelbrei und irgendeinem rosa Pudding; er mag zwar Lamm überhaupt nicht, aber das ist unvernünftig . . . es gehört sich nicht, kein Lamm zu mögen, für niemanden. Immerhin besser als gar kein Ehemann. So schlecht hab ich's gar nicht getroffen – macht hundertfünfundzwanzig Dollar die Woche – keine Ahnung wie. Was ist nur los mit den Geschäftsleuten? Sie stellen einen Volltrottel wie ihn ein und zah-

len ihm echtes Geld; ich könnte das nie schaffen, also gibt es Lamm, und du wirst es schön essen, Henry . . . Wenn er nur nicht soviel quasseln und wenn er nur in seinem eigenen Bett schlafen würde! . . . Lieber Gott, was der Mann sich unter Liebe vorstellt! Manchmal kann ich mich kaum bremsen, ihm von Bert zu erzählen, und dabei hab ich immer gedacht, wenn's ein Mann ist, ist's ein Mann – als ob sie nicht so verschieden wären wie Tag und Nacht. Sechs von einer Sorte ist wie ein halbes Dutzend von der anderen? Von wegen. Ein *ganzes* Dutzend, und es ist auch die Persönlichkeit. Was Henry wohl denken würde, wenn er wüßte, daß ich's mit Richter Bert Gilead habe, und dafür, daß Henry so blind ist, daß er eine Frau wie mich mutterseelenallein herumhocken läßt, sollte man ihm sechs Monate Knast aufbrummen, und Bert gibt ihm sowieso einen Monat, weil er zu schnell gefahren ist. Was wir in einem Monat nicht alles anstellen können! Nennt mich immer ›Honigschneck‹, und dabei hat er einen Bart wie der ganze Bundesgerichtshof persönlich oder wie ein General oder ich sag lieber nicht, wie was . . . so kraus. Diese Ziege, die wir unterwegs gesehen haben, erinnerte mich an Bert. Seit ich ihn kennengelernt habe, finde ich überhaupt alle Ziegen sympathisch, vermutlich auf Dauer . . . Da ist ja Betty Jackson. Wen sucht sie denn hier, ihren Boss oder wen sonst? Hier wird er ja wohl nicht sein, Betty, altes Haus.«

Jetzt sprach sie laut. Im Nebel erkannte Mr. Wooly seine Ex-Sekretärin. Sie war angezogen und anscheinend dabei, sich noch einmal überall umzuschauen, bevor sie ging. »Nein«, sagte die Blonde, »ich habe deine Tante nicht gesehen, Herzchen, und wenn ich sie sähe, würde ich sie ja auch nicht erkennen.«

»Sie ist ein kleines, rothaariges Frauchen und trägt eine Brille«, erläuterte Betty.

Mr. Wooly hörte den undeutlichen und wirren Zusammenprall ihrer Gedanken vor einem Hintergrund allgemeinen Gemurmels weiter entfernten Denkens. Er war jetzt nüchtern. Sein Kopf stand jedermann offen. Nie im Leben hatte er an Geist und Körper solche Pein gelitten. Der letztere wurde langsam gekocht. Er fühlte, wie ihm das Leben selbst aus den offenen Poren rann. Er wollte fort von hier, aber was konnte er tun?

Betty erschien einen Augenblick vor dem Wandvorsprung bei der Bank, auf der »Honigschneck« sich gelagert hatte, und warf ihm einen Blick zu. Sie riß die Augen auf und preßte, erstmals mit dem gräßlichen Bild von Mr. Woolys verschleiertem Haupte konfrontiert, hastig die schöne Hand an den Mund, jedoch zu spät, um einen durchdringenden Aufschrei noch zu ersticken. Der Schrei erregte nicht nur »Honigschnecks« Aufmerksamkeit, sondern auch die eines halben Dutzend anderer Besucherinnen des Bades. Aus sicherer Entfernung starrten sie auf das abartige Schauspiel, das Mr. Wooly ihnen lieferte. Er hörte ihre gemurmelten Bemerkungen, verschwommene Geräusche, die an- und abschwollen wie die Stimmen eines Mobs bei einer öffentlichen Hinrichtung am Galgen.

Mr. Wooly hörte eine Stimme sagen: »Ich glaube es einfach nicht«, und eine andere: »Hat es grüne Federn und einen Schleier? Dann kannst du es ruhig glauben, denn ich sehe es auch, und es ist wirklich da.«

»Wo ist es nur hergekommen?«

»Wer ist es?«

»Möge sich der Himmel über uns erbarmen.«

»Ich komme wegen meiner Nerven hierher – weil ich so nervös bin. Na, nie wieder komme ich hierher! Verklagen werde ich sie. Ich bin um Monate zurückgeworfen worden. Rufen Sie die Geschäftsführerin! Die Polizei! Rufen Sie irgend jemanden!«

Die Stimmen steigerten sich zu einem einzigen Tumult im Sopran, und alles, was Mr. Wooly tun konnte, war zurückzustarren und mit seiner entsetzlichen Lage zu kämpfen. Er war im Begriff, lebendig gegrillt oder besser gedünstet zu werden, wie ein Topf Spinat oder ein Hummer. Wie ein Hummer fühlte er sich auch, ein Hummer mit goldener Perücke, einem Hut mit geschweiften grünen Federn und einem schwarzen Schleier, der ihn blind machte. Er hatte keine Verbindung mehr zu jenem Mr. Wooly, der den kleinen Ausflug hierher für ungemein wichtig und unwidersteh-

lich witzig gehalten hatte. Er dachte an seinen Freund Dr. Mannix, diesen verkommenen alten Säufer, und zum erstenmal seit jenem längstvergangenen Sonnabend im Herbst 1915, damals in der Vorschule, als er »verdammt noch mal« gesagt hatte, fluchte Mr. Wooly und verwünschte den Weiberschwarm am Ende des schmalen Raums, der herumgackerte wie ein Hühnerhof.
Er verfluchte sie als . . . (gräßliche Schimpfworte), wobei die erforderlichen Ausdrücke unverzüglich in ihm aufstiegen und zu Diensten standen, was bewies, daß er sie irgendwann und irgendwie tatsächlich gehört und in die unzerstörbaren Tafeln seines Unterbewußtseins geätzt haben mußte. Mutig rief er sie mit lauter Stimme, aber niemand hört sie, weil diese . . . (gräßliche Schimpfworte) selbst viel zu laut gackerten, quiekten und heulten, um ihm zu lauschen. Außer sich vor Zorn vergaß Mr. Wooly die Anwesenheit seines entzückenden und feinfühligen Lieblings Betty Jackson und schaffte es, den Schleier von seinem Kinn zu streifen, indem er einfach besagtes Kinn auf dem Deckel des Behälters hin- und herschabte; und als dadurch sein Mund endlich frei und nackt war, streckte er die Zunge so weit heraus, wie er nur irgend konnte. Er bleckte sie nach den Frauen. Unter anderen Umständen wäre das eher lächerlich gewesen; wären die Anwesenden jünger als zehn Jahre gewesen, hätte es erträglich, ja sogar natürlich gewirkt; so aber war es ein Anblick von derart sinnloser, psychopathischer, exzentrischer – nein, übernatürlicher – Entsetzlichkeit, daß die Frauen zurückprallten wie vor einem Bombeneinschlag, »oh!« und »ah!« schrien und ganz und gar ihre albernen Handtücher vergaßen. Schamlos und nackt standen sie da, fett oder dürr, hoben ihre nutzlosen Pfoten, starben fast vor Schreck, die empfindsamen Unschuldsengel, wichen jedoch nicht von der Stelle – keine einzige, um keinen Preis! Mr. Wooly zog die Zunge wieder ein. »Bää-ää-äh«, sagte er und faßte so alles, was er über ihre Figuren, ihr Geschlecht als solches und ihr törichtes Benehmen dachte, in einem Wort zusammen.
Schweigen senkte sich herab.
Eine dicke Schwarzhaarige erklärte in aufreizend engelhaftem

Ton: »Sie sollten sich schämen, Madame, so hierherzukommen – empörend aufgemacht, schamlos betrunken! – und junge Mädchen zu erschrecken!«

»Junge Mädchen!« kreischte Mr. Wooly außer sich. »Ha! Ha! Sie – Sie –«, er suchte nach einem Wort für etwas, das er zutiefst verachtete, und fand es –, »Sie fette alte Puddingschüssel! Und hören Sie bloß auf, mir Ihre Zähne zu zeigen!« Er hatte bemerkt, daß sie sehr weiße, große Zähne besaß, Zähne, auf die sie stolz war, so daß sich das Schlimmste seiner unterdrückten Natur erneut nach oben kämpfte und in den höhnischen Worten Ausdruck fand: »Gelbe Zähne! Maiskolbenzähne!«

Man kann einer Frau sagen, daß ihre Tugendhaftigkeit nur Einbildung, ihr Gehirn wie Suppe ist, ihre Hüften knapp über dem Boden hängen; daß sie schielt oder glasig blickt, daß man das Grau in ihrem Haar sieht oder sie Gefahr läuft, eine Glatze zu bekommen – und vielleicht erhält man als Quittung lediglich ein überlegenes, duldsames Lächeln. Aber sagen Sie ihr, daß sie gelbe Zähne hat, und Sie beschwören Ihren eigenen Untergang herauf – Frauen vertragen das nicht. Mr. Woolys Instinkt hatte davon nur eine trübe Ahnung gehabt, so daß er über den Erfolg seines grausamen Scherzes höchst erstaunt war. Erstaunt waren auch alle anderen, einschließlich der Badefrau Alice, die jetzt in schlankem Trabe auf die Bühne des Geschehens eilte. Aber sie traf erst ein, als die dicke Schwarzhaarige schon dabei war, sich auf Mr. Woolys Haupt zu stürzen. Natürlich gab es keinen wirklichen Kampf, keine größere Schlacht als zwischen einem nervösen Kohlkopf, der sich anstrengt, seine Wurzeln im Erdboden festzukrallen, und einer ausgehungerten Kuh. Mit verblüffender Geschwindigkeit entblätterte sie Mr. Woolys Kopf, es war leichter, als einem Kohlkopf die äußeren Blätter abzureißen. Ein Reißen am Hut – und sofort lösten sich Hut, gelbe Perücke, schwarzer Schleier, der ganze Putz, und es erschien Mr. Wooly oder vielmehr sein tragisches, wildblickendes Haupt, mit Rouge und Maskara verschmiert, wehrlos, töricht.

»Ein Mann!« heulte irgendeine Eselin.

»Mr. Wooly!« kreischte Betty.
Der Behälter wurde geöffnet und Mr. Wooly herausgezerrt. Man ohrfeigte, stieß und drängte ihn kopfüber in seinen Schlafraum, so wie er war, in seinen kläglichen Unterhosen und den fischbauchweißen Beinen mit ihrem schwarzen Drahthaar-Dekor. Was für ein Anblick! Als wären sie die Schergen der russischen Geheimpolizei und er der letzte der Romanows, den man gerade dabei erwischt hatte, wie er einem Kommissar Arsen in den Kaviar rührte, so warfen sie ihn in sein Verlies, daß er auf den Steinfußboden knallte. Krachend schloß sich hinter ihm die Tür.

XIX

Verhandlung vor Richter Gilead

Natürlich wußte Richter Gilead, bevor er seine Wohnung verließ, daß sein erster Fall an diesem Dienstagmorgen die Sache T. Wallace Wooly sein würde. Er wußte es, aber – und darin ging es ihm wie dem überwiegenden Teil der Warburtoner Bevölkerung – er konnte nur schwer glauben, daß es tatsächlich Mr. T. Wallace Wooly war, den man als Frau verkleidet im türkischen Bad des Dearborn-Hotels verhaftet hatte. Und das sagte der Richter, während er sich vor dem Dielenspiegel noch einmal den eisengrauen Gabelbart kämmte, auch zu seiner Frau. »Bertha«, bemerkte er, »Polizeichef Williams sagt, die Leute behaupten, er wäre es gewesen, aber ich glaube es einfach nicht. Erstens einmal hat unser idealer Mitbürger, unsere Aufforderung Nummer eins zur Hebung des Gemeinwohls, nie im Leben auch nur einen ungehörigen Gedanken gehegt, und wenn er es zweitens doch getan hätte, hätte ihm garantiert der Mumm gefehlt, ihn auch in die Tat umzusetzen.«
Seine Frau antwortete aus dem Wohnzimmer: »Nach deinem Tonfall könnte man vermuten, es wäre eine Schande, *keine* ungehörigen Gedanken zu haben. Mumm, wie? Nun, Bertie, man braucht keinen Mumm, um ein schlechter Mensch zu sein; der Weg des Lasters ist breit und eben – man läßt einfach los und gleitet auf ihm dahin.«
Richter Gilead ließ in Gedanken seine eigene letzte Schandtat kurz Revue passieren – das gute Buch, die Blumen, die langen, anödenden Gespräche über gehobene Themen, die Fünfzig-Meilen-Fahrten zu Kinos mit zwei Filmen pro Abend, die ihn derartig langweilten, daß ihm alle Haare auf Haupt und Kinn nach innen zu wachsen schienen, das vorsichtige Händchenhalten, der Kuß, der einen Aufwand erforderte wie sonst ganz andere Dinge, das Abendessen

mit Wein in Manhattan, das Armband. Und so zu Bett (wie Samuel Pepys es formuliert hätte). Richter Gilead kam das Ganze eher wie eine Bergtour in den Alpen vor und ganz und gar nicht wie das Herunterrutschen auf einer Rutschbahn. Es lag ihm auf der Zunge, seiner Frau zu antworten, sie hätte ja keine Ahnung, wovon sie redete, daß nämlich erfolgreiches Sündigen auch Charakter, Beharrungsvermögen, Feldherrnkunst verlangte; aber dann mischte sich ein neuer Gedanke in den ersten, und der Richter erwiderte seiner unsichtbaren Gattin: »Wie wahr, Liebes! Und wie gut du es doch formulierst!«

»Und was Mr. Wooly betrifft«, fuhr sie fort, »woher wissen wir, daß er nicht schon seit Jahren ein Doppelleben geführt hat? Statt Trauer um seine Frau zu tragen, was macht er? Amüsiert sich in öffentlichen Bars, das macht er. Und sieh dir doch seine Sekretärin an, diese Betty Sowieso.«

»Was ist mit ihr?«

»Sie ist viel zu hübsch, um nur als Sekretärin bei ihm zu sein. Außerdem kommt er in das Alter.«

»Was für ein Alter?«

»Das Schiel-, Zwick- und Glotzalter«, erklärte seine Frau. »Die Fünfziger sind allerdings noch schlimmer.«

»Guter Gott!« Der Richter war aufrichtig entsetzt. »Woher hast du denn diese Ideen?«

»Du bist so ein Schäfchen, Bertie«, meinte sie sanft. »Du bist so naiv.« Sie kam an die Tür, eine mittelgroße Frau in mittleren Jahren, im grauen Tweedkostüm, das braune Haar geflochten und um den Kopf gewunden, auf dem dünnen Gesicht eine eisige Miene hämischer Intelligenz. Sie leitete die Aufführungen des Warburtoner »Kleine Bewegung«-Theaters und war Sekretärin der *Dramatischen Empörer e.V.* oder, wie der Richter sie insgeheim nannte, der Empörenden Dramatiker. Im Augenblick spielte sie (ohne es zu wissen) eine Rolle, die normalerweise in unserer amerikanischen Zivilisation totgeschwiegen wird – nämlich die Rolle des weiblichen Starrkopfs, eines sturen Esels im Unterrock, von denen es, Gott weiß es, genügend gibt. Das ungeschriebene Gesetz, dem Stoff, aus dem unsere Sitten sind, so geschickt eingewoben, daß wir seine Existenz kaum bemerken, lautet nicht, daß eine schöne Frau gut oder rein oder sonst etwas in dieser Art sein muß. Nein, man kann ihren Charakter, sogar ihr Aussehen (abgesehen von den Zähnen) ruhig beleidigen, und der unsichtbare Zensor, der das letzte und absolute Vetorecht bei allen Veröffentlichungen, allen Theatern, Funk- und Filmstudios hat, wird es durchgehen lassen; nie aber darf man ihren »weiblichen Instinkt« antasten, will sagen ihr angeborenes, natürliches, unveräußerliches Recht auf intellektuelle Überlegenheit. Die amerikanische Frau in der amerikanischen Literatur weiß *immer* mehr, ist *immer* schlauer, gebildeter und feinfühliger als ihr Ehemann, wer er auch sei, was er auch tue . . .

Warum Richter Gilead seine Frau Bertha geheiratet hatte, weiß ich nicht. Ich habe nicht die leiseste Ahnung. Erstens einmal hatte sie keinen Busen, und wenn ich zwischen der Hochzeit mit – zum Beispiel – einer Pekingente und einer Frau ohne Busen wählen müßte, würde ich mich voll in die Daunen stürzen, sozusagen. Vielleicht wußte Richter Gilead selber nicht, warum er seine Gattin geehelicht hatte, dieses platte und knochige Wesen mit den leicht entzündeten Nüstern und dem nervösen Hirn. Doch wer, ob nur beobachtend, ob unmittelbar beteiligt, weiß schon je etwas über die Beweggründe einer Ehe? Nach allem, was bekannt ist, werden Ehen vielleicht wirklich im Himmel geschlossen – von einer Gottheit, die einen ganz eigenen Sinn für Humor besitzt und niemals eine Miene verzieht . . .

Mrs. Gilead lebte in dem frommen Kinderglauben, daß die Temperaturkurve ihres Mannes sich etwa in Höhe der Kurve eines normalen, mittelgroßen Fisches bewegte, denn so verhielt er sich zu ihr. Das ist in der Tat ein hervorragendes Beispiel für das Funktionieren des weiblichen Instinkts. »Weil es ihn nicht nach mir gelüstet, ist er weiblichen Reizen gegenüber unempfindlich, dieser Wurm«, wie der finnische Heimatdichter sagt.

Richter Gilead, und das ist eine historische Tatsache, nutzte seine Stellung, seinen wirklich scharfen Verstand, überhaupt alles, was er vorzuweisen hatte, zur ständigen Jagd auf junge, vollbusige Gespielinnen. Er gelangte ans Ziel – Bart und alles –, wo besser aussehende, witzigere und charmantere, jedoch weniger ernsthaftbeharrliche und verantwortungsbewußte Jäger versagten. Das lag nicht allein daran, daß er sich langsam und auf höherer Ebene heranpirschte – daß er zum Beispiel die Seidigkeit von Seide testen und daraus eine tiefsinnige Bemerkung über die Unendlichkeit entwickeln konnte anstatt bloßen animalischen Tastens nach einem animalischen Objekt –, nein, die Ursache für seinen Erfolg war, daß er die gesamte Verantwortung übernahm. Das Absurde, die Demütigung, die moralische Schuld – das alles wurde von unserem Richter Gilead bei seinen vielen kleinen Sünden nicht nur mit den Sünderinnen geteilt, nein, es gehörte nur ihm allein. Und zwar *alles*. Sein neuestes, jüngstes Schätzchen, verlassen auf erinnerungsschwerem und einsamem Lager, blieb nicht nur zufrieden zurück, die Adern voll sanfter Musik, sondern auch als – unschuldiges Opfer. Was in diesem Jammertal von Ursache und Wirkung und unerbittlicher Zeit könnte süßer sein? Was antwortet das Echo?

Und so trat Mrs. Gilead, seit zwölf Jahren sein Eheweib, in die Diele und schenkte dem unschuldigen, bärtigen Kind ihr hochnäsiges, zynisches Lächeln. Es gab Zeiten, in denen sie sich bei dem Wunsch ertappte, er möchte doch ein bißchen feuriger sein und weniger von einem fischblütigen Kind an sich haben, aber schließlich – wer führte schon eine vollkommene Ehe? Sie hatte es, wie sie sich im stillen eingestand, gar nicht so schlecht getroffen – genau wie Honigschneck.

»So ein gelehrter Mann bist du«, meinte sie jetzt zu ihrem Gatten, »und weißt dabei doch so wenig von der Welt – bezaubernd.«

Er strich ihr leicht mit dem Gabelbart über die Stirn und merkte dabei erst jetzt, daß sie ihren Hut – oder besser, eine Kappe – aufhatte, ein blaues Barett. Sehr ästhetisch und intellektuell. »Wohin gehst du denn?« fragte er.

»Zum Gericht.«

Er machte ein erstauntes Gesicht.

»Ja, glaubst du vielleicht, ich würde mir Mr. Woolys Vernehmung entgehen lassen? Wie wenig du doch von Frauen verstehst!«
Wie schon erwähnt, war Bertha Gilead keine Heldin für eine Frauenzeitschrift oder Rundfunkserie. Sie war ein Dickkopf. Sie wußte alles. Sie wußte, daß sie alles wußte. Daher ihr Gesicht, ihr Gang, ihr Tonfall und ihre Wortwahl.
»Na gut«, sagte Richter Gilead, der nicht ahnte, was die heutige Verhandlung alles für ihn bereithielt.

Der Gerichtssaal lag im Erdgeschoß, auf der Rückseite des Rathauses, eines neuen, im Kolonialstil gehaltenen Backsteingebäudes inmitten des Gemeindezentrums. Er war neu und alt zugleich wie alle Gerichtssäle, die immer etwas Altes an sich haben. Am ersten Tag humpelt eine grinsende, verkrüppelte Zwergin durch sie hindurch, und siehe da – ruckzuck sind sie alt. Diese Zwergin ist die menschliche Gerechtigkeit. Sie trägt einen Spiegel in der Hand, um von Zeit zu Zeit ihr eigenes, abstoßendes Gesicht zu betrachten, freilich nie verständnisvoll, sondern immer mit albernem, selbstzufriedenem Grinsen. Gerechtigkeit! Und doch heißt es: *Richtet nicht.* Das ist ein klar formuliertes und unzweideutiges Verbot. Richtet *nicht.* Und doch sitzt ein Mensch dort und richtet – und worüber? Über Dinge, die man nicht miteinander vergleichen kann. Man kann nicht Strauße mit Elritzen vergleichen, um dann jeweils dem einen vorzuwerfen, daß ihm das fehlt, was der andere besitzt. »Warum singst du nicht, Krokodil? Sieh dort den Kanarienvogel, der doch einen viel kleineren Mund hat, und höre, wie lieblich er singt! Und jetzt du! Zehn Jahre Gefängnis, Krokodil!«
Der Raum roch nach Verwaltung, ein sozusagen staatlicher Geruch, der überall auf unserem Planeten gleich ist, ein Gemisch aus Zement, Chlorkalk, menschlichem Schweiß, staubigen Büchern und unpersönlicher Trägheit – der Geruch von Leben, das für eine Weile unterbrochen ist. Man kann zwanzigtausend gelehrte Bücher schreiben, die nachweisen, daß ein Leben in stetem Einklang mit dem Staat sowie der Verzicht auf jede Form eigener Entscheidung, ja sogar, im Namen ihrer Aufrechterhaltung, auf die liebe

Freiheit selber, zugunsten des Staates, die beste, um nicht zu sagen, die einzig wahre Art zu leben ist; und doch kann ein normaler Satz Nasenlöcher, den man vor die Aufgabe stellt, den Verwaltungsgeruch zu beurteilen, nur zu dem Ergebnis kommen, »faulig« oder »böse«.

Für Richter Gilead war seine Arbeit eben seine Arbeit. Hätte er an Gerechtigkeit geglaubt, hätte er seinen Richterstuhl längst aufgegeben. Nicht, daß er ein schlechter Mensch gewesen wäre. Er hegte keinen Haß gegen seine Mitmenschen. Im Gegenteil. Deshalb setzte er die eigene Sicherheit mit dem instinktiven, zynischen Wunsch gleich, jeden Beschuldigten, den man vor ihn brachte, freizusprechen, außer solchen, die man bei Grausamkeiten an Kindern und Tieren erwischt hatte – Verbrechen, die ihn außer sich geraten ließen. In den anderen Missetätern sah er nur sich selbst, wenn er nämlich Pech gehabt hätte.

Sein Tisch stand auf einem Podest an der Rückseite des Gerichtssaals. Er betrat den Raum durch eine eigene Tür und stellte fest, daß seine Frau bereits vorn, mitten in der ersten Reihe, Platz genommen hatte. Auch das Publikum hatte sich schon versammelt.

Ein Polizist rief irgend etwas, und alles erhob sich, um sich dann zugleich mit Richter Gilead wieder hinzusetzen. Der Richter las ein vor ihm liegendes Stück Papier, sah dann hinüber zu Polizeichef Williams und fragte: »Nun?«

»Charley White«, meldete Williams. Charley White, ein trauriger, einsamer Säufer, stand auf und schaute den Richter an, der irgend etwas Unbestimmtes über Herumtreiben, Widerstand gegen einen Beamten und so weiter murmelte und dann nur »Schuldig?« fragte.

»Schuldig«, erwiderte Charley White. »Dreißig Tage«, verkündete Richter Gilead. »Zur Bewährung ausgesetzt. Gehen Sie nach Hause, Charley. Ihr getreues Weib erwartet Sie.«

»Das fürchte ich auch, Richter«, sagte Charley White, für den der Gerichtssaal nicht neu war. »Danke, Richter.«

»Gehen Sie schon«, befahl ihm Richter Gilead. »Der nächste?«

Ein paar Verkehrssachen. Ein paar magere Jüngelchen, noch leicht benommen von einer Nacht in der Arrestzelle, die im Keller des

Gebäudes lag, trugen vor, daß sie sich den Wagen des Nachbarn lediglich geborgt und nichts Schlechtes damit vorgehabt hätten sowie, daß sie ihn gerade eben zurückbringen wollten, als man sie verhaftete.
Sie wurden eindringlich ermahnt und freigelassen. Richter Gilead war, wie der Schreiber, die Polizei und die Zuschauer feststellten, heute morgen nicht in seiner sonstigen, humorvollen Bestform. Vielleicht weil sich Mrs. Gilead so unmittelbar vor ihn hingedonnert hatte, vielleicht aber auch, weil im Vergleich zu der Sache Wooly alles andere kleine Fische waren.
Auch Mr. Wooly saß vorn in der ersten Reihe, neben ihm ein Polizist. Von Zeit zu Zeit warf Richter Gilead ihm einen Blick zu, Den Blick eines Mannes, der seinen Augen nicht zu trauen wagt. Die beiden kannten einander seit Jahren. Sie gehörten denselben Vereinen an, darunter auch der Feuerwehr. Nichts, was der Richter je über Mr. Wooly gewußt hatte, hatte ihn auf den Skandal im türkischen Bad vorbereitet. Natürlich war da diese Rettung der zweiten Mrs. Wooly (bevor sie die zweite Mrs. Wooly geworden war) aus dem Hotel Monroe, und es gab auch die inzwischen allgemein bekannte Geschichte, wie Mr. Wooly sich in der *Marlborough-Bar* hatte vollaufen lassen; aber wie viele andere hatte der Richter lediglich angenommen, Mr. Woolys lebenslange Nüchternheit hätte unter dem Druck des plötzlichen Schmerzes nachgegeben, und er hatte Mr. Wooly sogar gegen den Hohn seiner Frau und anderer unduldsamer Kritiker in Schutz genommen.
»Henry Tiddle«, sagte Richter Gilead, um weiterzukommen. (Mr. Woolys Fall war der nächste.)
Henry Tiddle erhob sich. Sorgfältig streckte er seine verschiedenen Gelenke, als fürchtete er, eine etwas abruptere Veränderung ihrer Haltung würde zu ernsthaften Verrenkungen führen. Gleichzeitig legte er los. »Richter«, begann er, »ich bin keine vierzig Meilen pro Stunde gefahren, und auf einmal kommt diese Rotznase Ferdy Lyons . . .«
»Sie meinen Wachtmeister Lyons?« erkundigte sich Richter Gilead.

»Sie wissen ganz genau, wen ich meine, Richter, schließlich haben wir als Jungs alle miteinander gespielt«, erwiderte Henry Tiddle. »Ferdy Lyons. Na gut, er kommt also her und sagt, ich fahre zu schnell ...«

»Was ist denn mit Ihrem Auto los?« fragte Richter Gilead milde.

»Nichts«, entgegnete Henry Tiddle. »Es ist praktisch brandneu.«

»Und Sie fuhren siebzig.«

»Na gut – vielleicht fünfundfünfzig.«

»Wohin wollten Sie, als Wachtmeister Lyons Sie anhielt?«

»Senkrecht nach Hause«, antwortete Henry tugendhaft. »Wie ein Pfeil.«

Richter Gilead sah zu Wachtmeister Lyons hinüber. »Und Ihre Version?« fragte er vertrauensvoll.

»Mit über fünfundsiebzig Meilen pro Stunde ist er rumgesaust, Euer Ehren, und voll wie tausend Mann. Ich frag ihn, was zum Teufel los ist, verstehn Sie, und er antwortet mir, frech wie Oskar, genau das will er jetzt mal feststellen. Und als ich ihn auffordere, mir das näher zu erklären, da will er nicht. Also frag ich ihn, ob irgendwo ein Feuer ist. Und da sagt er, genau da will er hin, zu einem Feuer. Und sie wär einen Meter achtzig groß, sagt er mir.«

Richter Gilead sah betroffen aus. Sein Blick streifte die erste Reihe, huschte über das angespannte Intellektuellengesicht seiner Frau und blieb einen Augenblick an Mr. Woolys großen braunen Augen haften. Mr. Wooly wirkte benommen und war es auch. Seine eigenen Gedanken hätten heute morgen mehr als ausgereicht, ihm den Kopf zu füllen, aber er hatte auch die Gedanken aller anderen Leute in Denkweite darin, und alles ging kreuz und quer. Sein Geist war taub, so wie man in einer Kesselschmiede, die auf vollen Touren läuft, taube Ohren bekommt. Sein Kopf fühlte sich an wie eine Telefonzentrale, bei der alle Anrufer gleichzeitig im selben Kopfhörer landen. Dennoch nahm sein Gehirn einen einzelnen Gedanken auf und verstand ihn, einen Gedanken, der anscheinend dem Kopf des Richters entstammte und folgendermaßen lautete:

»Honigschneck ist doch keinen Meter achtzig, nicht über einsfünfundsiebzig ... möchte wissen, wo sie jetzt wohl steckt ... Wahrscheinlich im Bett, denkt über alles nach ... Wenn man sich vorstellt, daß dieses komische Exemplar, diese schlaffe Vogelscheuche, ihr Mann ist und sie mit mir teilt ...« Der Gedanke verschwand aus Mr. Woolys Kopf, in dem eine Zeitlang wieder nur Verwirrung herrschte. Dann schaute Mr. Wooly die Reihe entlang und begegnete Mrs. Gileads Blick und einem neuen Gedankensplitter – ihrem: »Typisch für Berts Harmlosigkeit ... läßt er den Mann mit einer bloßen Verwarnung davonkommen ... Ach, Bert, sei ein Mann, sei streng, sei gerecht ...«

Mr. Woolys Sorgen waren so vielfältig und verwickelt, daß sich in seinem Hirn ausnahmsweise eine niedrige, verschlagene Denkweise zu regen begann. Er erinnerte sich an Honigschneck, jene hochgewachsene Blondine, erinnerte sich an ihre lasterhaften und schurkischen Überlegungen, die er ja schließlich in seinem eigenen Kopf aufgefangen hatte, während er in jenem Elektrokabinett langsam gesotten wurde. Er merkte, daß Richter Gilead, sein ehrenwerter Mitbürger, im Begriff stand, den Ehemann, den er hereingelegt und entehrt hatte, auch noch zu einem Monat Gefängnis zu verurteilen, damit er, der Richter, seine Liaison mit der Ehefrau des Mannes um so bequemer fortsetzen konnte. Mr. Wooly fiel ein, daß Richter Gilead gewiß nicht wünschen würde, daß die Allgemeinheit etwas von dieser gemeinen Verschwörung erführe, ganz zu schweigen von seiner Gattin und Honigschnecks Henry. Aber was konnte das Mr. Wooly nützen, solange Richter Gilead nicht ahnte, daß Mr. Wooly alles wußte?

»Tiddle«, erklärte Richter Gilead, leicht nach vorn gebeugt, in feierlichem Tonfall, »Warburton hat in letzter Zeit allzuviel unter rücksichtslosen Fahrern zu leiden gehabt. Sie sagen, daß Sie eilig nach Hause fuhren – abends um neun Uhr. Hätten Sie mir erzählt, Tiddle, daß Sie eilig von zu Hause *fortwollten*, um sich zum Beispiel in irgendeinem Nachtlokal zu amüsieren, wäre ich vielleicht geneigt gewesen, Ihre Geschichte in diesem und anderen Punkten zu glauben; aber so, wie Sie sie erzählen, fehlt es an allen glaubhaften Beweggründen. Erstens waren Sie, vorsichtig ausgedrückt, leicht angeheitert. Zweitens war es am frühen Abend. Drittens eilten Sie nach Hause. Warum? Um Ihrer Gattin Ihren beklagenswerten Zustand als etwas vorzuführen, auf das man stolz sein kann wie auf eine Gehaltserhöhung oder einen Lorbeerkranz, mit dem einem der Verkaufsleiter gerade das preiswürdige Haupt geschmückt hat? Kommen Sie schon, Tiddle – warum hatten Sie es so eilig, heimzukommen?«

Tiddle stand stumm und verunsichert da und kochte. Mr. Wooly hörte, wie er fleißig vor sich hindachte. »Warum ich nach Hause gezischt bin wie ein Pfeil? Weil ich zwei Tage zu früh dran war und endlich mal wissen wollte, was sie abends macht, wenn ich mich auf der Piste zu Tode rackere . . . Ich hab mich beeilt, um herauszufinden, wer zum Teufel dieser Bertie ist, von dem sie im Schlaf redet – aber wie kann ich so etwas über meine eigene Frau sagen, hier, laut vor Gericht?«

Mittlerweile strich sich Richter Gilead nachdenklich den Gabelbart und schüttelte gedankenvoll das Haupt. Seine Augen wanderten vom Anblick seines Opfers hinüber zu Mr. Wooly, der dem richterlichen Gedankengang ein paar Minuten deutlich folgen konnte: »Tiddle, mein Freund, es ist eine Schande, aber irgendwie gibt es auf dieser Welt nur eine Art, mit Tiddles umzugehen, und das ist meine . . . Weil ich hier selbst der Übeltäter bin, habe ich nicht das geringste Mitgefühl mit dir, Tiddle, kein bißchen. Was du aber auch für ein Gesicht hast, also wirklich, ein Gesicht – wie der Südpol eines gerupften Huhns, Tiddle, nur daß das nicht solche Raffzähne hat . . . Aus meinen Augen, du Geweihträger . . .« Und während er so verbrecherische und schurkische Gedanken hegte, sah Richter Gilead wie ein Musterbild aller Tugenden aus.

Dann tat er den Mund auf und sprach. »Dreißig Tage«, verkündete das sonnige Monster.

Tiddle taumelte unter dem Schlag. »Das können Sie mir doch nicht antun, Richter!« rief er.

»Und ob ich das kann, Mr. Tiddle«, erwiderte Richter Gilead, »und was mehr ist«, lächelnd, »ich werde sogar dafür bezahlt.« Ein Mur-

meln wölfischen Lachens kam von den charakterlosen Zuschauern, die begeistert daran teilnahmen, wie ein bescheidener, unter dem Pantoffel stehender Trottel bekam, was ihm gebührte.
»Aber meine Frau!« schrie Mr. Tiddle. »Was wird sie tun?«
Eine neue Welle unfreundlichen, zähnefletschenden Gelächters von Tiddles Mitbürgern.
»Ordnung! Ordnung!« rief Richter Gilead. »Nächster Fall. Aha, Mr. Wooly«, fuhr er fort und tat so, als lese er den Namen von der gedruckten Prozeßliste ab, die vor ihm auf dem Schreibtisch lag. Mr. Tiddle, der mit deutlichem Widerstreben durch eine Seitentür und in die lange Kerkerhaft abgeführt wurde, hatte er scheinbar vergessen.
»Nun, nun, Mr. Wooly«, seufzte der Richter. Seine Anhänger leckten sich die Lippen. Der Richter zeigte mit dem Bart auf die hohe Gelehrtengestalt von Polizeichef Williams. »Festnehmender Beamter? Keine Angaben hier drin, Chef.«
»Die gesamte Ortspolizei, Euer Ehren«, antwortete Polizeichef Williams trocken. »Alle sechs.«
»Hm. Zwölf Anklagepunkte«, murmelte der Richter und überflog sie. »Als Frau verkleidet in der Öffentlichkeit aufgetreten ...« Er schüttelte den Kopf. »Das ist eine ernste Sache.«
»Ganz im Gegenteil«, mischte Mr. Wooly sich ein, »urkomisch.« Sein Ton war scharf und ließ vermuten, daß sein erschreckendes Abenteuer Mr. Wooly, so kummervoll er auch aussehen mochte, nicht die Gnade wahrer Reue eingebracht hatte. Richter Gilead, erstaunt und verletzt, sah auf Mr. Wooly hinunter. »Stehen Sie auf«, sagte er, »und reden Sie das Gericht nicht an, wenn man Sie nicht dazu auffordert.«
Mr. Wooly stand auf. Er hatte begriffen, daß er ja über das Losungswort, den Schlüssel, das Sesam-öffne-dich verfügte. Alles, was er tun mußte, war – wie in den alten Zaubermärchen –, das Wort der Macht auszusprechen, und die verschlossenen Türen würden weit aufschwingen und die Großen und Mächtigen sich tief vor ihm neigen. Das Wort hieß natürlich *Honigschneck*. War je einem reifen, bärtigen Mann ein albernerer Ausdruck als Kose-

name für seine Herzensdame eingefallen? O doch, vielen und nur allzu oft, sagte sich Mr. Wooly. Er war in schadenfroher Stimmung. Seine Meinung von der Menschheit und ihrer Welt war nicht hoch. Auf beides sah er hohnvoll und ohne Lächeln hinab. Außerdem hatte er schon wieder einen Kater. Es war kein angenehmer Kater, aber dafür ein anderer als der erste, der von gestern. Der gestrige war eine Art Wolf gewesen, der heutige kam ihm schon viel vertrauter vor – wie ein unbeliebter Verwandter, der zu Besuch kommt, und nicht wie ein fremder und feindlicher Eindringling. Es war schwer, die eigenen Gedanken aus dem geistigen Tumult herauszuhalten, der von Richter, Polizisten und Zuschauern in seinen Kopf hineinströmte. Er fühlte es mit Erbitterung; alles erbitterte ihn. Richter Gilead starrte ihn einen langen Augenblick mit verdrießlicher Würde an und wandte sich dann wieder Mr. Woolys Sündenregister zu. »Betrunken und aufsässig, Widerstand gegen die Staatsgewalt«, murmelte er, »unzüchtig und unanständig . . . tätliche Beleidigung . . . « und so fort. Gegen Ende heftete er von neuem den Blick auf Mr. Wooly.

»Jack the Ripper«, kommentierte Mr. Wooly mit beißender Verachtung. »Spanner. Blaubart.«

Richter Gilead schien zu überlegen. »Ihre Widersetzlichkeit, Mr. Wooly, wird Ihre Sache nicht fördern, fürchte ich. Haben Sie einen Anwalt?«

»Ich brauche keinen Anwalt.«

Richter Gilead sah mit offenkundigem Abscheu von ihm weg. »Wie erklärt sich der Gefangene?« fragte er Williams.

Der Polizeichef zuckte die Achseln und schaute Mr. Wooly an.

»Schuldig?« fragte Richter Gilead.

»Nicht schuldig«, sagte Mr. Wooly, »bei allen Haaren auf Ihrem Kinn und Kinneskinn.«

»Die dürften wohl nicht zur Sache gehören.«

»Das finde ich auch! Wenn ich Sie wäre, würde ich das ganze Gewölle abrasieren lassen. Seit Jahren frage ich mich, was Sie darunter verstecken.«

Richter Gilead hob Augenbrauen und Stimme: »Mr. Wooly!«

»Und verraten Sie mir um Himmels willen, wann und wie ein Mann zu dem Entschluß kommt, sich einen Mittelscheitel in den Bart zu ziehen!«
»Er ist so gewachsen«, erwiderte Richter Gilead, und ein Ausdruck von Angst stahl sich in seine Augen.
»Das bezweifle ich«, gab Mr. Wooly mit absichtlicher Bosheit zurück. »Ich glaube, Sie haben es mit Absicht getan.«
»Ich kann es beweisen. Meine Frau, die unmittelbar vor mir sitzt, wird bezeugen, daß er so gewachsen ist. Ich habe ihn lediglich beim Bürsten ganz leicht nach hier und dort gestrichen, um die natürliche Neigung zu festigen.«
»Ihre Frau ...«, spottete Mr. Wooly.
»Was ist mit meiner Frau?«
»Woher soll ich das wissen? Ich vermute, daß Sie behaupten werden, daß mit ihr als Ehefrau alles mögliche los ist, aber ich möchte nichts darüber hören. Verstanden? Kein Wort.«
Der Richter versuchte etwas zu sagen, aber Mr. Wooly ließ ihn nicht zu Wort kommen. »Sie wollen ein Richter sein? Heiliger Bimbam, weiß der Mann nicht einmal, daß man eine Ehefrau nicht als Zeugin gegen ihren Mann aufrufen kann!«
Richter Gilead hatte es die Rede verschlagen. Flehend blickte er zu Polizeichef Williams hinüber. Er winkte ihm, und der hochgewachsene Mann trat nach oben an den erhöhten Richtertisch, wo die beiden eine Minute lang Kopf an Kopf miteinander flüsterten.
»Wenn Sie alle beide damit fertig sind, in Richter Gileads Bart zu brummeln«, bemerkte Mr. Wooly, »können wir vielleicht in der Verhandlung fortfahren.«
»Sie vergessen da etwas, Mr. Wooly«, sagte Richter Gilead, als Polizeichef Williams an seinen bisherigen Standort neben dem Fenster zurückgekehrt war, »nämlich ...«
»Ja?«
»Daß hier nicht über mich verhandelt wird, sondern über *Sie*! Merken Sie den Unterschied?«
Das brachte Mr. Wooly zum Schweigen. Richter Gilead lächelte und meinte: »Ich habe das Gefühl, Sie erkennen den Ernst Ihrer

Lage nicht richtig, Mr. Wooly. Ihr Fall scheint mir etwas für das Obergericht zu sein.«
Er sah Mr. Wooly an. Mr. Wooly sah ihn an. Mr. Wooly war durch sein unnatürliches Talent im Vorteil. Er konnte hören, was der Richter dachte. Richter Gileads Gedankengang schlingerte nach allen Seiten; er witterte einen Triumph und machte ein paar verächtliche Bemerkungen über den ewig fehlgehenden Instinkt seiner vor ihm sitzenden Gattin, die keine Ahnung von Honigschneck hatte; lief keuchend zu Honigschneck und malte sich aus, wie sie wieder so dalag . . . ach, das war eine Frau, die ihre Kräfte, ihre Begabungen, nicht in bloßem, ziellosem Herumlungern vergeuden durfte . . . So sollte sie bleiben, dort auf dem Rücken. Ach ja . . . Und der Gedanke des Richters beschäftigte sich mit Wooly und fand ihn verrückt wie einen Märzhasen. Besser an das Obergericht verweisen. Der Kleine schien explodiert zu sein. Nach soviel musterhaften Jahren einfach durchgedreht . . .
»Mr. Wooly«, sagte Richter Gilead leise.
»Ja, Honigschneck?« antwortete Mr. Wooly genauso leise.
Daß diese Worte Richter Gilead bis ins innerste Mark trafen, zeigte sich an seinen Augäpfeln. Sie quollen so weit aus ihren Höhlen, wie es überhaupt möglich war. Mit ihrer Hilfe vermittelte der Richter seinem Frontalhirn das klarste Bild von Mr. Wooly, das es gab. Nach einer Weile schalteten sich auch seine Stimmbänder ein.
»WAS?«
»Honigschneck«, wiederholte Mr. Wooly scham- und ruch- und rücksichtslos; denn schließlich kämpfte er um seine Freiheit. Dem Gegner schenkte er kein Lächeln.
Polizeichef Williams, der völlig im Dunklen stand, sah vom Richter zum Angeklagten. Flüsternd näherte er sich Mr. Wooly: »Möchten Sie wirklich keinen Anwalt?«
»Nein«, erklärte Mr. Wooly. »Ich möchte mit dem Richter sprechen. Unter vier Augen.«
»Gehen Sie nach oben an seinen Tisch«, sagte der Polizeichef.
Mr. Wooly stieg hinauf.
»Ja?« hauchte der Richter mit leiser, nein flehender Stimme.

»Ja, bitte?«
»Richter«, begann Mr. Wooly, »ich kann Gedanken lesen. Kümmern Sie sich jetzt nicht darum, wie oder warum ich das mache, aber es ist so. Bemühen Sie sich gar nicht erst, mir zu glauben. Bedenken Sie lieber die Tatsache, daß ich Honigschneck sehr gut kenne; wir haben sogar schon zusammen gebadet. Sie ist die Gattin von Mr. Tiddle, dem kleinen Burschen, den Sie gerade zu dreißig Tagen verknackt haben, damit Sie dreißig Nächte mit seiner Frau verbringen können. Mit Ihrem Honigschneck, Sie Schmutzfink.«
Richter Gilead rollte die listigen grünlichen Augäpfel, um Mr. Woolys Gesichtsausdruck rundum zu prüfen. Was er daraus entnahm, war wenig tröstlich. Er seufzte.
Mr. Wooly fuhr fort: »Ihre Gattin hält Sie für ein unschuldiges Kindlein, bärtig zwar, aber doch ein Kind. Es ist nicht Mr. Tiddles Mißgeschick, das mir am meisten zu Herzen geht, Richter Gilead, auch wenn ich ihn bedaure, wenn Sie mich verstehen, und mich ganz sicher dazu durchringen werde, mein Mitgefühl und Vertrauen in seine völlige Unschuld auch zum Ausdruck zu bringen und dabei natürlich darzulegen, warum ich dieser Meinung bin; nein, es ist das traurige Los Mrs. Gileads, das den Pulsschlag meines erbarmenden Herzens am stärksten in Wallung bringt.«
»Ja und?« ächzte Richter Gilead.
»Gewiß würde sich doch Ihr Leben erheblich verändern, wenn Mrs. Gilead alles über Honigschneck wüßte, was ich weiß?«
Diese Frage, bestenfalls rein rhetorisch und nicht aufrichtiger gemeint als die übelsten Phrasen von Erpressern und Wucherern, zeigt deutlich, wie tief Mr. Wooly bereits gesunken war – alles die Folge seiner verfehlten Ehe und seiner sündigen Methode, den Widrigkeiten des Fluchs aus dem Wege zu gehen, den seine Gattin ihm angewünscht hatte.
Er stellte Richter Gilead, so hart es diesen auch treffen mußte, seine Frage ohne alle Gewissensbisse und ohne einen Funken Mitgefühl für den armen bärtigen Kerl, der da vor ihm saß.
»Ich lese in Ihnen wie in einem Buch«, erzählte er flüsternd und grinsend weiter. »Einem schmutzigen Buch. Mit Bildern. Soll ich

Ihnen sagen, was Sie von Honigschneck dachten, bevor Sie vorhin ihren Ehemann verurteilten?«

»Nein«, hauchte Richter Gilead, um dann den Kopf zu heben und in den Gerichtssaal zu sprechen: »Man hat mich soeben auf gewisse wichtige Umstände aufmerksam gemacht. Das Gericht unterbricht die Sitzung für dreißig Minuten.« Es folgte Gemurmel, das Geräusch kratzender Stuhlbeine, der Aufprall von Schwingtüren, und die Bürger verstreuten sich auf dem Gang.

»Kommen Sie mit in mein Zimmer«, forderte Richter Gilead Mr. Wooly auf, »und Sie auch, Chef«, wobei er Polizeichef Williams ansah.

»Schicken Sie ihn lieber nach Hause«, meinte Mr. Wooly und fügte, ohne eine Bestätigung des Richters abzuwarten, hinzu: »Wiedersehen, George.«

Der Polizeichef nahm diese Entlassung hin. Es war nicht zu übersehen, daß Mr. Wooly Herr der Lage war.

Im Zimmer des Richters gab es einen Schreibtisch mit Stuhl, eine Liege und einen Schrank. Mr. Wooly streckte sich auf der Liege aus. Er bemühte sich aufrichtig um eine ernsthafte und fruchtbare Unterhaltung mit dem Richter, aber dessen wirre Gedanken brachten alles durcheinander. Der Richter dachte an seine Frau, sein Bankkonto, seinen Honigschneck und viele andere Dinge, alles mehr oder weniger gleichzeitig. Mr. Wooly fand das lästig. Er sagte:

»Richter Gilead, wenn ich, so wie jetzt, nüchtern bin, und besonders dann, wenn ich unter den Auswirkungen einer vorangegangenen Nacht leide, so wie jetzt, bin ich aufgeschlossen für die Gedanken anderer Menschen. Ich höre alles, was Sie denken, so wie ich auch Honigschnecks Gedanken gehört habe. Sie können alle ungläubigen Worte sagen, die Ihnen einfallen, aber Sie sollten lieber Ihren Atem sparen, um die Suppe kaltzupusten, denn ich werde Ihnen beweisen, daß ich wirklich anderer Leute Gedanken lesen kann. Jetzt gerade denken Sie zum Beispiel – es macht mir offengesagt kein Vergnügen, das mit Ihnen zu teilen, aber ich bin machtlos dagegen – an die pfirsichrosa Knappis (ich glaube, so nennt man das), die Sie für Honigschneck gekauft haben; also wahrhaftig, Richter, was ist das überhaupt für ein Kosename – so eine alberne, würdelose Bezeichnung! Honigschneck! Wie also gesagt, dachten Sie an diese pfirsichfarbenen Schlüp ...«

»Verschonen Sie mich«, unterbrach der Richter. »Ich bin ohne weiteres bereit zuzugeben, daß Sie meine Gedanken lesen können. Können Sie das auch, wenn Sie nicht nüchtern sind?«

»Kein Stück«, antwortete Mr. Wooly.

Der Richter schenkte ihm einen flehenden Blick. »Wie bitte?« fragte er. »Mir war, als hätten Sie gesagt: ›Kein Stück.‹«

»Hab ich auch«, versicherte Mr. Wooly ihm ungeduldig.

»Ich habe etwas Schottisches«, deutete Richter Gilead an.

»Wie schön für Sie«, erwiderte Mr. Wooly höflich.

Wollte er den Richter absichtlich mißverstehen? Das fragte sich dieser insgeheim und starrte den anderen an. Er beherrschte sich, so gut er konnte, und erläuterte: »Ich meine schottischen Whisky.«

»Oh!« rief Mr. Wooly. »Warum haben Sie das nicht gleich gesagt!«

Der Whisky wurde geholt. Leider wird unsere Geschichte nachgerade eindeutig unmoralisch, aber die Lage, in der Mr. Wooly sich befand, war nun einmal eine unmoralische. Sie war unnatürlich. Sie untergrub alles. Sein Leben war das eines verrückten Seiltänzers geworden, auf der einen Seite der Kater, auf der anderen der Horror, die Gedanken seiner Mitmenschen belauschen zu müssen. Weisheit hier – wilder Unsinn und nebelhaftes Chaos dort. Welch eine Wahl!

»Riecht«, bemerkte Mr. Wooly, während Richter Gilead Soda in den Whisky spritzte, »wie Desinfektionsmittel. Was machen Sie damit – Einreibungen?«

»Trinken Sie nur«, antwortete Richter Gilead.

Mr. Wooly hob das Glas, setzte es an die Lippen und trank.

»Schmeckt wie es riecht«, verkündete er. »Vermutlich gewöhnt man sich daran?«

»Allerdings.«

»Ich hab lieber Bourbon«, erklärte Mr. Wooly unhöflich. »Oder einen guten Brandy. Haben Sie Champagner?«

»Leider nein.« Der Richter machte ein reuiges Gesicht. Seine Augen wanderten.
»Hören Sie auf, an Honigschneck zu denken.«
Der Richter fuhr vor Schreck in die Höhe. Der unbehaarte Teil seiner Wangen färbte sich rosa; das Erröten stieg aus dem Busch wie ein Sonnenaufgang in Afrika.
»Als Sie den armen Tiddle verurteilten«, fuhr Wooly fort, »war es richtig widerlich für mich, Ihre Gedanken an Honigschneck im Bett mitzuhören . . . wie sie die Beine ausstreckt. Übrigens verfügt diese Frau doch über die normale Menge anderer Glieder und Körperteile. Warum denken Sie ständig an ihre hübschen Knöchel und ihre Kniegrübchen?«
»Bitte – ich flehe Sie an«, japste Richter Gilead.
»Und ich flehe Sie an, Ihre lasterhaften, wollüstigen Gedanken bei sich zu behalten.«
»Gott im Himmel!« rief der geplagte Richter Gilead. »Ich versuche es ja pausenlos! Möchten Sie nicht noch einen?«
Mr. Wooly kippte ihn hinunter. »Eins ist an der Sache dran«, stellte er dann fest, »es schmeckt tatsächlich wie Medizin. Anders als Brandy, wissen Sie. Brandy schmeckt wie zum Trinken erfunden, nicht wie zum Einnehmen.« Er zuckte zusammen, als eine neue geistige Invasion aus Richter Gileads brodelndem Hirn auf ihn einstürmte. »Warum kommen Sie nur von Honigschneck nicht weg?«
»Verzeihen Sie«, erwiderte Richter Gilead. »Ich gebe mir die größte Mühe.«
»Wir sollten etwas singen. Wenn ich laut genug singe, kommt nichts durch, und wenn Sie mitsingen würden . . .«
Der Richter sah wenig begeistert aus. Er erklärte, er könne den Ton nicht halten und singe überhaupt ungern.
»Aber Sie denken ja schon wieder an sie! Sie haben ihr nun doch diese pfirsichblütenfarbenen Knappis gekauft und geschenkt – warum halten Sie sich weiter damit auf? Bitte bedenken Sie doch«, sagte Mr. Wooly, »daß ich jeden einzelnen Ihrer Gedanken hören kann; sie entstehen; sie verursachen Vibrationen; diese Vibratio-

nen übertragen sich durch die Protonen, den Äther oder Gottweißwas nach außen; sie strömen in meinen Kopf, und ich wünschte nur, sie ließen es. Vielleicht versuchen Sie, sich daran zu erinnern, daß Sie mir gegenüber im Vorteil sind, wenn Sie an Honigschneck denken – Sie können Ihr eigenes bärtiges, lüstern schielendes Gesicht nicht sehen, und ich muß es aushalten! Es ist« – er suchte nach Worten – »zuviel.«

»Ich singe ja schon«, schrie Richter Gilead wild, »ich singe ja schon!«

»In der Regel singe ich das Sternenbannerlied, aber das ist vielleicht zu hoch für Sie. Wie wär's mit *Santa Lucia*?«

Richter Gilead nickte unglücklich. Er sah ungemein elend und unlyrisch aus. Sie sangen.

»La, la, la, lalala, am Himmelsbogen
und leichte lalala kräuseln die Wogen . . .
mein lala wartet hier,
kommt, lalala zu mir,
Santa Lucia, San . . .ta Lu-tschi-hi . . .jah . . .«

Mr. Wooly schüttelte den Kopf. »Lauter!« drängte er. »Lauter!«

Also sangen sie lauter und erfüllten das Richterzimmer mit ihren Stimmen.

Das Publikum, das gehorsam in den Gängen ausharrte, vernahm die aus dem Richterzimmer dringenden, merkwürdigen Töne. Auch Mrs. Gilead hörte sie. Allgemein wunderte man sich.

Es wunderte sich auch Betty Jackson, in marineblauem Taft mit Boleroeffekt aus Serge und kleinem rundem, schief aufgesetztem Hütchen; aber sie machte sich mehr Sorgen als die anderen. Ihr tat das Herz um Mr. Wooly weh. Er hatte sich empörend benommen. Sie verurteilte ihn deshalb nicht, obwohl sie wie jede anständige Frau das Eindringen eines Mannes in ein Damenbad mittels der von ihm angewendeten Methode mißbilligte. Betty war jedoch lediglich zu dem Ergebnis gekommen, er sei nicht »er selbst« gewesen; übrigens eine Formel, mit der sich das gesamte Strafgesetzbuch untergraben ließe. Aber mehr als das – sie hatte entschieden, daß es für seinen Zustand einen doppelten Grund gab: zur Hälfte war er alkoholisch bedingt, zur anderen Hälfte eine Art seelischer Zusammenbruch infolge der Forderungen und Intrigen jener gräßlichen Person, die er geehelicht hatte. Betty Jackson war zu Mr. Woolys gerichtlicher Vorführung erschienen, nicht um ihn zu verdammen, sondern um, ganz gleich wie, für seine Verteidigung zu wirken. Es war ihr nicht ganz leichtgefallen, denn jeder wußte, daß sie die Ursache war, daß Mr. Wooly in so lächerlichem Aufzug und so schrecklicher Verfassung in das Bad eingedrungen war; und man glaubte allgemein, und zufälligerweise sogar völlig zutreffend, daß, da er schon betrunken dort angekommen war, die Idee, überhaupt anzukommen, in einem nüchternen, klarer orientierten Zustand in ihm aufgestiegen sein mußte; mit anderen Worten, daß die Verfolgung, wenn auch ein greuliches Zerrbild des einer Dame den Hof Machens, doch eben diesen Zweck gehabt haben mußte. Und man spekulierte beim Anblick der langbeinigen, schlanken Betty mit dem dichten Goldhaar und der anmutigen Figur, ganz zu schweigen von ihrem sehnsüchtigen Blick (dem Blick einer Liebenden, selbst wenn er, wie jetzt, voller Unruhe war), was sich eigentlich zwischen dem reichen Mr. Wooly und dieser Frau abgespielt hatte, was und wie lange und wie oft, und was es eigentlich mit Mrs. Woolys Tod auf sich gehabt hatte. War er wirklich ein *Unfall* gewesen? In den Köpfen der Leute kreiste das Schlimmste, so daß alle angenehm beschäftigt waren, während sie darauf warteten, daß Mr. Woolys peinliche Befragung fortgesetzt würde.

Betty, die mit ihrem graziösen Schritt langsam im Korridor auf und ab ging, erwog den Plan, den sie sich zu Mr. Woolys Hilfe ausgedacht hatte. Er war tollkühn; er war ehrlos. Aber sie betrachtete ihn nur als kleine Gefälligkeit gegenüber dem Mann, den sie liebte.

In der Zwischenzeit legte Mr. Wooly Richter Gilead in unmißverständlichen Sätzen dar, was er von ihm erwartete. Entweder würde er, Mr. Wooly, bedingungslos freigesprochen, oder er und

Richter Gilead würden sich alle beide in den Maschen des Gesetzes verfangen; denn, erklärte Mr. Wooly, wenn man ihn ins Kittchen warf, würde unweigerlich jeder Einwohner von Warburton in derselben Minute erfahren, was es über Honigschneck und ihren betrogenen und verfolgten Gatten Mr. Tiddle zu erfahren gab. Sein Programm, so erläuterte er Richter Gilead, bestand aus zwei Teilen: erstens – freier Whisky, zweitens – freier Wooly.
Dieser Witz, schon unter anderen Umständen keine Meisterleistung, verzischte jedoch in der gegebenen Situation vor Richter Gileads gequältem Gesicht wie ein feuchter Blindgänger und heiterte ihn rein gar nicht auf. Schwächlich wandte er ein, daß eine völlige Entlastung Mr. Woolys ein Ding der Unmöglichkeit sei. Allein die vielen Zeuginnen! Dutzende! Wie wollte er sich verteidigen? Das Allermindeste war, erklärte Richter Gilead, daß Mr. Wooly sich schuldig bekannte, eine Geldbuße und, damit nach außen hin alles korrekt aussah, eine Verwarnung wegen Trunkenheit auferlegt bekam, wobei auch das noch zu einem Skandal führen würde, weil das Urteil den Leuten zu milde vorkommen müßte.
»Überlassen Sie alles mir«, antwortete Mr. Wooly. »Kommen Sie, Euer Ehren, die Flasche ist leer und mein Kopf dicht und friedlich. Unser Publikum erwartet uns.«
Mr. Wooly betrat als erster den Gerichtssaal. Er setzte sich wieder auf seinen Platz in der ersten Reihe. Zu Polizeichef Williams hatte sich der Staatsanwalt gesellt, ein kleiner Dicker, der die Angewohnheit hatte, mit auf dem Rücken verschränkten Händen auf Zehenspitzen dazustehen. Beide warfen Mr. Wooly ernste Blicke zu. Er zwinkerte. Das überraschte sie und mißfiel ihnen.
Jetzt nahm Richter Gilead seinen Sitz hinter dem Richtertisch ein. Er erkannte den Staatsanwalt und verfärbte sich grün.
»Da der Gefangene Wooly«, begann Richter Gilead, wobei er allen Blicken auswich, »sich in sämtlichen Punkten der Anklage schuldig bekannt hat, ergeht hiermit –«
»Einen Augenblick«, unterbrach Mr. Wooly und erhob sich. »Ich bekenne mich weder schuldig noch nicht schuldig. Ich verstehe einfach nicht, warum man derartige Anschuldigungen gegen mich

erhebt. Ich bin nie im Leben im türkischen Bad des Dearborn-Hotels gewesen und habe auch nie die geringste Neigung dazu verspürt. Warum sollte ich auch? Ich verfüge an meinem eigenen Wohnsitz über sechs Badezimmer, und die türkische Art zu baden schätze ich sowieso nicht. Und daß ich mit einem Haufen Frauen gebadet haben soll, die in ihrer eitlen, kleinlichen Weise versuchen, sich das Fett abzuschwitzen, das ihnen eine weise Vorsehung als Strafe für ihre Faulheit und andere schweinische Verfehlungen auferlegt – das auch nur zu bestreiten, Euer Ehren, ist unter meiner Würde!«

Ein verwirrtes, zorniges Gemurmel erhob sich.

Der Richter, ratlos, gab nur die Worte »Ordnung! Ordnung!« von sich.

Mr. Wooly fuhr fort: »Wir haben hier das offensichtliche Beispiel einer Massenhysterie und Sinnestäuschung. Das offene Zutagetreten eines tiefsitzenden Verlangens, allzu lange unterdrückt. Vor lauter Sehnsucht, mich bei ihnen zu wissen, haben die armen verwirrten Geschöpfe mich dort tatsächlich *gesehen.*«

Er setzte sich.

»Aufstehen!« brüllte der Staatsanwalt wütend. Mr. Wooly war jedoch gerade zum Bewußtsein gekommen, daß er neben Mrs. Gilead saß. Er beugte sich zu ihr, und sie, die den Scotch an ihm roch, lehnte sich so weit wie möglich in die andere Richtung. Er zwinkerte ihr spöttisch zu und flüsterte: »Ich fürchte, Ihr Gatte ist betrunken, der alte Bock!«

»Aufstehen!« wiederholte der Staatsanwalt. Diesmal hörte ihn Mr. Wooly und erhob sich mit verbindlichem Lächeln. »Ich möchte dem Gefangenen einige Fragen stellen«, sagte der Staatsanwalt.

»Treten Sie in den Zeugenstand«, wies Richter Gilead Mr. Wooly an, der vortrat, den Eid leistete und auf dem Stuhl Platz nahm.

»Sie bestreiten also alles«, meinte der Staatsanwalt hämisch.

»Aber nein.«

»Was, wenn ich fragen darf, bestreiten Sie denn nicht?«

»Vieles.«

»Zum Beispiel?«

Mr. Wooly überlegte. »Nun, zum Beispiel das Zweite Thermodynamische Gesetz«, sagte er.
»Ach, das nicht?« Der Staatsanwalt schien wider Willen beeindruckt. »Glauben Sie an die Freiheit des Willens?«
»Na, na«, erwiderte Mr. Wooly, »jetzt ist nicht die Zeit für metaphysische Diskussionen. Und außerdem – was gehen Sie meine tiefinnersten Überzeugungen an? Ist es im Staate New York so weit gekommen, daß man einen Menschen wegen seiner Philosophie vor Gericht stellt? Sind Sie die spanische Inquisition?«
»Ich bin Ire«, meinte der Staatsanwalt, »und stolz darauf.«
»Nie im Leben habe ich etwas an den Iren auszusetzen gehabt; wenn ich auch bei kühler Überlegung nicht sagen würde, ich wäre stolz auf sie. Ich würde es einfacher formulieren. Ich würde lediglich sagen: ›Da sind sie ja – die Iren! Wie immer! Ja, die Iren!‹« Er sagte es nachdenklich, als dächte er an Tausende fröhlicher, gutherziger Gesichter, die Tonpfeifen rauchten, ihre Pickel und Hakken schwangen und hier und da und überall den Verkehr regelten. »Kilkenny, Balmoral, Dublin, der gute alte Swillyfluß und der Shannon und County Cork.« Hier machte er eine Pause in seiner träumerisch poetischen Aufzählung.
»Kork«, wiederholte er mit einem Anflug von Sehnsucht in der Stimme und warf Richter Gilead einen schrägen Blick zu. Aber der Richter starrte senkrecht an die Decke, um den Augen seiner Frau auszuweichen. Mrs. Gilead glotzte ihren Mann an und durchbohrte ihn mit ihrem Blick; in ihrem Kopf keimte ein gräßlicher, von Mr. Wooly gesäter Verdacht, daß ihr »bärtiges Kind« ihr nicht immer die volle Wahrheit sagte – *konnte* das sein? Kein Wunder, daß der Richter zur Decke starrte.
Es war laut im Gerichtssaal. Die Leute waren vom Verhör des Gefangenen enttäuscht, weil sie ihm nur schwer folgen konnten. Nur Polizeichef Williams gelang es, einen kühlen Kopf zu behalten. Er bückte sich und flüsterte dem Staatsanwalt etwas ins Ohr.
»Das ist unfair!« beklagte sich Mr. Wooly. »Flüstern!«
Aber die beiden kümmerten sich nicht um ihn.

Der Staatsanwalt nickte und fixierte Mr. Wooly von neuem. Er befreite eine Hand von seinem Rücken und deutete auf ihn.
»Kennen Sie Miss Betty Jackson?«
»Das wissen Sie doch.«
»Sind Sie Ihr Tantchen aus Perth Amboy?«
»Nein.«
»Waren Sie es jemals?«
»Ich war noch nie die Tante von irgendwem«, protestierte Mr. Wooly.
Der Staatsanwalt wandte sich an Richter Gilead. »Ich möchte Miss Betty Jackson aufrufen.«
Der Richter hob die Hände. Er schien anzudeuten, sie könnten machen, was sie wollten – die Sache überstieg seine Kräfte. Seine Frau hatte angefangen, langsam mit dem Kopf zu nicken. Es sah unbeschreiblich bedrohlich aus; es war gruselig.
»Miss Betty Jackson?« rief Polizeichef Williams sie auf.
An dieser Stelle brach Mr. Wooly zusammen. Er sah nur noch halb so groß aus wie noch eben. Er hatte nicht gewußt, daß Betty da war.
»Treten Sie ab«, forderte der Staatsanwalt ihn auf. Er trat ab und starrte in trüber Faszination auf Betty, die nun seinen Platz im Zeugenstand einnahm. Sie wurde vereidigt. Sie sah Mr. Wooly nicht an. Er fürchtete das Schlimmste. Vor seinem geistigen Auge erschien das Gefängnis, eine Diät aus Brot und Wasser; er fühlte sich jetzt schon völlig erschöpft von der Arbeit im Steinbruch ...
Die ersten Sätze von Bettys Aussage hörte er gar nicht. Als er wieder etwas aufnehmen konnte, erzählte sie gerade: »Ja, ich war in dem Bad. Ich war mit meiner Tante dort, Mrs. Wigglesworth aus Perth Amboy.«
Damit schien das Verfahren blockiert. Sie sagte es so anmutig, mit derart vollkommener Aufrichtigkeit, daß sogar Mr. Wooly ihr um ein Haar geglaubt hätte.
»Wann haben Sie den Gefangenen zuerst gesehen?«
»Wo?«
»In dem vorerwähnten Bad?«

»Aber das ist ein reines Damenbad«, antwortete die schöne Betty und riß die Augen auf.
»Bitte beantworten Sie die Frage. Wann haben Sie ihn gesehen?«
»Ich habe ihn nicht gesehen.«
»Warum nicht?«
»Kommen Sie«, schaltete sich Richter Gilead ein, »das ist wohl kaum eine korrekte Fragestellung.«
Aber Betty gab bereits Antwort. »Warum nicht?« wiederholte sie. »Weil er nicht da war. Ja, ich habe ein paar alberne Schreie gehört. Irgendeine Angestellte hatte oben auf einem Elektrokabinett einen großen Badeschwamm liegenlassen, und eine Frau, die wahrscheinlich mitten im Delirium tremens steckte, hat ihn wohl gesehen und als sie in den vergrößerten Poren eine oberflächliche Ähnlichkeit mit ihrem eigenen Teint erkannte, für ein Gesicht gehalten.«
Mit dieser Art Aussage fuhr sie noch weiter fort, war jedoch nur noch mit Mühe zu verstehen, so viele Ausrufe und solches Murmeln, Stöhnen und Zischen kamen vom weiblichen Teil des Publikums; und doch schlich sich in alle diese Tönen nach und nach ein Unterton von Unwirklichkeit ein, als würden sie gegen wachsende innere Zweifel ausgestoßen. In der Tat stimmt es, daß eine Frau sich vielleicht bis ans Ende ihres Lebens an Dinge erinnert, die ihr selbst und in ihr selbst geschehen sind, daß aber ihr Gedächtnis weit weniger aufnahmefähig oder zuverlässig ist, wenn es um objektive Wahrnehmungen geht, Dinge, die sie stets mit einer gewissen Skepsis beobachtet und an denen sie von vornherein zweifelt, weil sie ihr nicht persönlich widerfahren sind. Man braucht nur mit Autorität und Selbstvertrauen zu reden, um eine Frau an Sachen zweifeln zu lassen, die sie mit eigenen Augen gesehen hat; wenn man zum Beispiel an das Bett einer Frau tritt, die gestern vom Elefanten gefallen ist und ihr sagt, sie dürfe nie wieder versuchen, ganz allein das Garagendach neu zu decken, *weil* nämlich die Garage gar kein neues Dach braucht – dann wird sie sofort anfangen, an ihrem Elefanten zu zweifeln und nach etwa einer Woche

glauben, sie wäre tatsächlich von einer Garage gefallen. Bis zum heutigen Tage geistert Mr. Woolys Eindringen ins türkische Damenbad noch durch die Erinnerung der Warburtoner Frauen, halb Wirklichkeit, halb Phantasie; man nimmt allgemein an, daß sämtliche Zeuginnen gegen Mr. Wooly abscheulich betrunken waren, während Mr. Wooly, der an jenem Nachmittag rein zufällig über den Korridor im siebten Stock und am türkischen Bad vorbeiging, das Opfer einer ganzen Serie von Irrtümern war, verursacht durch »Massenpsychologie«, wie Richter Gilead es ausdrückte, womit er das Siegel der Wissenschaft und Weisheit auf seine wahrhaft empörende Nachsicht in der ganzen Affäre drückte.

»Die Klage ist abgewiesen«, erklärte Richter Gilead endlich. Und kam damit durch! Danach freilich mußt er sich Mrs. Gilead stellen.

Betty Jackson, die Mr. Wooly, den sie gerade gerettet hatte, keines Blickes würdigte, verließ den Saal allein. Unser Mr. Wooly verhüllte seine gramgebeugten Züge mit den Händen, denn durch die Whiskyschwaden, die seinen armen Kopf umnebelten, erkannte er, daß Betty ihn zwar gerettet hatte, jedoch nur, um ihn dann fallenzulassen.

Das wenigstens glaubte er. Einsam wanderte er aus dem Gerichtssaal, die Treppe hinunter und zwischen den weißen Jefferson-Säulen des Eingangs hinaus ins Freie. Die Bäume in dem kleinen Park waren hoch und spendeten lieblichen Schatten. Er bemerkte es nicht. Nur ein einziges Mal blickte er geradeaus und auch das nur, um festzustellen, wo es einen Straßenrand gab, an dem er stehenbleiben und sich ein Taxi rufen wollte. Dann senkte er den Kopf wieder und sann über die langsam abwechselnde Bewegung seiner Schuhe nach. Ein paarmal schwankte unter ihm der Zement, aber jedesmal schaffte er es mit einem schnellen Schritt zur Seite, das Gleichgewicht zu halten. In dieser düsteren Vereinsamung spürte er plötzlich einen Arm unter dem seinen und roch ein angenehmes Parfüm. »Mr. Wooly«, sagte eine leise, sehnsüchtige Stimme. Es war Betty, und ehe er es sich versah, saßen sie miteinander im Dämmerlicht eines dahinbrausenden Taxis.

Sie nahm ihm den grauen Hut vom Kopf, strich leicht darüber und setzte ihn ihm wieder auf. Sie richtete seine Krawatte gerade. Während sie diese traulichen Dinge tat, sagte sie »o je« und »ach je« und schnalzte mit der Zunge, »tz, tz, tz, tz.« Mr. Wooly machte die Augen nicht auf. Er war angesäuselt und wußte es auch ganz genau.

Betty nahm ihm das zusammengefaltete Taschentuch aus der Brusttasche, entfaltete es und steckte es wieder zurück, so daß die Spitzen modisch sichtbar waren. Dann betrachtete sie ihr Werk und gab ein Zeichen des Wohlgefallens: sie küßte ihn leicht auf den Mund.

Mr. Wooly schlug die Augen auf.

»Warum haßt du mich nicht«, murmelte er, »nach allem, was ich getan habe?«

»Warum sollte ich?«

Mr. Wooly fielen eine Menge Gründe ein, von denen er jedoch keinen erwähnte.

»Weil du in das Bad gegangen bist . . . in diesem Aufzug?«

»Sprich nicht davon«, stöhnte Mr. Wooly. »Ich bin entehrt fürs Leben.«

»Ach, Unsinn, du wirst noch einmal mächtig damit angeben«, erklärte Betty fröhlich.

Er seufzte. »Ich liebe dich, aber was hast du davon? Demütigung! Meineid!«

»Aber schließlich«, meinte sie, »bist du doch in das Hotel gekommen. Du hast dir soviel Mühe mit dieser aberwitzigen Verkleidung gegeben, weil du mich sehen wolltest, nur deshalb, nicht wahr?« Sie kuschelte sich enger an ihn. »Es ist ja so romantisch.«

Er traute seinen Ohren kaum.

»Wie spät ist es?« fragte sie. Er wußte es nicht.

»Noch keine zwölf Uhr«, sagte sie und zeigte damit, daß sie es längst gewußt hatte. »Und du bist schon voll wie eine Strandhaubitze.«

»Was für eine Haubitze?« erkundigte sich Mr. Wooly müßig; im Prinzip war es ihm egal.

»Du bist voll«, sagte sie. »Ach, Mr. Wooly, mein armes Herzchen, du bist betrunken.«
»Kann gut sein.«
»Warum *machst* du das?«
Es lag ihm auf der Zunge, ihr den Grund zu erzählen. Aber irgend etwas in ihm flüsterte: »Vorsichtig. Jetzt hast du sie wieder – verscheuch sie nicht.« Er schwieg.
Sie sprach weiter. »Es ist nicht gut für dich, Liebster. Oh, es ist durchaus verständlich, wenn man bedenkt, was du mitgemacht hast. Aber, Mr. Wooly, begreifst du denn nicht, daß du eines Morgens – wenn das so weitergeht – aufwachen und dich total am Boden fühlen wirst? Die Anregung ist nur etwas Vorübergehendes.«
»Nun ja«, meinte er, »was währt schon ewig?«
»Jetzt bist du einfach widerborstig.« Betty hielt auf höchst erfreuliche Weise seinen Arm fest. »Aber ich möchte, daß du dieses neue Laster wieder aufgibst, Liebling. Du darfst mich nicht mißverstehen, mein Herz.« Sie küßte ihn auf die Wange. »Es ist ja nicht, daß ich kein Verständnis hätte. Ich trinke. Meine Freundinnen trinken. Aber du bist nicht der Typ dazu. Als du eben aus dem Rathaus kamst, bist du *getorkelt*. Und ganz Warburton hat dich gesehen.«
»Wen juckt das?«
»Mich, und dich sollte es auch jucken, Schatz. Oder möchtest du hier der Säufer vom Dienst sein?«
»Hättest du das denn gern?« erkundigte er sich hoffnungsvoll.
»Nein«, entgegnete sie. »Ach, Mr. Wooly, es ist nur zu deinem eigenen Besten, aber du mußt mit der Trinkerei aufhören.«
Er dachte: *Wenn du nur wüßtest, wie es mir neuerdings geht, wenn ich nüchtern bin.* Und dann: *Alle deine Gedanken würde ich belauschen, Mädchen. Wie würde dir das gefallen?* Ihn überkam ein seltsames Gefühl – daß er Bettys Gedanken nicht hören wollte, ja, daß er es nicht durfte.
Während er nachdachte, hatte sie weitergeredet. Sie sagte: »Versprichst du es mir?«

»Was?«
»Ach, Liebster, hörst du mir denn überhaupt nicht zu? Versprichst du, eine Weile erst einmal gar nichts zu trinken? Oh, Mr. Wooly, wir könnten so glücklich sein. Du würdest deine Sorgen nicht mehr im Alkohol ertränken müssen. Ich werde dich so lieben, daß sie von allein verschwinden. Versprich's mir.«
Was konnte er antworten? Nichts.
»Liebster?«
»Es tut mir so leid«, sagte er.
»Aber warum?«
»Du würdest es nicht verstehen.«
Jetzt war sie es, die verstummte. Es war ein verletztes Schweigen, das auch ihm weh tat. Es machte ihn nüchtern. Weiter vorn sah er ein Schild mit der Aufschrift BAR. Die Barrieren um seinen Kopf begannen einzustürzen, während er langsam nüchtern wurde. In wenigen Minuten würde er Bettys Gedanken so nahe sein wie sie selber. Das aber wollte er so wenig, wie ein wahrer Liebender seine Geliebte durchs Schlüsselloch bespitzeln würde. Plötzlich wurde es wichtiger als alles andere, daß seine geistige Abschirmung standhielt. »Halten Sie hier«, befahl er dem Fahrer.
»Wo?«
»Da vor der Bar.«
»Ach, Mr. Wooly«, sagte Betty betrübt.
»Hör zu, Liebste«, begann er, als der Wagen anhielt. »Bei mir liegt die Sache ganz anders ...«
»Das sagen sie alle«, seufzte Betty.
»Aber bei mir verhält es sich so: Ich kann es tun oder lassen, aber ich lasse es nicht, und warum?«
»Warum?«
»Weil es bei mir nicht reine Genußsucht ist, verstehst du. Es hilft mir; es regt mich an ...«
Aber sie schüttelte langsam den Kopf. »Wie sehr du dich doch selbst betrügst«, sagte sie.
»Hör doch zu ...«
»Mein Onkel Jim war genauso«, berichtete Betty traurig. »Seine

Frau brachte ihr ganzes Eheleben damit zu, Parkplätze abzusuchen, von denen sie nicht einmal den Namen wußte. Es war in Cleveland.«

Er war fast gereizt. »Aber Betty ...«

»Wenn Onkel Jim«, fuhr sie fort, »das Gefühl hatte, er müßte sich jetzt vollaufen lassen, parkte er sein Auto auf irgendeinem Parkplatz, und wenn er dann am nächsten Dienstag in Manitowoc, Wisconsin, aufwachte ...«

Wider Willen begann Mr. Wooly die Sache interessant zu finden. »Wachte er immer dienstags auf?«

»Ach, natürlich nicht. Das war nur ein Beispiel.«

»Und immer in Manitowoc?«

»Nein, nein, nicht unbedingt; er wachte überall auf, irgendwo, weit weg von Cleveland; und dann konnte er sich nicht mehr erinnern, wo er sein Auto abgestellt hatte.«

»Hatte er denn keine Quittungen oder Parkscheine?«

»Die aß er immer auf«, erzählte Betty. »Der einzige Hinweis darauf, wo er sich bei seinen Sauftouren möglicherweise aufgehalten hatte, bestand darin, daß von Zeit zu Zeit in irgendeiner fremden Stadt eine fremde Frau, die einen Kinderwagen vor sich herschob, auf ihn zustürzte. Aber wenn das Onkel Jim passierte, rannte er immer weg, so schnell er konnte.«

Mr. Wooly fing an zu schwitzen. In seinem Kopf entdeckte er gewisse, ganz leise Störungen, die Gedanken sein konnten – ihre Gedanken, die sich in seinem Kopf zu regen begannen. Nicht etwa, daß er Angst davor hatte, ihre Meinung über sich zu hören, auch wenn er im Augenblick nicht allzuscharf darauf war, oder daß er sie verdächtigte, Gedanken zu haben, die man eigentlich nicht haben sollte – das konnte sogar eher ein Vorteil sein –, nein, sein einziger Grund war wirklich, daß er sie nicht bespitzeln und belauschen wollte. Hastig stieß er hervor: »Aber weißt du, ich würde doch nie nach Manitowoc fahren und dort fremde Frauen verführen; das entspricht nicht meinem Charakter.«

»Aber denk doch, was du das letztemal in diesem Zustand angestellt hast.«

»Betty«, erklärte er mit leiser, ernster Stimme, »ich brauche etwas zu trinken.«

»Ich komme mit.«

Das tat sie wirklich. Nachdem er den Taxifahrer entlohnt hatte, betraten sie die Bar, und Mr. Wooly bestellte vier Glas Bourbon.

»Zwei«, sagte Betty.

Der Barmann sah sie betroffen an und zögerte.

»Also gut, fünf«, erklärte Mr. Wooly. »Drei sind für mich.« Sie schaute ihn nur traurig an.

Er kippte die drei Gläser nacheinander hinunter, schüttelte sich und schauderte, lächelte sie dann auf das freundlichste an und sagte: »Aah – jetzt ist es besser.« Denn er hörte das ominöse, anschwellende Murmeln nicht mehr.

Aber sie öffnete ihre blaue Lederhandtasche und entnahm ihr ein winziges Taschentuch. Damit verhüllte sie ihren Nasenrücken und fing an, still zu weinen.

Traurig blickte er sie an.

Als sie wieder sprechen konnte, sagte sie: »*Bitte* – um meinetwillen.«

Er winkte nur dem Kellner. »Noch zwei«, bestellte er.

Plötzlich war sie aufgestanden, ebenso plötzlich zur Tür hinaus. Er machte keine Bewegung. Er sah nur den Barmann an und hob die Schultern in einem Achselzucken, das die erbarmungswürdigste, hilfloseste Gebärde dieser Art war, die dem Barmann, keinem heurigen Hasen, im ganzen Leben untergekommen war.

»Sie begreift es nicht«, erklärte ihm Mr. Wooly. »Sie wird es nie begreifen.«

Der Barmann nickte ihm zu. Er suchte nach einem kleinen Scherz, um die triste Szene ein wenig heiterer zu gestalten, und sagte zu Mr. Wooly: »Das Leben ist kurz. Eine kleine Weile ist man hier, ein paar Glas und dann – vorbei.«

Und auch er zuckte die Achseln.

XX

Bitte an ein Pferd

Als Mr. Wooly am späten Vormittag erwachte und nach Bentley klingelte, trat zu seinem Erstaunen nicht der pausbäckige Butler ein, sondern seine Tochter Sara, die am Tag zuvor unangemeldet aus dem Ferienlager zurückgekehrt war. Mr. Wooly, der unter seinem inzwischen schon zur Gewohnheit gewordenen frühmorgendlichen Kopfschmerz litt, erinnerte sich dunkel, daß ihm Bentley in der Nacht, während er ihm taktvoll die Treppe hinaufhalf, irgend etwas von Sara erzählt hatte.

Sara, sehr hübsch anzusehen in grauen Hosen und rotweißem Pullover, das braune Haar über den Schultern wie ein Wasserfall, die Wangen von töchterlicher Aufregung gerötet, schleppte mit beiden Händen ein großes Silbertablett herbei.

»Guten Morgen, Dad«, begrüßte sie ihn, »ich bin wieder zu Hause! Und hier kommt jede Menge von deinem Spezialfrühstück. Bentley sagt, du würdest gar nicht mehr frühstücken, aber ich habe ihm erklärt, daß das albern ist.« Sie stellte das Tablett ab. »Freust du dich nicht, mich wiederzusehen?«

Mr. Wooly, um die Wahrheit zu sagen, freute sich nicht. Er betrachtete seine Tochter weniger mit Begeisterung als vielmehr mit Besorgnis. Er war ein desillusionierter Wooly, der den Kelch der Weisheit, gebraut aus dem Wissen fremder Menschen, bis zur Neige geleert hatte. Er und nur er allein wußte wirklich, was andere von ihm hielten. Er musterte seine hübsche Fünfzehnjährige und empfand verzweifelte Angst vor dem, was sie wohl über ihn dachte. Er wollte nicht erfahren, daß es etwas Herabsetzendes, Verächtliches, Feindseliges war; er hätte es nicht ertragen. Längst wußte er, daß er von dem Mann, für den er sich gehalten hatte, weit entfernt war; er hatte seine eigene Würde und solide Tugend-

haftigkeit durchschaut. Er hatte auch keine Illusionen mehr, was er seinem einzigen Kind für ein Vater gewesen war, diesem Kind, das jetzt so überraschend schon eine junge Frau geworden war. Einer von diesen Vätern war er, die es an jeder Ecke im Dutzend billiger gibt, ein verantwortungs- und achtloser Vater, der hier und da ein bißchen Geld ausgab und dafür andere Leute anheuerte, seine väterlichen Pflichten zu erfüllen – die Schule, besondere Lehrer, Ferienlager.
Sie betrachtete ihn besorgt, und ihr Lächeln verschwand. Sie sah, daß er sich von ihr abwandte, daß er nicht lächelte. Es war, als fürchte er sie, als hasse er sie sogar . . . Einen Augenblick herrschte leere Stille in Mr. Woolys armem Kopf. Dann vernahm er das Gedankenmurmeln seiner Tochter. Ein einziges Wort, das er sofort am klaren und jugendlichen Klang erkannte – wenn man diesen Ausdruck anwenden darf, um etwas so Lautloses wie einen Gedanken zu beschreiben. Es war das Wort »schämen«. Als er es registrierte, erbebte er innerlich, aber gleich darauf drängten in merkwürdig unliterarischen Wortgruppierungen ihre weiteren Gedanken auf ihn ein. Unsinnige Tränen stiegen Mr. Wooly in die großen braunen Augen. Das einzige, woran Sara dachte, war, daß sie, Sara, sich schämen müßte, weil sie sich so schlecht um ihren armen geplagten Dad gekümmert hätte. Verbunden mit diesem Gedanken war die Vorstellung, wie sorgenvoll er aussah und ein Murmeln hastiger, sehr kindlicher Pläne, ihm zu helfen. Es waren nur freundliche, nach nichts fragende Gedanken, ohne den eisigen Hauch von Zweifel oder Kritik. Was immer er draußen in der Welt war – hier zu Hause bei seiner Tochter Sara blieb er der große Mann, T. Wallace Wooly, Jr. Er bemühte sich nach besten Kräften um ein Lächeln, ein dankbares Lächeln unter Tränen.
»Freust du dich, daß ich da bin?« fragte sie nochmals, ein wenig außer Atem.
Und ob er sich freute! Kopfschmerz hin, Kopfschmerz her – er setzte sich auf, und sie zog ihm die Pantoffeln an. Dann warf er einen Blick auf das Frühstück. Die geeisten Himbeeren, die Eier mit Speck, warmgehalten in ihrem kleinen Silber-Iglu, das noch

heiße Gebäck mußte er ablehnen. Er versuchte einen Schluck Kaffee. Sara saß auf einer Bank auf der anderen Seite des niedrigen Tischs, den sie für ihn gedeckt hatte, und war bereit, alles aufzuessen, das er nicht schaffte. Als sie jedoch sein Elend begriff, fragte sie nur: »Kater?«

Dieses Wort aus ihrem Munde schockierte ihn. »Was meinst du?«

»Bentley hat mir gesagt, du müßtest einen haben.«

»Der Schuft!«

»Oh, ich habe darauf bestanden, daß er mir erklärt, warum du neuerdings nicht mehr frühstückst – paßt gar nicht zu dir.«

»Habe ich mich verändert?«

»Eigentlich gar nicht«, antwortete sie, »du bist immer noch mein Dad. Warte, ich laufe schnell nach unten. Nein, nicht klingeln. Ich bin schneller. Inzwischen ist hier das Aspirin.«

In einer Minute war sie zurück, mit Eis und den Flaschen, die er sich gewünscht hatte. Während sie futterte, nippte er. Es war für alle beide ein herrliches Frühstück. Je weiter sie damit kamen, um so besser gefiel es ihnen.

Während sie noch herzlich über irgendeinen alten Familienwitz kicherten, verging ihr auf einmal das Lachen. Sie fragte: »Du sitzt in einer bösen Klemme, Dad, aber in was für einer? Ich bekomme es einfach nicht heraus. Bentley sagt kein Wort und die Köchin auch nicht. Keiner erzählt mir etwas. Alle wissen sie Dinge, die ich nicht weiß. Natürlich kam es mir komisch vor, daß – äh – Jennifer gestorben und begraben worden ist, ohne daß man mich nach Hause geholt hat – und daß ich dann sofort ins Ferienlager geschickt wurde. Und jetzt dieses Geheimnis. Sag es mir doch, Dad. Ist es ein Verbrechen? Hast du Geld gefälscht oder so etwas? Mord? Ich würde es schon verstehen.«

Er erwog, ihr alles zu erzählen. War sie alt genug? Ihm kam der Gedanke, daß sie tatsächlich *jung* genug war.

»Sara«, fing er an, als er seinen Entschluß gefaßt hatte, »deine Stiefmutter Jennifer war eine Hexe.« Er wartete auf ihren ungläubigen Ausruf, der aber nicht kam.

»Und weiter?« fragte Sara ruhig und kühl.

Er berichtete ihr genug: das Herabklettern an der Schlangenranke (die faszinierte Sara lief ans Fenster und sah sich die unkonventionelle Treppe genau an). Die Ziege im Mondlicht. Sie fand es aufregend. Der lahme Fremde, mit dem sich Jennifer um Mitternacht unten im Garten traf. Sara schauderte. Er erzählte ihr den größten Teil der Geschichte und erläuterte ihr auch den Fluch, mit dem Jennifer ihn verwünscht hatte, und wie er, mehr oder weniger zufällig, die Methode entdeckt hatte, diesen Fluch zu überlisten, wenn auch nur vorübergehend. Sara hörte zu, begriff, bezweifelte keinen einzigen Punkt, verurteilte nichts . . .

Als er fertig war, goß Sara ihrem schwergeprüften Vater ein neues Glas ein und fragte: »Und was hast du für die arme Rommee getan?«

Mr. Wooly verstand nicht.

»Ich meine«, sagte sie, »warum versuchst du dich nicht mit ihr zu vertragen?«

Auf diese Idee war Mr. Wooly nicht gekommen.

»Siehst du, Dad«, erklärte Sara, »es ist alles völlig klar und einleuchtend – bis zu dem Zeitpunkt, an dem du das arme Vieh einfach in der Scheune sitzengelassen hast.«

»Sie wird jeden Nachmittag draußen auf dem Feld angebunden«, wandte Mr. Wooly ein.

»Ja, aber sie ist doch kein gewöhnliches dummes Pferd«, sagte Sara. »Sie muß sich ja zu Tode langweilen, so ganz ohne Ansprache von ihresgleichen. Mit der Ziege und dem Esel kann sie sich doch bestimmt nicht richtig unterhalten, also schmort sie dort im eigenen Saft. Sie ist ein verhextes Pferd, und du hast sie im Stich gelassen, das arme Tier. Wieviel von ihr ist Jennifer und wieviel immer noch die törichte alte Rommee? Das wissen wir doch gar nicht. Was ich meine, Dad, ist folgendes: Wenn das Fortbestehen des Fluchs an dieses verhexte Roß gekoppelt ist, dann solltest du, sollten wir uns ganz besonders um sie kümmern. Vielleicht können wir sie irgendwie besänftigen?«

»Besänftigen? Wie?«

Sara mußte auch überlegen. Schließlich meinte sie: »Immerhin ist sie ja eine Frau.«
Mr. Wooly nahm einen weiteren tiefen Zug von seinem Brandy mit Champagner und fragte: »Was soll das heißen?«
»Das Schlimmste, was du tun konntest«, erklärte Sara, »war, das unglückliche Geschöpf zu vernachlässigen. Komm, wir gehen zu ihr und versuchen, uns mit ihr anzufreunden.«
»In einem Armeepanzer?«
»Sie ist in ihrem Stall eingesperrt, und wir können uns in sicherer Entfernung halten«, erwiderte die praktische Sara.

Der Juni war vorbei. Jetzt war es Juli. Die Gärten auf der Südseite des Woolyschen Hauses glühten in herrlichen Farben, die Bäume waren voll und dunkelgrün wie nie. Der Springbrunnen plätscherte freundlich vor sich hin. Auch wenn Swanson, der am Fuß der Garagen-Außentreppe auf einem Stuhl saß und düster vor sich hinbrütete, dem prachtvollen Tag offenkundig das verdiente Lob nicht gönnen wollte, teilte jedoch kein anderes Geschöpf, geflügelt, vier- oder zweibeinig, diese Einstellung. Es war ein runder, goldener Tag, von üppiger Wärme erfüllt wie eine reife Traube; ein Tag, an dem einem das Gehen vorkam wie Schwimmen in einer anmutigen Flut. Die Vögel riefen und zwitscherten; aus den Hühnerställen drang, durch die Entfernung gemildert, das plötzliche egoistische Gegacker und Prahlen der häßlichen Hennen. Oben in der Luft, schon auf halbem Wege zur Sonne, kreischte metallisch ein scharfäugiger Falke.
Mr. Wooly und seine schlanke Tochter gingen hinaus auf die Südveranda, über die kreisförmige, kiesbestreute Auffahrt und vorbei am Springbrunnen, hinüber zu den Stallungen. Sie achteten nicht auf Swanson und auch nicht auf Bentley, der zufällig auf die Küchenveranda getreten war und sie erstaunt anstarrte.
Im Stall herrschte dämmriger Abend, so strahlend draußen der Vormittag auch leuchtete. Rommee wandte den langen Kopf und schaute ihre Besucher an.
»Herzchen«, sagte Sara.

Das Pferd musterte sie kurz und wandte den Kopf ab.
»Rommee«, begann Mr. Wooly, »wir möchten mit dir reden. Also erstens –«
Flüsternd unterbrach ihn Sara. »Bitte, Dad, laß erst mich mit ihr sprechen, und wenn sie nicht auf mich hört, versuchst du es.«
Damit war Mr. Wooly sehr einverstanden. Er überließ die Bühne der jungen Sara.
Anfangs schmollte das Tier. Es benahm sich wie ein Pferd, und zwar wie ein sehr dummes. Das brachte die beiden anderen in eine gewisse Verlegenheit; man kann schließlich durchaus mit einem Pferd diskutieren, wenn dieses Pferd zumindest andeutet, daß es den Argumenten folgen kann; aber wenn man einem Geschöpf abstrakte Ideen vorträgt, das lediglich träge mit den Füßen stampft oder frißt oder sogar mitten im Satz etwas macht, das zwar ein Pferd tun kann, wo immer es sich gerade befindet, niemals aber ein Mensch – nun, dann ist es schwer, den Faden der Ausführungen, die man ihm vorträgt, nicht zu verlieren. Tatsächlich fing Sara an zu stottern und verstummte schließlich. Sie sah ihren Vater bittend an.
»Hat scha doch keinen Zweck«, ertönte eine Stimme. »Einfach keinen Zweck.«
Es war Swanson, der in der Tür stand.
»Wenn das mein Pferd wäre«, bemerkte Swanson, »würde ich hier nicht rumstehen und mit ihm schwatzen. Ich würde es einfach abknallen, schawohl!«
Rommees Ohren bewegten sich leicht, und ihr Schweif wehte nachlässig hin und her. Sie fraß. Um die Wahrheit zu sagen, benahm sie sich, als hätte sie die Worte nicht gehört oder könnte sie nicht verstehen.
»Sie ist einsam«, meinte Sara.
Hier hob Rommee den Kopf und warf dem Mädchen einen langen, flehenden Blick zu, gewissermaßen von Frau zu Frau.
»Sie hat es verstanden!« rief Sara. »Sie möchte etwas haben. Hafer?« Rommee schüttelte langsam den Kopf.
»Sie ist ja schon fett wie ein Schwein«, mischte Swanson sich ein

und spuckte aus. Rommees Hufe verursachten ein lautes Getrommel, als sie vergeblich versuchte, ihr Hinterteil so weit aus der Box zu drängen, daß sie Swanson mit ihnen erwischen konnte.
»Gehen Sie weg, Swanson«, befahl Mr. Wooly.
Als der Chauffeur sich entfernt hatte, beruhigte Rommee sich etwas, atmete jedoch immer noch schwer.
»Siehst du?« sagte Sara.
»Nein«, mußte Mr. Wooly zugeben – er sah nichts.
»Möchtest du Gesellschaft haben?« fragte Sara das Pferd. Keine Antwort.
»Frag sie, ob sie eine Flasche Champagner will«, schlug Mr. Wooly vor. Nein. Sonst irgendeine Art Flasche? Nein.
»Schuhe?«
Auch nicht.
Mr. Wooly verlor die Geduld. Er hatte nicht das Gefühl, daß Sara irgendwie weiterkam. »Frag sie«, empfahl er trübsinnig, »ob sie rasiert und frisiert werden möchte.«
Rommee warf ihm einen Blick zu. Es war ein vernichtender Blick voller Verachtung.
»Rommee«, versuchte es Sara erneut, »ich finde, du solltest vernünftig sein. Es stimmt, daß Vater in der Falle sitzt, die du ihm gestellt hast, und keinen Frieden findet.«
An dieser Stelle gestattete Rommee sich ein breites, schadenfrohes Grinsen. Sie rollte die Augen nach Mr. Wooly.
»Es ist auch wahr«, fuhr Sara fort, »daß er dauernd so angesäuselt herumlaufen muß wie jetzt, weil er es sonst nicht aushält. Und es ist wahr, daß du ihm die Gabe verliehen hast, sich selber so zu sehen, wie andere ihn sehen.«
Rommee öffnete das Maul zu einem lautlosen, gewaltigen Gelächter.
»Sein Selbstbewußtsein liegt in schmerzhaften Trümmern«, gestand Sara. »In den langen Nächten wirft er sich im Bett herum, gepeinigt von der verzweifelten Aussicht auf eine endlose Zukunft, in der geistige Tumulte, Zustände von Betrunkenheit und Kater miteinander abwechseln. Aber«, sie machte eine Pause, und

das Pferd warf ihr einen höhnischen Blick zu, »aber, Jennifer, du sitzt selber auch ganz schön in der Klemme, stimmt's? Du bist in einem Pferd gefangen. Es ist klar, daß du nicht herauskannst, denn ich bin sicher, wenn du könntest, hättest du es längst getan. Mir«, erklärte das Mädchen mit fester Überzeugung, »würde es nicht gefallen. Ställe riechen ganz angenehm – eine Zeitlang. Ich an deiner Stelle würde mich bestimmt ungemütlich fühlen, und ein kleines bißchen töricht auch. Natürlich hast du dich daran festgehalten, daß du dir die schrecklichen Folgen deines Streichs ausgemalt hat, aber schadest du dir nicht im Grunde nur selbst, Liebes? Und was soll das bringen? Warum können wir uns nicht irgendwie einigen? Wenn es irgend etwas gibt, das dich hier herausbringt, werden wir es versuchen, aber auf jeden Fall mußt du natürlich erst den armen Dad von deinem Fluch befreien ...«

Von höhnischem Trotz war das Pferd, wie deutlich zu erkennen war, in eine beinahe verzweifelte Stimmung verfallen. Es schloß die Augen und ließ den Kopf hängen. Saras Beurteilung der Situation war offensichtlich nicht weit von der Wahrheit entfernt.

»Hast du kein Vertrauen zu mir?« fragte Sara.

Das Pferd öffnete ein ganz und gar illusionsloses Auge und schüttelte langsam und nachdrücklich den Kopf wie jemand, der zurückfragt: »Nein, verdammt noch mal. Hättest du es an meiner Stelle?«

»Aber wir werden dir beweisen, daß wir zuverlässig sind. Wir werden etwas für dich tun und vor allem dein Leben weniger einsam machen, vielleicht sogar durchaus angenehm.«

Draußen leuchtete, von den weitgeöffneten Türen eingerahmt, der Tag. Drinnen herrschte warmes Dämmerlicht mit Staubkörnern, die in den einfallenden Sonnenstrahlen tanzten, üppiger Stallgeruch und Ruhe. Ziege und Esel waren draußen im Garten angepflockt. Swanson war zu seinem Platz an der Garagentreppe zurückgekehrt. Von der Straße tönte eine Hupe herüber, weit entfernt und dünn. Das Pferd blickte von dem Mädchen hinüber zu dem Mann. Es war eine ungewöhnliche Szene. Die Stute hatte den Kopf auf den Rand ihrer Box gelegt, die Ohren aufmerksam nach vorn gekippt und lauschte in tiefem Schweigen. Nur die grauen Lippen zuckten ab und zu. Sara, immer noch bittend und ermahnend, sprang von hier nach dort und wieder zurück mit vielen anmutigen Gebärden, als offeriere sie dem Tier ihre Argumente in einem Korb mit Stiefmütterchen.

»Wenn du eine Frau wärst«, sagte Sara, »wäre alles viel einfacher. Dann würde ich Strümpfe vorschlagen. Oder möchtest du vielleicht doch Seidenstrümpfe?«

Trübe schüttelte der lange, melancholische Kopf ein Nein auf diese Frage, und Sara sah, wie in die beiden braunen Augen je eine große Träne trat und ein Gesicht herunterrollte, das, rein als Gesicht betrachtet, eigentlich nur aus der Nase bestand. »Es tut mir leid!« rief Sara schnell. »So schrecklich leid!«

»Was denn?« fragte Mr. Wooly verwundert.

»Daß ich ihr weh getan habe«, wisperte Sara. »Natürlich will sie keine Seidenstrümpfe – mit solchen Beinen! Es ist wirklich schwierig.«

Sara seufzte und nahm, um besser nachdenken zu können, eine Puderdose (ihre allererste) aus der Tasche und legte auch Lippenstift auf. Ihr Vater sah ebenso verblüfft aus wie – unverkennbar – das Pferd.

»*Das* machst du?« erkundigte sich Mr. Wooly.

Sara lachte und errötete anmutig. »Ich habe vergessen, daß du es nicht wußtest, Dad. Aber ich habe ein Jahr länger gewartet als die meisten anderen Mädchen. Oh, sieh sie dir doch an . . .« Denn das Pferd reckte sich gierig nach vorn, und seine Augen glühten. »Glaubst du auch . . . ?«

»Ich will es nicht hoffen!« stöhnte Mr. Wooly.

»Aber sie hofft! Puder?« fragte Sara das Pferd. »Willst du Puder auf die Nase, Herzchen? Nein, Puder nicht. Oh, aber . . .«

»Nein!« ächzte Mr. Wooly.

Sara, die um keinen Preis noch einmal dem armen Tier weh tun wollte, redete hastig weiter. »Ein bißchen Lippenstift?« fragte sie mit geheucheltem, aber unter den Umständen angebrachtem Lächeln, und das Pferd nickte begeistert.

»Vorsicht!« rief Mr. Wooly. Aber Sara hatte keine Angst, denn sie wußte, daß ein Pferd, das sich seit Tagen nach Lippenstift für seine breiten, grauen, trockenen Lippen sehnt, ihr nicht die Hand abbeißen würde, jedenfalls nicht, bevor der Lippenstift alle war.
»Du siehst doch selber«, bedeutete Sara ihrem Vater, »daß sie es unmöglich allein kann; wie sollte sie mit ihren Vorderhufen einen winzigkleinen Lippenstift festhalten? Nicht einmal Finger hat sie, das arme Ding.«
Sie verbrauchte den ganzen Lippenstift, der neu war, und das Ergebnis war, vorsichtig ausgedrückt, bemerkenswert. Rommee hob den Kopf und entblößte eckige Zähne von der Farbe alten Elfenbeins, die durch Lippen, die röter waren als frischgeschnittenes Beefsteak, nun noch weit gelber wirkten.
»Lächeln!« flüsterte Sara ihrem Vater zu. »Steh nicht da und sieh entsetzt aus!«
Mr. Wooly legte sein Gesicht in Falten, so gut er konnte. Innerlich schauderte es ihn. Es sah so ungeheuer weiblich aus. Das Pferd hatte genau das Äußere der Sorte Sekretärinnen, mit denen sein Vater sich immer umgeben hatte.
»Da«, sagte Sara und warf die leere Lippenstifthülse in die Ecke. »War das alles, Liebes?«
Das Pferd schüttelte den Kopf und trampelte besorgt auf den Brettern seiner Box herum. Es versuchte dem Mädchen eine weitere Bitte verständlich zu machen. Was konnte es sein? Es dauerte eine Weile, aber endlich erriet Sara wieder das Richtige – einen Spiegel.
Als sie sich auf die Suche danach machen wollte, trat Mr. Wooly mit ihr hinaus. »Laß das!« warnte er. »Wenn sie sich sieht, fällt sie in Ohnmacht. Sie wird es dir, und was noch schlimmer ist, mir nie verzeihen. Bedenke doch, daß Rommee jetzt überwiegend aus Jennifer besteht; was immer Rommee an Persönlichkeit besessen hat, ist so in die Ecke gedrückt worden, daß man, denke ich, jetzt tatsächlich sagen kann, daß Rommee Jennifer *ist.*«
Aber Sara schüttelte den Kopf. »Sie wird selig sein«, meinte sie zuversichtlich. Während sie ins Haus und nach oben rannte, eilte

Mr. Wooly zu der inzwischen gutgefüllten Anrichte im großen Eßzimmer und goß sich in rascher Folge drei Kurze ein. In einer solchen Notlage mußte er seinen Verstand gut schützen – mit einem Wort, rundum zusein. Aber was für ein helles Kind seine Tochter doch war! Von Psychologie verstand sie etwas, das Mädel.

Kurz darauf schaute er zu, wie Sara Rommee einen Handspiegel hinhielt und das alberne Tier sich vor lauter zufriedener Eitelkeit schüttelte und mit den Hufen stampfte! Ein abstoßender Anblick. Noch aber war der groteske Höhepunkt nicht erreicht – noch nicht. Sara hatte eine weitere Eingebung. Sie fand den alten Sonnen-Strohhut mit den beiden Ohrlöchern, den vor Jahren irgendein anderes, längstvergessenes Woolysches Roß getragen hatte. Sie verzierte seine Krempe mit ein paar Federn und einer künstlichen Weintraube, setzte ihn dem Pferd vorsichtig auf den Kopf und hielt ihm von neuem den Spiegel vor.

Das Tier schaute, drehte den Kopf nach allen Richtungen, kniff ein Auge zu und betrachtete sein Spiegelbild, lächelte mit dem scharlachrotgeschminkten Maul und bebte vor befriedigter Selbstgefälligkeit am ganzen Leibe.

Alles war wunderbar. Bei einem so guten Anfang ließ sich bestimmt bald eine Einigung erzielen, ein vernünftiger Waffenstillstand, damit der Fluch aufgehoben werden konnte.

Aber plötzlich geriet die Stute in Zorn. Donnernd verkündete sie ihre Wut, stampfte und trampelte, bis man kaum noch begreifen konnte, wie Box und Halfter es aushielten. Wieder standen die beiden erschüttert und fast verzweifelt da.

»Ich fürchte, jetzt will sie einkaufen gehen«, sagte Sara endlich.

»Sei nicht albern!« protestierte ihr Vater. »Man würde sie ja in keinen Laden lassen. Selbst wenn sie sich auf einen Schaufensterbummel beschränkte – derartig geschminkt und behütet –, sie würde bestimmt überall auffallen und sicher nicht angenehm! Schon ein gewöhnliches, nicht aufgeputztes, ungeschminktes Pferd, das in die Auslagen von Hutmachern und Wäschegeschäften schaut, könnte Bemerkungen hervorrufen, und wie sie aussieht – dieser Nachtmahr von einer Mähre ...«

Mr. Wooly sprach diese Worte außerhalb des Stalles und nicht in Jennifers Hörweite.

»Aber sie ist doch so schön angezogen«, sagte Sara, die für alles Verständnis hatte. »Den Hut, den ich für sie gemacht habe, liebt sie heiß und innig. Und er steht ihr wirklich, auch wenn ich es selber sage. Könnten wir nicht einfach einen Stadtbummel mit ihr machen, damit sie ein paar Leute sieht und gesehen wird?«

»Lieber Himmel!« rief Mr. Wooly. »Wenn ich so aussähe wie sie, würde ich mich von *niemandem* sehen lassen wollen!«

»Du bist aber auch nicht wie sie«, wandte Sara nachdrücklich ein. »Du begreifst das nicht. Sie möchte ein bißchen herumparadieren. Sie möchte ...«

»Paradieren?« wiederholte Mr. Wooly mit der Miene eines Mannes, dem etwas eingefallen ist. »Nächste Woche ist der Vierte Juli.«

Sie sahen einander an.

»Blaskapellen!« begann Sara. »Pfadfinder! Die Lebensrettungsgesellschaft!«

»Amerikanische Legion«, stimmte Mr. Wooly zu.

»Wagen mit den Töchtern der amerikanischen Revolution«, entgegnete Sara. »Polizisten auf Motorrädern!«

»Die Feuerwehr.« Mr. Wooly verstummte und dachte nach. »Hör zu ... ich muß an der Parade teilnehmen, bei der Feuerwehr. Wie wäre es mit dem alten achtzehnhundertfünfziger Spritzenwagen – von ihr (er deutete mit dem Daumen) gezogen? Mit Hut und allem? Menschenmassen, aufregende Erlebnisse und alle Augen auf ihr?«

»Das ist ja großartig, Dad!« schrie Sara und gab ihm einen Kuß auf die Wange. »*Wunderbar!* Sie wird hingerissen sein. Dafür tut sie bestimmt alles. Wir müssen nur irgendein Verständigungssystem erfinden, damit sie dir helfen kann, dir eine Formel auszudenken, durch die sie aus dem Pferd heraus und davon wegkommt; natürlich mit entsprechenden Sicherheiten ... Ich weiß nicht, wie wir das anstellen, Dad, aber ich fange wirklich wieder an zu hoffen. Es kann nicht mehr lange dauern!«

Am Nachmittag saß Mr. Wooly gemütlich in seiner Bibliothek, weichte sein Inneres in Brandy auf und gab sich den kühnsten Hoffnungen hin. Er hätte gern Betty angerufen, hielt sich jedoch zurück.

»Wenn ich erst frei bin«, sagte er sich, »werde ich zu ihr gehen und ihr alles erzählen, und nach einer angemessenen Frist wird geheiratet. Danach werden uns alle Sorgen, natürliche oder unnatürliche, fernliegen. Stets werden wir zuversichtlich das Morgen erwarten, die Hoffnung ist unsere treue Begleiterin, das Unglück uns fremd. Wenn ich dann nachts aufwache«, dachte er, »ist sie bei mir, liegt lieb und ohne böse Überraschungen an meiner Seite; sie klettert nicht die Wand hinunter oder singt mit schlechterzogenen Katzen auf meinem Dach ...« Er dachte auch noch an andere Dinge, zum Beispiel daran, daß sie goldblond war. Beide früheren Mrs. Woolys waren Brünette gewesen. Er hatte das Gefühl, daß er gern mehr über Blondinen wissen wollte.

Beim Abendessen hatte er sich gegen die Gedanken seiner Umwelt, ganz zu schweigen von seinen ureigenen Sorgen, so gut verschanzt, daß Bentley ihn zu Tisch führen mußte, wobei er Sara kopfschüttelnd ansah. Aber davon bemerkte Mr. Wooly wenig, und es hätte ihm auch wenig ausgemacht. Allerdings ahnte er auch wenig von dem, was der Vierte Juli ihm und seinem Pferdchen bescheren würde.

XXI

Zum guten Schluß

Schon seit einer Reihe von Jahren führte die Weibliche Warburtoner Trommelgarde die Parade zum Vierten Juli in Warburton an. Ihre Majorette schwang einen äußerst flotten Taktstock und konnte meilenweit marschieren, in der Taille nach hinten gelehnt, mit Knien, die ihr bis ans Kinn knallten. Und sie genoß es auch noch. Die Trommlerinnen trugen weiße Uniformen, weiße Stiefelchen und hohe weiße Mützen mit großen roten Bommeln.
Als Mr. Wooly, neben sich Swanson, beim Startplatz vorfuhr, erregten sie sofort große Begeisterung. Entfesselt jubelte man ihnen zu. Das Pferd lächelte und verbeugte sich nach rechts und links. Selbst die Trommlerinnengarde applaudierte. Aber nach kurzem Warten begriff das Pferd anhand ihrer Bewegungen, daß die Trommelgardistinnen als erste losmarschieren sollten. Es bäumte sich auf den Hinterfüßen auf. Anstelle von Lena Oglethorpe, der oben erwähnten Trommel-Majorette, wollte es vor den anderen die erste Stelle einnehmen. Empört trottete es vorwärts. Mr. Wooly zog an den Zügeln und mahnte: »Nun, nun, sei ein braves Pferdchen. Brrr! Brrr, sag ich. Hör auf, Jennifer, bitte. Wir kommen ja gleich dran, sei doch nicht so ungeduldig. Brrr, Rommee!« Und so weiter, denn er konnte ja wirklich nicht wissen, wieviel von ihr ein normales Pferd war und wieviel Jennifer. *Brrr* nützte nichts. Sie strebte eilig vorwärts und setzte sich in Trab. Dabei überließ sie es den Leuten – Männer, Frauen und unschuldigen Kindern –, ob sie sich zertrampeln lassen wollten oder nicht. Man floh vor ihren Hufen. Bald schon hatte sie die Trommelgarde überholt und war offenkundig nicht gesonnen, auf ihren Platz an der Spitze zu verzichten.
Der Feuerwehrdirektor und Fledermausohr Reilly, die Festordner

waren, kamen herbeigerannt. Mr. Wooly selbst, in vollem Feuerwehrornat, erläuterte, daß das Pferd darauf bestehe, alles anzuführen. Sie kratzten sich die Köpfe und mißbilligten den Traditionsbruch. Das Roß sah sich nach ihnen um und lächelte sein schönstes Lächeln. Es war das erste Mal, daß sie sein Make-up und den Hutschmuck zu Gesicht bekamen. Reilly, der eher abergläubisch war, bekam es mit der Angst. Der Feuerwehrchef dagegen amüsierte sich, ebenso der größte Teil der am Straßenrand stehenden Leute. »Ach was«, meinte er, »dann soll sie eben den Anführer machen.« Widerwillig stimmte Reilly zu, und sie teilten ihre Entscheidung Miss Oglethorpe mit, die zwar beleidigt war, daß man hier das Roß vor den Troß setzte, aber keine andere Möglichkeit hatte, als so charmant wie möglich einzuwilligen.

Nach der Trommelgarde kam eine Blaskapelle, dann die Jugendmannschaft der Lebensrettungsgesellschaft, dann ein paar Komitee-Autos, die Prunkwagen, die Amerikanische Legion, und so ging es weiter. Es war ein langer und höchst abwechslungsreicher Zug, an dem so viele der guten Warburtoner teilnahmen, daß man sich nur wunderte, wie überhaupt noch ein Publikum übrigbleiben konnte. Trotzdem standen die ganze Ziegelstraße entlang die Zuschauer, Papas und Mamas und ihre Kinder. Die Luft war erfüllt von Sonnenschein, dem Knallen der Feuerwerkskörper und dem lauten Schmettern der Kapelle. Das Pferd schaute nach rechts und links, verbeugte sich und grinste. Sara, die bei Mrs. Williams, der Frau des Polizeichefs, in einem der Komiteewagen saß, war entzückt.

Neben Mr. Wooly auf dem Wagen thronte der als Onkel Sam verkleidete Swanson. Mr. Wooly flehte ihn an, ein heiteres Gesicht zu machen. »Swanson«, sagte Mr. Wooly und gab der verstorbenen Mrs. Wooly einen leichten Klaps mit den Zügeln, »Swanson, Sie machen ein Gesicht, daß man Sie allein deshalb ins Zuchthaus Alcatraz schicken könnte. Ihre Darstellung unseres Onkels ist eindeutig staatsgefährdend, so genau entsprechen Sie den Schilderungen seiner härtesten Kritiker. Sie sehen nicht nur hoffnungslos und verkommen aus – Sie sehen richtig *gemein* aus! Sie sehen aus, als hätten Sie die ganze Nacht versucht, eine Kriegsschuld einzutreiben, und wären jetzt unterwegs, um sämtliche Einkommensteuern anzuheben. Lächeln Sie doch mal! Heute ist ein Feiertag!«

Swanson lächelte.

»Zurück marsch-marsch!« schrie Mr. Wooly. »Das Lächeln ist noch viel schlimmer!«

Was Mr. Wooly selbst betraf, so war er betrunken. Es ging ihm prima.

Swanson seufzte. Müde blickte er sich um. Die Parade näherte sich der Kreuzung in der Nähe des Gemeindezentrums, und der weiße Stein und die warmen roten Ziegel der Gebäude leuchteten malerisch durch den Schatten der hohen Bäume.

Auf das Signal eines Verkehrspolizisten hin brachte Mr. Wooly sein Pferd zum Halten, wobei er zugleich als Zeichen für die hinter ihm Marschierenden die Rechte hob wie ein Feldmarschall. Der Verkehr kreuzte ihren Weg, ein paar Taxis, einige Privatwagen und ein klappriger Bauernkarren, von einem abgerackerten weißen Pferd gezogen. Es ließ den Kopf hängen, die Blicke jedoch umherschweifen, bis sie auf Rommee fielen – mit ihrem Make-up und ihrem Hut. Dieses Bild schreckte das konservative alte Tier aus seinem Dösen auf. Mit dem erschreckten Bauern und seinem Karren nahm es Reißaus. »Was ist sie wohl mehr«, grübelte Mr. Wooly, »Jennifer oder die alte Rommee?«

In diesem Augenblick wandte sie den Kopf und sah die beiden an. Sie grinste.

»Wer immer sie ist«, bemerkte Swanson düster, »hier ist sie zuviel!«

»Woran denken Sie, Swanson?«

»An meine Knochen.«

»Schmerzen?«

»Das nicht direkt, Mr. Wooly. Sie fühlen sich an, als ob irgend etwas in ihnen gerade einen Entschluß faßt.«

»Was für einen Entschluß?«

»Zu passieren.«

»Wem, Swanson?«
»Uns.« Er seufzte. »Ich glaub, ich geh heim, Mr. Wooly.«
»Warten Sie, bis die Parade vorbei ist. Wir brauchen Sie.«
Wieder stieß Swanson einen Seufzer aus, der lang war und voller Tragik.
In ihrem Auto, das am Straßenrand stand, saßen Richter und Mrs. Gilead. Unweit von ihnen im Schatten stehend erblickte Mr. Wooly auch Mr. und Mrs. Tiddle. Der kleine Tiddle hielt seine schöne blonde Frau fest am Arm. Sie sahen aus wie ein junges Paar aus einem Vorort, das sich unbedingt einen schönen Tag machen möchte, so oder so. Mr. Wooly machte ihnen eine höfliche kleine Verbeugung. Mr. Tiddle war entzückt. Er fühlte sich geehrt. Breit lächelnd tippte er an seine Melone. Zweifellos erinnerte er sich, daß Mr. Wooly für seine Begnadigung gesorgt hatte, nachdem er erst ein paar von den dreißig Tagen abgesessen hatte, die Richter Gilead ihm wegen zu schnellen Fahrens aufgebrummt hatte. Er schüttelte seine Frau am Arm und sagte: »Schau mal, Mr. Wooly höchstpersönlich.«
»Ich seh ihn ja«, erwiderte sie ungnädig.
»Als ob wir alle befreundet wären«, jauchzte Mr. Tiddle. »Du solltest ein bißchen dankbarer sein, Süße. (Mr. Tiddle nannte sie nämlich *Süße*.) Schließlich würdest du mich heute nicht hierhaben, wenn Mr. Wooly nicht gewesen wäre; das solltest du nicht vergessen.«
»Das vergesse ich auch nicht«, antwortete sie.
Mr. Wooly winkte einen wohlwollenden Gruß zu Richter Gilead hinüber. »Morgen, Richter!«
»Sprich nicht mit diesem lasterhaften kleinen Abweichler!« zischte die würdige, intellektuelle Mrs. Gilead, aber ihr Mann verweigerte ihr den Gehorsam. Er entbot Mr. Wooly einen ernsthaften, sehr höflichen Guten Morgen. Er war kein Liebhaber von Paraden, und es fiel ihm auch sonst kein Grund ein, besondere Liebe zu Warburtons führendem Mitbürger zu empfinden, der da in seinem Feuerwehrhelm auf dem lächerlichen alten Spritzenwagen hockte; andererseits ging es ihm heute besser als seit ein paar Tagen, denn

hatte er nicht das Glück gehabt, Honigschneck zu sehen? Und wenn er auch seine Augen nicht an der fernen Geliebten weiden, sondern nur aus den Augenwinkeln sozusagen kleine Häppchen oder Schlückchen dieser Schönheit ergattern konnte, damit sein wachsames Weib nichts merkte, so war doch dieses Wenige immer noch besser als der totale Entzug.

Inzwischen war der Querverkehr fast vorbei. Da aber kam noch ein helles kleines, offenes Auto, gefahren vom Gatten einer Freundin von Betty Jackson. Dieses unbekannte, unschuldige und gänzlich ahnungslose Paar saß vorne, während Betty allein den Rücksitz einnahm. Als der Fahrer vor ihnen den Motor abwürgte, mußten sie einen Moment anhalten, und Betty hatte ausreichend Gelegenheit, sich umzudrehen und Mr. Wooly aus einer Entfernung von etwa sechs Metern anzuschauen. Ihre hübschen Augen verdunkelten sich in liebevoller Bewunderung, als sie seine mutige Haltung, den roten Helm und nicht zuletzt seinen führenden Platz in der Parade in sich aufnahm. Sie beugte sich zum Fahrer ihres Wagens vor und machte den Vorschlag, doch lieber die Ziegelstraße nicht zu überqueren, sondern in sie einzubiegen und weiter vorn einen Parkplatz zu suchen, um sich die Parade, vor allem natürlich Mr. Wooly, anzuschauen. Ihre Freunde waren einverstanden, und so bog man ab.

Betty, bis auf ein hauchdünnes grünes Fichu am Hals ganz in Weiß, warf einen Blick zurück und Mr. Wooly ein paar Kußhände zu, mitten zwischen den Ohren des geschminkten Pferdes durch. Bei der letzten fiel ihr das Pferd auf, und sie erschrak. Dann stieß sie einen Schrei aus, und dieser dünne, silbrige Tonsplitter war noch viele Straßenecken weiter zu hören. Jedenfalls behaupteten das die Leute, als man später die ganze Serie schrecklicher Ereignisse, von denen dieses das erste, gewissermaßen der Auslöser war, rekonstruierte und untersuchte. Betty schrie, weil sie, gerade als das Auto den Abbiegevorgang beendet hatte und langsam vor der Parade herzufahren begann, das Pferd einen Satz machen, buchstäblich in die Luft springen und dann vorwärtsstürzen sah, das schreckliche Scharlachmaul weit aufgerissen.

Dem völlig entgeisterten Mr. Wooly entglitten die Zügel.
»Schesus!« stöhnte Swanson. »Ich hab's Ihnen scha gesagt! Sie ist schetzt ganz Schennifer!«
Der Fahrer von Bettys Wagen hatte, von ihrem Aufschrei erschreckt, Gas gegeben, mußte aber schalten, so daß Jennifer aufholte. Schnapp! Sie hatte das grüne Fichu zwischen den Zähnen. Wäre es fest angenäht gewesen, so hätte diese Geschichte tragisch geendet. Betty hätte sich, hin- und hergerissen zwischen Auto und Pferd, in der Schlinge des Fichus verfangen, wäre aufs Pflaster geschleudert und dort erwürgt und zusätzlich noch von einem wahnwitzig eifersüchtigen Pferd zertrampelt worden. Aber zum Glück war das Fichu nicht angenäht, sondern nur angesteckt. Die Nadel gab nach, das Auto beschleunigte. Betty war um Haaresbreite dem Tod entgangen. Sosehr es sich auch anstrengte, konnte das Pferd doch nicht ganz mithalten. Aber *wie* es sich anstrengte! Das Auto fuhr schneller und hatte bald einen halben Block Vorsprung. Das Pferd setzte die sinnlose Jagd fort. Der leichte Wagen dahinter holterte und polterte von einer Seite auf die andere und drohte jeden Moment umzukippen.
Die entsetzte Menge am Straßenrand sah Onkel Sam in die Lüfte steigen, vom Sitz geschleudert, als der Wagen einen Satz machte, und beobachtete ihn dann nach kurzem Flug bei einer Dreipunktlandung, in der Kinn und Hände jeweils als ein Punkt zählten. Die Berührung des Kinnes mit dem Pflaster wurde durch den falschen Bart etwas, jedoch bei weitem nicht ausreichend, abgemildert.
Weiter rasten Jennifer, der Wagen und Mr. Wooly! Immer weiter! Längst lag das Gefährt der verhaßten Rivalin einen ganzen Block voraus, aber noch immer trommelten die vier Hufe ihren tollen Wirbel. Gleich hinter der Ecke Ulmenstraße löste sich ein Wagenrad. Es war nicht gebrochen und rollte noch ein paar Meter allein weiter, aber der Wagen sackte sofort ab. Die Achse stieß etwa im selben Augenblick auf das Pflaster, in dem Mr. Wooly, den es hinausgeworfen hatte, kopfüber mit seinem Büroleiter, dem dicken Mr. Simpson, zusammenprallte. Simpson ging zu Boden und blieb dort, Mr. Wooly lag daneben.

Weiter vorn bogen Betty und ihre Freunde nach rechts in die Macdonald-Avenue ein, weil mitten auf der Kreuzung eine sorgfältig mit roten Laternen, Warnschildern und Pfeilen, auf denen das Wort »Umleitung« stand, markierte, vom Straßenbauamt ausgehobene, tiefe Grube lag. Betty und ihre Freunde hielten sich rechts und waren so in Sicherheit. Das wutschnaubende Roß jedoch, ihnen immer noch auf den Fersen, bog nicht ab, sondern raste geradeaus weiter, starrsinnig, blind, die zersplitterten Reste des antiken Spritzenwagens hinter sich herschleppend. Es raste mitten durch die Schilder, die leichte hölzerne Absperrung und hinein in ein Gewirr von Wasser-, Gas- und Elektroleitungen am Boden eines drei Meter tiefen Lochs.

Mr. Wooly war umringt von Menschen und dem gewaltigen Murmeln und Eilen ihrer Gedanken. »Ich bin nüchtern«, stöhnte Mr. Wooly und fragte Mr. Simpson: »Wie fühlen Sie sich?« Dieser antwortete nicht. Er war bewußtlos. Darum war er es auch, der zu Swanson, der sich bereits darin befand, in den Ambulanzwagen gestopft wurde. Swanson war braun und blau, jedoch ungebrochen, auch wenn er jammerte. Mr. Wooly erhob sich. Er küßte seine Tochter Sara, die nach Luft schnappte, einmal, weil sie so gerannt war, zum anderen vor Freude. Polizeibeamte kamen zu Hilfe.

Und wie fühlte sich Mr. Wooly jetzt? Jeder wollte es wissen. Aber es war Dr. Mannix, dem er antwortete, mit einem kleinen Lachen, das gleichzeitig nervös, ungläubig und voller Freude war. »Ich bin nüchtern«, sagte Mr. Wooly, »vollständig nüchtern«, und er betastete seine armen Ohren, der armen Kopf. »Aber es ist weg«, fuhr er fort und meinte damit, daß die aufdringlichen fremden Gedanken verschwunden waren, und mit ihnen die unnatürliche Gabe, die ihn so lange gepeinigt hatte. »Es ist weg«, wiederholte er.

»Ihr Pferd auch«, sagte Dr. Mannix.

Arme Jennifer. Arme Rommee. Und doch war sie kein häßlicher Anblick, wie sie dort unten an ihrer letzten Ruhestätte lag, denn bei ihrem Fall war ein Teil der Erde mit herabgestürzt und von dem

Pferd selbst nur noch wenig zu sehen. Ihre Augen waren geschlossen. Sie war tot. Sie war sofort gestorben. Ein Stemmeisen hatte hochgestanden, auf das sie gefallen war. Es war ihr mitten durchs Herz gegangen.
Noch am selben Tag wurde beschlossen, sie dort liegenzulassen, drei Meter unter dem Boden, sicher aufgespießt und tot, an der Kreuzung der verkehrsreichen Macdonald-Avenue mit der Ziegelstraße. Sie würde nicht mehr umherschweifen. Mit ihr war ihr Fluch gestorben. Und auch die arme Rommee hatte mit ihr die letzte Ruhe gefunden. Fahr wohl, Jennifer. Fahr wohl, Rommee. Wir werden euch nicht wiedersehen.

»Betty, Liebste«, sagte Mr. Wooly ungefähr sechs Wochen später zu seiner Gattin. Sie befanden sich an Bord eines Dampfers mit Kurs auf die Bermudas. »Betty, Liebste, woran denkst du? Du hast unseren jungen Kapitän heute abend, als wir an seinem Tisch aßen, so ernst und nachdenklich angeschaut. Und seitdem hast du kaum etwas gesagt. Woran denkst du jetzt? Erzähl es mir. Es macht mir auch gar nichts aus, wenn dir aufgefallen ist, wie groß und schlank und schwarzäugig der Kerl ist oder daß er eine tiefe und angenehme Stimme hat, oder was es sonst auch ist. Woran denkst du also, Liebling? Sag es mir, denn ich liebe dich so.«
»Ach, Liebster«, gab Betty sanft zurück, »ich denke nur an dich und daran, wie glücklich wir sein werden, das ist alles.«
»Wer weiß«, grübelte Mr. Wooly. Ach, damals, als er jeden ihrer Gedanken hätte hören können, hatte er es sorgsam vermieden. Nun, da er es nicht mehr konnte, wünschte er es sich sehnlich. Aber wer von uns ist je zufrieden?

CUM GRANO SALIS